母喰い王女の華麗なる日々

夏野ちより

TOブックス

目次

画・村カルキ デザイン 舘山一大

hahakui·oujo no
kareinaruhibi

序章

「マリア。お母さまの傍にいらっしゃい」

そう言って私を呼んだのは、かつて私を殺した女だった。

「一緒にクッキーを焼きましょう。お母さま特製のレシピを教えてあげるわ、嬉しいでしょう?」

私に向けられた、とろけるような美しい笑み。

慈愛に満ちたやさしいまなざし。それらは全部、偽物だ。

「あらあらまあ。……どうしたの? かわいいマリア」

女はそう言って、幼い私に手を差し伸べてくる。

「早くこちらにいらっしゃいな。あなたは私の娘なのだから、愚鈍な振る舞いは謹んで?」

(母親?……私を殺した、あなたが?)

内心でそんなことを思いながらも、私はにっこりと、あどけなくて無垢な笑顔を浮かべるのだ。

「申し訳ありません、お母さま」

母と呼んだ女に駆け寄り、ぎゅっと抱きしめる。その瞬間、私の胸を焦がすほどの強い憎しみが燃え上がった。

(……許さない……)

この女のしたことを、私は絶対に許さない。

許さない。許さない、決して！　あの出来事に関わったすべての人間を……！

（お母《リ》さ《リ》ま《ス》。あなたに復讐を）

きっと神さまは、そのために私を生まれ変わらせてくれたのだ。

死ぬほど憎い、この女の娘へと。

＊＊＊

「マリア、ニナ、早くこちらに来なさい。……今日からここで引き取ってやるというのに、あまり煩わせないでくれ」

前世の父がそう言う声を、いまでもはっきりと思い出せる。

目の前に見上げる大きな屋敷。乗せられてきた豪奢な馬車と、勢揃いして出迎える使用人たち。

これまでの暮らしでは無縁だったものに囲まれて、私と妹は、父の後ろで固まっていた。

「ただでさえ正妻の機嫌が悪いのだ。お前たちの母親はのんびりとしていたが……まあ、あれも育ちの悪さゆえか。一時の隠れ家にはよかったが、死んでしまってはどうにもならんからな」

「お、お父さま……」

「早く来い。またあれが癇癪を起してはかなわん」

そう言われ、前世の私は幼い妹の手を引いて必死に歩く。泣いては駄目だと、自分に言い聞かせながら。

——ウェンズリー公爵の愛妾《あいしょう》が死んだ。

私たちの母に関する噂が流れていたことには、当時十一歳だった私でも気が付いていた。

街の人たちは、母の噂をしては毎日笑っていた。それが悔しくて泣く私たちを見て、「可哀想に」「こんなに可愛い娘を残して」などと好き勝手に涙ぐみもした。

『公爵家は迎えにも来ないのかい？　ひとでなしめ』

『あの家の夫人は気が強いと聞く。愛人の娘を引き取るはずもないよ』

そうやってみんなが囁き合っていたとき、私たちの目の前に、何年も会っていなかったお父さまが現れたのだ。

お父さまは街の人たちにも聞こえるように、大きな声で『うちに帰ろう』と言った。

『マリア、ニナ。私の妻も、お前たちを育てたいと言っている。うちにはリリスという娘がいるが、新しい姉妹が増えると喜んでいるのだよ』

そう言って妹のニナとふたり、立派な馬車に乗って連れ帰られたのが、このお屋敷だ。

並んだ使用人たちが、白い目で私とニナを見ている。『正妻』であるこの家の夫人は、出迎えの中にはいなかった。張り詰めた空気や刺すような視線が、私たちの心臓を竦《すく》ませる。

そのとき、屋敷の中から、妖精のように可憐な女の子が飛び出してきた。

「――お父さま！」

私やニナと同じ、蜂蜜のような金色の髪。ふわふわとしたその髪をなびかせ、大きな瞳に星を湛えたその女の子は、私たちを見てぱあっと表情を輝かせる。

「マリアお姉さまとニナちゃん!?　わああっ、はじめまして……！」

「きゃ……っ!?」

私たちに抱き着いてきたその少女は、喜びをいっぱいに表現しながらはしゃいだ声を上げた。

「私はリリス！　ずっとあなたたちに会いたかったの！　マリアお姉さま、私と遊んでね。ニナちゃん、リリスお姉さまが絵本を読んであげるからね。これからずっと一緒に遊べるなんて、楽しみだわ！」

春の妖精のように輝く笑顔に、私は思わず見とれてしまった。妹のニナは顔を真っ赤にしながら、それでも嬉しそうにこくこくと頷いている。

（この家に……私たちを歓迎してくれる人が、ひとりでも、いるの……？）

前世の私は、愚かにも、そんな風に考えてしまったのだ。

妹たちがいれば……ニナと、新しい妹であるリリスがいれば、この冷たい視線の中でも耐えられるかもしれないって。

けれど、そんなのは大きな間違いだった。

＊＊＊

「あははっ、マリアお姉さまったら！　なんて素敵な衣装なのかしら！」

中庭に、リリスの明るい笑い声が響いていた。

無邪気な顔で微笑みかけられ、私は歯を食いしばる。私が抱きしめているのは、クローゼットへ大事にしまっていたドレスだ。

「鋏《はさみ》で切ったらお洒落な形になったわ。泥に染めて仕上げをしてあげるから、貸して下さる？」

「やめて、リリス……！」

笑顔で手を伸ばしてくる異母妹に、私は必死で首を横に振った。

「シーツや枕、ぬいぐるみを切られたときだって我慢したわ。だけどこのドレスは、お父さまが初めて買って下さったものなの……！」

「あら？　お姉さまはおかしなことを言うのね？」

リリスはぱちくりと、可愛らしい仕草で瞬きをする。

「私は遊んでいるのよ。お姉さまと仲良く、とっても楽しく！　「お姉さまにとって大事なものの方が、こうやって遊ぶのにも楽しいじゃない」

「……リリス……」

「そうねえ。お姉さまが遊んで下さらないなら、ニナと遊んで来ようかしら」

まだ四歳の妹に矛先を向けられて、私は青褪《あおざ》めた。

「だめ！」

「痛……っ」

リリスの腕を思わず強く掴み、必死でそれを止める。

「あの子、熱を出して寝ているの！　あの子はやめて、私には何をしてもいいから！」

「マリアお姉さま、痛い……っ」

「なんの騒ぎだ！」

男の人の怒鳴る声がして、はっとした。

振り返った先には、仕事から戻ってきたらしい父の姿。とても怖い顔で、私のことを睨んでいる。

リリスは真っ先に駆け出して、甘えたような泣き声で訴えた。

「お父さまあ……っ！　マリアお姉さまが！　ドレスを鋏で切ろうとしたの……！」

「え!?　違います、私は……」

「こんなドレスいらないって！　これを捨てて新しく買ってもらうって！」

「よしよし。泣くんじゃないぞ、リリス」

「お父さまが選んだドレスだって、リリス知ってたから止めたの！　そしたらここを掴まれて……お父さまに言ったら、リリスのお顔に怪我をさせるって……！」

ぐすぐすとしゃくりあげて、リリスが手首の痣《あざ》を見せる。先ほど私が掴んだ場所は、確かに痛々しく腫《は》れてしまっていた。

私は慌てて否定する。

「違います、お父さま！　リリスが私のクローゼットから、大事なドレスを盗んだのです。お父さまからの贈り物を切るなんて、私はそんなこと……！」

「マリア」

父の冷たい声は、私を絶望させるのに十分なものだった。

「この家の子供に、ドレスを盗む盗人などいてはならない。分かるな？」

……この家の子供。

そこに私やニナが含まれていないことは、言葉にされなくてもよく分かった。

「行くぞ、リリス。傷の手当てをしなければな」

「お父さまあ。リリス、とっても痛いの。お部屋でぎゅっとして、よしよししてぇ」

リリスの涙声が遠くなる中で、取り残された私の足元に、ぽたっと雫《しずく》が落ちる。

（……ニナの様子を、見に行かなくちゃ）

泣いては駄目だ。

（妹を護《まも》れた。そうよ、それだけで十分だわ！）

けれど、前世の私たちに対する異母妹リリスの『わがまま』は、日ごとに増していった。

「ねえねえマリアお姉さま、そこの床に這いつくばって下さいな！……もう、ほら早くぅ！」

可憐な笑顔を浮かべたリリスが、甘ったるい声で私にねだる。

「使用人たちが使って汚したお手洗いの、ドロドロの床。お姉さまのドレスで、拭いて差し上げて？」

わざと排泄物まみれにした、不潔なタイルの床。リリスはここに手をつき、膝をつけと言っているのだ。鼻をつく悪臭と、目にするのもおぞましい糞尿の中へ。

（……嫌……！）

そんなこと出来ない。したくない。そう思っていても、私には逆らえない理由がある。

私はぐっとくちびるを噛んだあと、リリスに言われた通りに床へと四つん這いになった。

（う……っ！）

ぐちゃり、と手に触れたものに、胃液がこみ上げてくる。生暖かい感触が、堪え難いほど気持ち悪い。

「うふふっ、お姉さまって可愛い。そんなに震えちゃって！」

（……嫌。嫌、せめて、少しでも……）

なるべく汚れないように、最低限のところだけ床に触れさせる。けれどどうしても触れてしまい、指先がぬるりと滑った。

（ひっ……）

膝をついた場所のドレスが濡れて、私の足まで冷たさが上がってくる。声を上げそうになったのを、どうにか我慢した。

そんな私を、リリスは楽しそうに見下ろす。

「ああ汚ぁい。でも、すっごく面白いわ！　お姉さま、リリスのお願いなんでも聞いてくれるのねぇ」

（……っ、泣いては駄目。大丈夫。だってニナを護れているもの。ニナがこんな目に遭わないで済むと思えば、なんでもない）

「ねえねえ、マリアお姉さま？」

リリスは、少し離れた安全な場所から私を見下ろしたまま、小首をかしげる。

「私たちはこんなに仲良しなのに、お姉さまに聞いていないことがあるのよ？　なんだと思う？」

問われて、心臓が竦むような恐怖心が湧いた。

逃げ出したい。そんなのは知らないと、汚物まみれの手で突き飛ばしてやりたい。

でも、そんなことをしたら、ニナがどうなるか……。

「わ……わ、分からないわ……」

「……ふふ、なぞなぞ遊びにわざと負けてくれるなんて、やっぱりやさしいお姉さま」

天使のような笑顔が、私に向けられる。

私にとっては何よりも恐ろしい、リリスの微笑みだ。

「お姉さま。あなたと王太子さまとの婚約が決まったって、本当なの？」

「…………」

この出来事の数日前。

お父さまの書斎《しょさい》に呼ばれた私は、確かにその事実を聞いていた。

「お姉さまが庭で泣いてるところ、王太子さまが見て恋しちゃったんだってぇ！　うふふ、素敵だわぁ。

まるで絵本の物語みたい。ね、お姉さま?」

「あ……」

言外《げんがい》に私を追い詰める物言いに、体が震える。

「絵本じゃなきゃ、いくらお父さまの娘だからって、愛人の子がお妃さまになれるはずないもん」

くすくすという笑い声。リリスは場違いなほどの、その明るい表情をやめない。

「お姉さまってすぐ泣きそうになるものねえ。いつも必死で我慢してるのに、どんな顔して泣いたら王子さまを騙せたの? 鼻水でも垂らしてみっともなく泣いたら、もっと好きになってもらえるかもよ? 手伝ってあげようか! ね、使用人のみんな?」

「……っ?」

リリスが振り返り、お手洗いの外に何人もの男たちがいたことに気が付く。

使用人だ。彼らはみんな下卑《げび》た笑みを浮かべ、汚物まみれの床に這いつくばる私を眺めている。

(なに……? その目つきはなんなの、一体……!)

「ねえ、もしもよ?」

お菓子のような、甘い甘いリリスの微笑み。

「お姉さまが『傷物』になっちゃったら、王子さまとの婚約も、破談になるかもねえ」

「………!」

その瞬間、使用人たちの視線が持つ嫌悪感の正体に気が付いて、私はぞっとした。

汚物にまみれるよりもずっと気持ち悪く、強い吐き気が襲う。絡みつくまなざしが嫌でたまらない。

私が自分の体を抱きしめると、リリスはころころと鈴のような笑い声を上げた。

「ふふっ、嘘よお！　行きましょう、みんな」

リリスがこちらに背を向ける。最後に一度だけ私を振り返って、心底楽しそうに目を細めた。

「妹思いの、お、ね、え、さ、ま。ニナによろしくねえ」

＊＊＊

汚れた私が裏口から屋敷に入ると、メイドたちは嫌そうに顔をしかめて、私を一瞥《いちべつ》した。

「……お嬢さま。そのようなお姿で室内に入られますと、わたくし共が奥さまに叱られてしまいます」

彼女たちの言うことはもっともだ。消え入りたい気持ちになるけれど、どうにかしなくては。

「……ごめんなさい。着替えを、いただけますか」

「生憎、ここにいる者は全員あと三十分で勤務終了時刻ですので。夜勤の者たちが通り掛かるのを、ここでお待ちください」

数人のメイドたちは一様に視線を逸らし、私の横を素通りして外に出てゆく。すれ違いざま、年若いメイドがぼそりと呟いた。

「くっさ。愛人の娘が、外で何をしてきたんだか」

「人に着替えを取りに行かせるんじゃなくて、脱いで歩けばいいのにね」

きゅっと、両手を握りしめる。

それから私は、メイドたちの言う通り影でドレスを脱ぐと、急いで部屋に戻り、ひとりで湯浴みをした。汚れたドレスを焼却炉に処分して、リリスが汚させた使用人のお手洗いも掃除をする。

妹であるニナの部屋を訪ねたのは、掃除が終わり、もう一度湯浴みをし終えてからだった。

「ニナ。……もう寝てる？」

小さく声をかけると、ベッドのニナは嬉しそうに手を振った。

「お姉ちゃん。けほっ、こほっ……起きてるよ」

「もう。ちゃんと寝ないと、また熱が下がらなくなるわよ？」

「お昼にいっぱい寝たよ。それより、お姉ちゃんに会えてうれしい！」

やさしい声を聞いて、私はほっとする。

けれども何かを察したのか、私がベッドの横に座ると、ニナの方は少し表情を曇らせた。

「……また、リリスお姉さまにいじめられたの？」

「リリスは遊んでいるつもりなのよ。お姉ちゃんだって負けてないんだから大丈夫。それに、ニナの顔を見たら元気になったわ」

ずっと一緒に生きてきたニナ。まだ小さいのにお母さまが亡くなって、私の何倍も寂しいはずなのに、いつも健気に笑っている大事な妹。

ニナを護るためなら、私はなんでもする。なんでもできる。だけど……。

「お姉ちゃん？」

無意識に、小さな妹の体を抱きしめていた。

「……この家を出ようか、ニナ」

いまはまだ、ニナのこともどうにか護れている。

けれどこれから、リリスの矛先《ほこさき》がこの子に向いてしまう可能性だってある。私が王子と婚約したことを、リリスは知ってしまった。彼女がこのまま大人しくしているはずがないのだ。

「私、一生懸命働くわ。ふたりで食べていく分はなんとかなる。だから」

この家を出て、ふたりで暮らそう。

その言葉を告げるため、口を開こうとした、そのときだった。

「お姉ちゃ……けほっ、こほっ、う、え」

抱きしめていたニナが、激しく咳き込む。

「ニナ⁉」

「げほっ、ごほ、う、っ、げほっ！」

その咳には聞き覚えがあった。

お母さまが病床で繰り返していた咳だ。苦しそうな様子に、私は必死でニナの背中を撫でる。

小さな手で押さえていた口から、赤い雫が垂れた。

血を吐いたのだ。

「ニナ……！　しっかり、しっかりして。待っててね、いま……」

「うふふ。なあんだ、マリアお姉さまも知っちゃったの？」

扉の方から聞こえた声に振り返る。

いつからそこにいたのか、私のもうひとりの妹であるリリスが、天使のような微笑みで口にした。

「お医者さまを呼んであげる。この街で一番のお医者さまよ、前から時々呼んでいたの」

「リリス……！　あなた、このことを知って……」

「……だから明日も私と遊んでね、マリアお姉さま」

リリスのくちびるが残酷に動く。

「この家を出たら、ニナの治療代なんか、払えなくなるものね？」

それからは、どこにも逃げ場のない、地獄のような日々が始まった。

リリスは笑いながら、そして執拗《しつよう》に私への嗜虐《しぎゃく》的な虐《いじ》めを繰り返す。天使のような顔と甘い声音を持つリリスは、人を魅了するのがとても上手かった。

そしてその能力は、前世の私がリリスと同じ学院に通い始めてからも発揮されることとなる。


「ひっく……ひっく……」

「もう泣かないでくださいまし、リリスさま」

クラスメイトの少女が、そっとリリスを抱き寄せた。

校内にある人気のない庭園で、男子生徒たちに取り押さえられた私。その目の前には、散らばった装飾品の数々。私の鞄から零れた、見覚えのないそれらを見て、思わず体が強張ってしまう。

「放課後こそこそと庭園なんかに来るから、怪しいと思ったら……」

「盗んだものを隠しに来たのか。まさか、ウェンズリー家のご令嬢が泥棒とはな」

「やめろよ、妾の子を相手に『ご令嬢』なんて。ウェンズリー家への侮辱になってしまうぞ」

「ははははっ！　間違いないな！」

残酷に響く笑い声に、体が震える。

宝石の輝く指輪や、鮮やかな色合いのブローチ。真珠のネックレスに琥珀の腕輪。クラスメイトの少女たちがつけていて、度々放課後に見せ合っていた品だ。

（私の鞄からこれが出てきたら、言い逃れのしようがない……）

案の定、彼らは私に怒りの目を向けてきた。

「おい……。まだ物欲しそうに見ているのか、恥知らずの罪人が！」

「痛……っ！」

男子生徒に掴まれた腕に力がこもる。骨が軋む音に、私は悲鳴を上げた。

それを掻き消すように、涙に潤んだリリスの声が響く。

「ごめんなさい、皆さま……！　私、お姉さまの所業に、気づくことができませんでした……！」

女子生徒も男子生徒もみんな、泣きじゃくるリリスを懸命に慰める。

「もうご自身を責めないでください。おやさしいリリスさまが、人の泥棒を告発なさるなんて、どれほどお辛かったことでしょう……！」

「リリスさんを泣かせるなんて……おい、謝れよマリア・ウェンズリー」

男子生徒たちの凄《すご》む声。本能的に身の危険を感じ、私の心臓が竦む。

「盗んだ宝飾の持ち主にも謝らせるが、まずはリリスさんに謝るんだ」

「そうだ。お前のような卑しい人間が盗みを働いたせいで、心を痛めていらっしゃるんだぞ」

「わ……私は……！」

「まだ言い訳をする気なのか！」

怖かった。けれどここで濡れ衣を着せられたら、「犯罪者への粛清」という名目を得た彼らに、次はどんな目に遭わされるか分からない。だから、私は急いで首を横に降る。

「盗んでなんかいません、本当なんです……！」

「白々しい嘘を！　そうでなければ、どうして貴様の鞄から出てくるのだ！」

「それは、きっとあの子が……リリスが、私の鞄に入れたんです!!」

「――――……」

愚かだった私が口にした瞬間、その場の空気がさあっと冷えた。

「あ……」

私は、本当に馬鹿だったのだ。

あの場では、間違ってもあんなことを言うべきではなかったのに。

生まれ変わったいまであれば、ここでリリスの名を口にするような真似はしない。けれどもあのときの私は愚かで、考えなしで、それが格好の餌食《えじき》となってしまった。

「……この期に及んで、あんな嘘を……！」

汚らしいものを見るまなざしで、男子生徒が私を見下ろす。

「リリスさんに罪を押し付けて、一体なんのつもりだ!?　見苦しい真似を！」

「リリスさん、こいつの処遇をどうする？」

尋ねられたリリスは、震えながら口にした。

「……ウェンズリー家では、家の恥となる者には……折檻《せっかん》することで、処罰しなければ、ひっく」

「リ、リリス……！」

「けれどもそんな恐ろしいこと、私にはとても出来ません……!!　お姉さまをこの手で虐げるなんて恐ろしいこと、『私には』……!!」

悲壮感に満ち、綺麗に潤んだリリスの瞳が男たちを見上げた。

「どなたか……どなたか、どうか、代わりに……！」

その瞬間、彼らの目の色が、僅かに変わる。

「や……やめて……」

にじり寄ってきた影にそう懇願しても、聞いてくれるはずもない。

「顔はやめておこう。妾の子でも、万が一教師に見咎められては面倒だ」

「ははっ！　こういうの、ちょっと面白いかもな！」

「嫌!!　いや、い……いやあああああああっ!!」

殴る蹴るの暴行。性的な凌辱《りょうじょく》こそなかったものの、体と心をずたずたにされた記憶は忘れない。

けれどどんな目に遭おうとも、私は逃げるわけにはいかなかった。この家を去れば、ニナを治してあげられない。母と同じ肺の病は、薬がなければ呼吸すらままならなくなるものだ。

（大丈夫。——十六歳になったら、私は結婚する。王妃の座に興味はないけれど、ニナを連れてあの家を出ることが出来る……！）

それまで耐えよう。

痛くても、辛くても、屈辱を受けても歯を食いしばって我慢しよう。

前世の私は、そうすればいずれは抜け出せると信じていたのだ。

こんな暮らしにも、いつかは希望が待っていると思っていた。あまりに愚かで、馬鹿な願いだ。

＊＊＊

そして数年後、ついにその日が訪れた。

「マリア！　俺は、お前との婚約を破棄する!!」

パーティの場で響き渡る、王太子殿下の声。

私の婚約者であるはずの彼に寄り添う、リリスの姿。周囲を取り囲むクラスメイトたちや、貴賓の冷たい目。

パーティ会場へと響き渡った婚約破棄の声に、私はひとり、呆然と立ち尽くしていた。

「庭で悲しげに泣く、お前の姿に一目ぼれをした。だが、それが偽りの姿だと分かったからには、もう騙されんぞ……！」

強い憎悪が込められた、王太子殿下のまなざし。その隣で瞳を潤ませて寄り添うのは、今日十五歳になったばかりである、異母妹のリリス。

（何が、起きているの……？）

婚約破棄。

その言葉は、私の胸に深く突き刺さる。

「異母妹のリリスに対する、貴様の所業は目に余る！　衣服を切り裂き、手洗いの床に這いつくばらせて、盗人の濡れ衣を着せただと⁉」

「殿下……」

「長年のあいだ、使用人にリリスを虐げさせ、自分は直接手を下さずに笑っていた。リリスの可愛がっていた仔犬すら、麻袋に入れ、球技の球にでもするかのように嬲《なぶ》り殺したそうだな……！」

「殿下、違います‼　それはすべて、リリスが私にした所業……！」

「貴様‼　リリスに濡れ衣を着せるというのか⁉」

王太子殿下は、私に深い憎しみの目を向ける。

殿下だけではない。周りに集まった面々はみんな、私を睨み付けていた。

すでに、リリスが根回しをしているのだ。

「信じて下さい、殿下……！」

「俺を呼ぶな!!　この期《ご》に及んで、貴様はまだ俺に媚《こび》を売ろうというのか!?」

拒絶の言葉に身が竦む。

「泣いている貴様を初めて見掛けたときは、大人しくて扱いやすそうな女だと思っていたのに……！

清廉ぶった顔で男を騙し、その裏で姉妹をいたぶる性悪女が!!」

「……っ」

「貴様は娼婦の娘だったか？　ふん、やはり血は争えんものだな！　ウェンズリー卿も夫人もたいそう嘆いていたぞ、毒婦の種を知らずに引き取って育ててしまったことを！」

殿下の手が、リリスの腰に回された。

その長い睫毛《まつげ》を涙に濡らしたリリスは、ふるふると可愛らしく首を横に振る。

「アンディ殿下、あまりお姉さまを責めないで下さい……！　どのような目に遭わされようとこのお方は、リリスにとって、たったひとりの大切なお姉さまなのです……！」

「おおリリス……！　お前という女は、なんと慈悲深いのだ……！」

「リリスの願いはただひとつ、アンディさまをこの結婚からお救いすることでした……。それが叶ったいま、リリスがこれまでに受けた傷など、少しも痛みません……！」

いまにも口づけを交わさんばかりに見つめ合うふたり。

けれどリリスが何を言おうと、殿下の怒りは収まっていない。

「健気な私の恋人を、これ以上傷つけさせはしない。愛する女性ひとり護れずして、いずれ国民を護ることが出来ようか⁉　俺はリリスのため、そして『国民のため』に、マリア・ウェンズリーとの婚約破棄を宣言するのだ‼」

その瞬間、わっとパーティ会場に歓声が沸き起った。

「貴様は国外追放だ！　家財の類を持ち出すことも一切許さぬ。無一文で出て行き、リリスに、そしてこの国に近付くな！」

「殿下……！」

私が無一文で追い出されたら、ニナの治療はどうすればいいの！

病気のあの子をあんな家に置いていけない。私がいなくなったら、次の標的はニナだ。

「お願いします！　お望みならば二度とこの国には近付きません。お約束しますからせめて、ニナだけでも安全な場所に……！」

懇願する声をかき消すように、招待客たちの罵声《ばせい》が飛んでくる。

「追放だ！　こいつも妹も国から追い出せ！」

「リリスさまにあれだけのことをして、殺されないだけ有り難いと思え。この、妾腹《しょうふく》の毒婦が！」

追放だ。

追放だ、追放だ、追放だ。

そんな言葉が飛び交って、暴力的なまでの渦になる。叩き込まれるような敵意に囲まれ、私は吐き気と眩暈《めまい》が止まらなかった。

この場に居続けると、何をされるか分からない。私は震えるくちびるを噛み、それでも必死で立ち上がると、パーティ会場から飛び出した。

「なんだ、あの無様な走り方は！　ははは っ」

「性悪が怯えた演技をしたところで無駄なのにねえ。ああ、すっきりしたわ！」

……逃げなくては。

ニナを護るには、連れて行くしかない。リリスの気まぐれで引き離されないうちに、一刻も早く。

＊＊＊

「わが騎士たちよ、あの女を追え。国境を越えるまで、決して目を離すな」

パーティ会場に、王太子アンディの静かな声が落ちる。

しかし、彼に寄り添う美しい少女が、ゆっくりと首を横に振った。

「……それには及びません、殿下。これ以上、ご迷惑をおかけすることなど出来ませんわ……」

「ああ、リリス。お前はなんと慎ましいのだ……！」

「ご安心ください。お姉さまの見張りには、ウェンズリー家の者を……」

少女は、睫毛の濡れた瞳を王太子に向け、かなしげに微笑む。

「私の使用人を、出しますから……」

＊＊＊

「げほっ、ごほっ!!」

「大丈夫!?　ニナ！」

ウェンズリー家が出してくれた馬車の中、病気で痩せ細った妹の体を支えた私は、その薄い背中を撫でた。

「だいじょう、ぶ……」

そう返事をする声が濁っている。喉の奥に、血の塊が絡んでいるのかもしれない。

早く馬車から降りて、ニナを休ませてあげたかった。速度の遅い馬車に焦れてしまう。

「怖がらないでニナ。落ち着いて、ゆっくり呼吸を……」

「怖く、な……げほっ、だけど……」

九歳にしては小柄なニナは、このところひどく血を吐くようになった。馬車の振動も辛いだろうに、私に心配を掛けまいとして必死に息をしている。

「お姉ちゃんが、泣きそうな顔をしてる、から……」

「……っ」

そんなことをニナに言われた瞬間、涙が溢れそうになった。

「ごめん。ごめんね、ニナ」

ニナの体をしっかりと、負担にならないように抱きしめた。自分も苦しいのに、心細いだろうに、一番に私を気遣ってくれる九歳の妹を。

「お姉ちゃん、ニナを護るから。ニナのためならなんでもする。なんでも……」

そのとき、大きな揺れを伴って、馬車が停まった。

「……?」

窓の外を見れば、王都の外れにある森の中だ。

国外どころか、国境すらまだ遠い。不審に思うと共に、ウェンズリー家の御者がこちらを覗き込んだ。

「降りろ」

御者の声に、私は戸惑う。

「あの……？」

「いいから、さっさと降りろって言ってんだよ！」

馬に使う鞭《むち》を振りかざされ、私はニナを庇った。鞭は顔のすぐそばで空を切り、しなる音を立てる。

「お姉ちゃん……！」

「だ……大丈夫よ、ニナ。外の空気を吸いましょうね」

震えるニナをなだめ、馬車の外に出る。月に照らされた森の中は、不気味なほどに静かだった。

馬車が停まったのは湖のほとりで、その水面は凪いでいて、ぽっかりと黒い穴が開いたようだ。

「やっと来たのかよ。待ちくたびれたぜ」

「……!?」

現れたのは、七人ほどの男たちだった。ウェンズリー家の馬屋番や料理人に加え、私の見知らぬ顔もある。

「仕方ねえだろ。移動はなるべく速度を落として、自分が追いつきやすいようにしろっていうリリスお嬢さまのご命令だ」

「あなたたち、何を……」

「うるせえな！」

男は怒鳴り声を上げ、私の顔を殴り飛ばした。

「お姉ちゃん!!　お姉ちゃん、おねえちゃ……げほっ、ごほっ！」

背中を木の幹にぶつけ、衝撃で息が出来なくなる。男たちの笑い声が、湖畔の森に響いた。

「ぎゃはは！　お前、いきなり顔を殴るかよ!?　もったいねー、綺麗な顔してんのに」

「うっせーなあ、俺は女の痛ましーい姿に興奮すんだよ。リリスお嬢さまの『おねだり』だって、こいつらをいたぶれってことだろ？」

「……！」

じんじんと熱を持つ頬を押さ、私は必死で声を上げる。

「ニナ、逃げて！　ここから離れ……」

「きゃあっ!!」

ニナの小さな体は、逃げ出すまもなく抱き上げられてしまった。

「いやあっ、やだ、お姉ちゃん！　げほっ！」

「あーあーなんだよ。九歳の幼女たんも楽しめるって話だったのに、こっちはガリガリの餓鬼じゃねえか」

「チビの方は病持ちだぜ。やってみろ、菌がうつっちまうよ」

げらげらと笑う男たちが、何を言っているのか分からない。

いいえ、理解したくもなかった。たった九歳の妹を相手に、この男たちは、なんの話をしているの？

「しょうがねえなあ。チビの方は殴って楽しむか」

「おい待てよ。妹に手を出したら、リリスさまから聞いた『魔法の呪文』が使えなくなるだろ？」

「ああ、そうだったな」

辺りを囲む八人の男たちが、にやりと私を見下ろした。

「『妹のためなら、何でも出来る』よなあ？　妹思いのお姉さまよお？」

「……！」

身の毛もよだつような、男たちのまなざし。

こうして始まった陵辱は、羽交い締めにされたニナが見ている前で、暴力と共に行われた。

男たちが動くたび、あちこちに痛みが走る。気持ち悪くて、怖くて、悔しくて。

あまりの辛さに、その場で舌を噛んで死んでしまいたかった。けれど、そんなことをしたらニナを護れない。

(何も、考えては、駄目……！)

必死に自分へと言い聞かせた。心を空っぽにして、投げ出して。殴られても、犯されても、声ひとつあげてやるものかと。

「なんだこいつ、犯されてるのにぴくりとも反応しなくなって。つまんねえな」

「お姉ちゃん……やめて、お姉ちゃんを助けて、お願い……」

「もっと殴ってみるか？　ほら！」

「――だめだわ、そんなのじゃ」

その場に似つかわしくない、明るい声がする。

すぐ近くに馬車が停まった。そこから姿を現したのは、リリスだ。

「リリスお嬢さま！　へへ、お待ちしていましたよ」

「リリス……あなたが、全部……」

私が睨み付けるのを、リリスは平然と受け流す。

「もう、みんなちっともリリスの言ったことを聞いていないわ。マリアお姉さまに一番効くのは、ニナだって言ったでしょ？」

男たちに犯されている私を見下ろしたまま、リリスはすっとニナを指した。

「湖に沈めて」

「ひい……っ！」

絶望の言葉。私はもがき、男たちを振り払おうとした。

「やめて、リリス!!　ニナだけは許して!!」

「駄目よお姉さま。だってお姉さまはこうでもしないと、リリスと遊んでくれないでしょう？」

くすくすと小さな笑い声がした。怯えるニナの腕を掴み、私の懇願を振り払って、男たちがニナを湖の方に投げ出す。

「ぎゃ……っ」

「ニナ!!」

ばしゃん！　と大きな水飛沫が上がった。

「やめて!!　いやっ、いやあっ、ニナ!!　返して、助けて!!」

「ぎゃははっ！　チビが一生懸命もがいてるぜーお姉ちゃん。泳ぎは教えてやらなかったのか、ん？」

「お願い、あの子は肺が悪いの!!　泳いだりなんか出来ない、なんでもするから、お願いだから助けて!!」

「お、活きがよくなった！　さっきより楽しめそうだ、さすがはリリスさま」

「ふふ、そうでしょう？」

リリスは可憐にくちびるを綻ばせると、半狂乱になった私の顔を覗き込む。

その瞬間に浮かんだのは、狂気すら覚えるほどの美しい微笑みだった。

リリスの頬は紅潮し、興奮の色を隠しもしない。お父さま譲りの瞳には、薄暗い狂気の光が滲んでいる。

リリスは自分の体を抱きしめて、堪えかねたように口にするのだ。

「ああ、お姉さま！　ひいひい泣いているお顔、とっても面白いわ！　分かるかしら？　私、今日が人生で一番楽しいの!!」

「……っ、お願い……！　なんでもするからニナを助けて！　私はどうなってもいいから、お願いだから!!」

「おね、ちゃ……」

ぱしゃんという音が響き、湖面が静かになる。

伸ばされたニナの小さな手が、沈んでゆく。

「あ……」

何も考えられなかった。

ただただ悲しくて、許せなくて、頭の中が怒りと絶望でいっぱいになる。

「いやあああああっ、ニナ!!」

「ほら、うるせーんだよ！」

殴られても殴られても、私は、ニナの名前を呼ぶことをやめられなかった。

瞼が開けられなくなって、視界が暗くなる。血が流れすぎて、指先の感覚がなくなってしまった。

絶望さえも真っ黒に塗りつぶされたとき、私の中に残ったのは、恨みと憎しみの炎だけ。

許せない。

絶対に許さない。リリスを、この女を、私が恨むべきすべてのものを。

――私は必ず、復讐する。

＊＊＊

「……」

夢から覚めて目を開いたとき、マリアは豪奢な馬車の中にいた。

長い睫毛に縁取られた瞳を開き、ゆっくりと窓を見やる。そこに映るのは、人形のような容姿をした自分の姿だ。

『母』と同じ蜂蜜色の髪。リリスによく似た面差しと大きな瞳。十四歳にしては大人びた表情。

生まれ変わった自分の姿を見つめ、今世のマリアは小さく息をつく。

(……また、前世の夢を見ていたのね)

異母妹に殺された、『前世のマリア』の夢を。

こうして夢から覚めたとき、いつも自分の正体が分からなくなる。だからマリアはこうやって、自身に言い聞かせるのだ。

いまのマリアは、リリスの姉ではない。

病弱な妹を盾に取られ、抵抗できない無力な女でもない。リリスの娘として生まれ変わり、二年間の国外留学を終えて、復讐の準備を整えた今世の……。

「マリア」

「――……」

その名前を呼ばれ、思考の整理から引き上げられた。

「じきに、お前の故国が見えてくる」

隣に座っていた黒髪の男を見やり、マリアは目を細める。考える時間を邪魔されたせいで、少し不機嫌になりながら。

「……あなた、まだいたの」

「随分だな。俺は留学先で出来た、お前の数少ない友人だぞ」

「友人？　冗談じゃないわ。そんなものはいらない」

必要なのは、復讐の武器だけだ。

リリスを陥れ、苦しめて、すべての憎しみを返すだけの武器。この手に持つものは、ただそれだけで十分だった。

「は。手厳しいな、王女さまは」

黒髪の男はおかしそうに笑う。悪人の気配が隠しきれない、含みを持った笑みだ。

「たったひとりの協力者は大事にしろよ。復讐のためだろ」

「帰国を手伝ってくれたことにはお礼を言うわ。母《リリス》の用意した馬車には、もう二度と乗りたくなかったから」

「それも、前世の記憶とやらのせいか？」

「どうかしらね」

マリアがこの体に生まれ変わったのは、前世のマリアが死んでから一年後だ。

王太子妃となったリリスの娘として、前世の記憶を持ったまま生まれてきた。自分が殺した異母姉の生まれ変わりが娘であることに、リリスは気が付いていない。

マリアの事情を全て知るのは、隣に座ったこの黒髪の男だけだ。

「……お決まりの文句を一応言っておくが」

彼は背もたれに身を預け、淡々と言う。

「お前の妹は、復讐なんて望んでないかもしれないぞ。それでもいいんだな?」

「……何を言っているの?」

そんな言葉、本気で口にしているのだろうか。

だとしたら本当に忌々しい。マリアはその美しい瞳を細め、冷ややかなまなざしを男に注ぐ。

「やさしいニナが、私に復讐なんか望むはずがないでしょう」

「……へえ?」

「この醜い行為を、『ニナのために』なんて口にするのもおぞましいわ。私は他でもない、私のために……」

マリアは静かに目を閉じる。

「私自身の、ために」

ここからが復讐の始まりだ。

生まれてからの十四年、マリアはずっと耐えてきた。

憎くてたまらない女を母と呼び、自分を裏切った男を父と呼んで。おかしくなりそうなほどの怒りの中、この機会を待っていたのだ。

(弱かった前世の私は、もう死んだ)

王女として学び、人を知り知識を得て、味方も力も手に入れた。

ようやく、準備が整ったのだ。

「始めるわ。ひとり残らず、生きていることを後悔させてやる」

覚悟なら最初から出来ている。

(……報復を)

幸せに生きている加害者たちに、すべてをかけての報復を。

一人目　女を喰らう畜生

王城の最上階にある王女マリアの部屋には、大きな鏡台が置かれている。

鏡の前に並べられているのは、色とりどりの美しい小瓶だ。硝子細工の意匠を施され、陽の光を受けてきらきらと輝く、化粧品の数々だった。

母であり、かつての異母妹であるリリスが、いまのマリアと同じくらいの年頃に使っていたものだ。

「……」

目元やくちびるに淡い化粧を施して、マリアは鏡を確かめる。

蜂蜜色の柔らかそうな髪。大きな瞳と、頬に影が落ちるほどの長い睫毛。薄く色づいた頬に、桜貝のような色の小さいくちびる。

そこに映っていたのは、かつてのリリスによく似た十四歳の少女だった。

（……本当に、そっくり）

鏡越しに、憎い女の容姿を見つめる。

ぐっと両手を握り締めると、手のひらに爪が食い込んだ。その痛みなど厭《いと》いもせず、マリアは部屋を出て、扉を閉ざす。

＊＊＊

ウェンズリー公爵家の御者、ヘイデン・ウィンターは、『女が着飾るのは男を誘うためだ』と信じている。

例えば髪を結い上げた女。それに、化粧をしている女。少しでも肌の露出がある服を着ている女など、男の目を気にして誘いを掛けているのだ。

馬車馬の手綱を握り、主人を乗せて街をゆけば、そこら中に若い娘たちの笑い声が響く。リボンなどつけ、少しでも男の視線が止まるようにと色仕掛けに余念がない。

(自分から口に出しにくいからといって、あのように遠回しに男を誘って……けしからんな)

にやにやと口元が緩んでしまう。そうこうしているうちに公爵家へとたどり着き、ヘイデンは馬車を停めさせた。

主人が正門の前で降りたあと、自分は裏口に回り込む。馬を繋いでいると、メイドたちの楽しそうな声が聞こえてきた。

「それにしても、噂通りにお美しいわ！」

「本当。大人っぽくて、私たちより年下なんて信じられない！」

(小娘どもめ。男の話かあ？)

メイドとして働く女というのは、大抵が貴族の男を狙っているはずだ。女たちはいつだって、男漁りに余念がないものなのだから。

(ふふん……そんなに男に飢えているなら、この俺が相手をしてやってもいいんだがな)

ヘイデンの脳裏に、極上の光景が蘇ってきた。

本当は悦んでいるくせに、わざと泣き叫んでみせる美しい少女。至高の体を自分の思い通りにする征服感。白い肌に痣をつけたときの、背筋が砕けるようなあの高揚……。

(そろそろ久々に、『女狩り』の頃合か)

そんな考えを遮るように、神経質な女の声がする。

「あなたたち、何を騒いでいるのです?」

「も、申し訳ございませんメイド長! マリア王女が、あまりにお美しかったもので……」

交わされていたのが女の話だったと知り、ヘイデンは振り返った。

(マリア……。リリスさまの娘が、この屋敷に?)

いまは王太子妃であるリリスは、この家の令嬢でもあった。ヘイデンは、リリスが結婚して家を出るまで、色々と彼女の世話をしてやったものである。

かつての日々を思いだし、にやにやと口元を緩めていると、ひとりの少女が現れた。

「メイド長さん。こちらにいらっしゃったのですね」

「!」

ヘイデンは、彼女の姿にはっとする。

緩やかに波打つ金色の髪と、透き通るように白い肌。幼い娘から大人の女へ成長する途中の、危ういバランスを保つ体。

それらを持った美しい娘が、にこりと微笑む。

「マリアさま。いかがなさいましたか?」

「よろしければ、留学先のお土産を皆さまにもと思いまして。お口に合えばいいのですけれど……」

あれがリリスの娘、王女マリアなのか。

（……おいおい。本当に、似ているじゃないか……）

その声や、愛らしい顔立ちも。

華奢だけれどどこか肉感的な体つきや、くびれた腰。豊かな胸も……。

「……」

ごくり、と喉が鳴る。

メイドたちの噂話が、ヘイデンの傍でひそひそと聞こえた。

「でも、どうして王女さまがお城ではなくここにいらっしゃるの？」

「二年の留学を終えられたので、しばらくこちらで休養なさるそうよ。マリアさまにとって、ここはおじいさまの家ですもの」

メイドたちの話に耳を傾けていると、マリアがヘイデンのほうに視線を向けた。

「あ……」

マリアの目元がきらきらと輝いて、彼女が薄化粧をしていることに気がつく。にこりと可憐な微笑みを向けられ、ヘイデンはにわかに興奮してきた。

（な、なんだ。王女だのなんだのと大層な立場でも、結局ひとりの女だな。化粧なんかして男を誘惑する気で……大方この家に来たのも、城では出来ない悪さをするためなんじゃないか？）

そうだ。そうに決まっている……。

思わず涎《よだれ》が出そうになり、ヘイデンは口元を拭った。

しかし、焦ってはならない。相手は王女なのだし、下手なことをしては大事になってしまうだろう。

（どうせ、すぐに自分から誘いをかけてくるさ……）

＊＊＊

その日の夜、ヘイデンは、己の予想が正しかったことを実感することになる。

深夜のことだ。馬たちが妙にそわそわと鳴いていた。ヘイデンはそれを落ち着かせるため、ランタンを片手に馬小屋に行ったのだ。

薄暗い馬小屋の中で、白いドレスの少女を見かけた。

(あれは……？)

金色の髪が輝いて、すぐにあれがマリアだと気がつく。ヘイデンはどきりと心臓を高鳴らせたあと、「やはりな」と口元を笑みに歪めた。

「へへ……ま、マリアさま……」

後ろから近づいて、そっと声をかける。

「どうなさったのですか？　こんな夜中に……」

「……」

「もしや、眠れないので……？」

慎重に一歩ずつ歩み寄っても、マリアは逃げる気配もない。

一言も声を発さずに、身じろぎすらしないで、年老いた馬を見つめているようだ。

「よろしければ、わたくしめが眠りのお手伝いをしましょうか……」

そう言って、彼女の背に手を置いてみた。

(おお……)

久々に触れた女の体温に、ぞくりと背筋が泡立つ。自分の下腹部に重みを感じ、そのままマリアの背を撫であげてみた。

彼女は一言も発さなければ、体を反応させることもない。

（なんだ？　……ああ、焦らしているのか）

呼吸を荒くしながら、ヘイデンはマリアの背を何度も撫でる。

「ぐへ……も、勿体ぶらなくていいんですよマリアさま。リリスさまも眠れない夜などは、我々使用人にこうやって、寝かしつけをせがみにいらしたのですから……！」

「……」

「マリアさま……」

しかし。

マリアは次の瞬間、ふいと馬から目をそらし、何ごともなかったかのように歩き始めた。

「……？」

まるで、ヘイデンなどそこにいなかったかのような振る舞いだ。

声をかけられた事実も、触られた事実も存在しない。そう言い切るかのようなマリアの背中を、ヘイデンは追おうとする。

しかしそのとき、馬たちがいよいよ本格的に騒ぎ出して、高い嘶《いなな》きを上げた。

「こ、こらお前たち、静かにしないか!!　どうどう、よしよし……」

馬の管理を任されているヘイデンは、深夜の鳴き声に慌ててしまう。そうこうしているあいだに、マリアは馬小屋から出ていった。

「マリアさま！――ああ、くそ！」

苛々として舌打ちをする。ひどく暴力的な、抑えきれないほどの怒りが沸き上がって、馬小屋の壁を蹴り飛ばした。

それでもなかなか発散できず、ヘイデンは決意する。

（俺を誘いにきたくせに、なんなんだあの女は！　まあいい。街に出て、狩りでもして我慢してやる……！　そろそろ酒場の女たちが勤めを終えるころだ、捕まえて路地裏に引きずり込んで、思う存分……）

いやらしく甘えてくる商売女もいいが、今日の気分は違う。

嫌がる女を無理矢理押さえ込んで、顔でも殴りながら犯したい。めちゃくちゃにしたくてたまらない。ウェンズリー家の馬車を勝手に出したヘイデンは、酒場のある通りの方を目指した。

（若い金髪の女がいい。そうだ、『あの女』のような……！）

そう言いながら思い描いたのは、マリアの姿でも、自分に甘えて跨《また》がってきた年若いリリスの姿でもない。

かつて湖のほとりで犯した女。

もはや名前も顔も思い出せないが、公爵が外で作った愛人の娘だ。

あのときの光景ははっきりと思い描けるのに、娘の顔は思い出せない。それは、最後に見た彼女の顔が、目も開けられないほどに腫れていたからだった。

あれから十五年、ヘイデンは何度か着飾った女をさらい、同じように殴って陵辱していた。

一度も殺したことはないし、最終的には合意の上である。なにしろ女たちも、結局は殴られて犯されることに喜びを感じ、体の力を抜いて抵抗をやめるのだから。

（結局、女は男よりも好き者なんだ。ああして化粧をして、着飾って、男を誘うために……！）

ヘイデンはその日、酒場から出てきたひとりの給仕女に目を付けた。

＊＊＊

「このところメイド長が元気がないのだけれど、みんな何か知ってる？」

「さあ。でも、いつもガミガミとうるさいから良い気味だわ！」

「それより、街で女の人が酷い目に遭ったんだって。怖いわよね」

「街と言えば、最近できたお店がね」

メイドたちのかしましい声が、遠くから聞こえる。

屁不足のヘイデンは、二頭立ての馬車を正門へと回しながらもぼんやりとしていた。

このところうまく寝付けず、神経が高ぶったように眠りが浅くて、体の疲れが抜けていない。

正門で主人を待っていると、やがて扉が開き、使用人たちに見送られてウェンズリー公爵が出てくる。そしてその傍らには、愛らしく着飾った孫娘のマリアがいた。

「おじいさま。今日はどちらに連れて行って下さるのですか？」

母親のリリスそっくりに笑いかけるマリアは、一見すれば可憐で無垢《むく》な少女だ。けれどその本質が違うことを、ヘイデンだけは見抜いている。

「ついてからのお楽しみだ。とっておきのものを見せてやろう」

「まあ、とても楽しみです。一体何かしら」

そんなことを話しながら、マリアがこちらに視線を寄越した。目が合ったのは一瞬だが、ヘイデンはどぎまぎしてしまう。

（王女め、一体どういうつもりだ？）

あの夜以来、マリアは毎晩のように馬小屋に現れる。

何をするわけでもなく、黙ってそこに立っていて、一言も言葉を発しない。ヘイデンが声をかけても返事をせず、こちらを見ることもなかった。

（さすがに、王女が自分から誘いをかけるわけにはいかないってことか？）

だからこそ、ヘイデンが手を出してくるのを待っているのだろうか。

（俺だって、王女が何も言わないのにちょっかいを出すなんざ……。まあ、ちょっとは触らせてもらったがな……）

彼女の背中に触れた体温を思い出し、鼻の下が伸びる。

（男嫌いなはずがねえ。なんせあのリリスさまの娘だぜ？　毎晩ああして誘ってくれてるんだ、そろそろ応えてやらねえとな……）

女というのは身勝手だ。自分から誘いをかけてくるくせに、最後の一手は男から欲しがる。

結局は、強引な男を求めているのだ。『やめて』という言葉がどれほど雄を煽るのか、知っているのに口にするのだから性質《たち》が悪い。

（……今夜だ）

今夜、マリアを犯してやる。

ヘイデンはそう決意し、馬車を出したのだった。

マリアの誘いに乗ってやることを決めてから、ヘイデンは一日落ち着かなかった。

気もそぞろになっているせいか、主人に言われた場所を通り過ぎてしまう。そのつど慌てて手綱を引くせいで、馬たちも機嫌が悪くなり、馬車はがたがたと不必要に揺れた。

「ヘイデン。今日は随分と走りが荒いようだな」

薔薇《ばら》園で馬車を降りる際、ウェンズリー公爵が眉をひそめた。

「申し訳ございません、旦那さま」

「今日ばかりじゃない、ここ数日はずっとこの調子だぞ。孫娘を乗せているんだ、もっと気を付けて走らせてくれ」

「は、はい……」

公爵が溜め息をついたあと、馬車にいるマリアに手を伸べる。マリアは上品にその手を取り、馬車を降りると、ヘイデンを見上げた。

そして、ふわりと可憐な微笑みを浮かべる。

「……！」

リリスにそっくりな、天使のような微笑みだ。

（やっぱりだ……！）

やはりマリアは自分に気がある。夜になると黙りこくって目を合わせないのも、王女という立場がそうさせるのだろう。その気がないのなら、毎晩あうして馬小屋を訪れる理由もないのだ。

祖父の前で色目を使ってくるほどには、男を欲しているらしい。早く、自分がこの手で癒してやらなければ。

（待ってろよ。へへ……）

そんなことを考えながら御者台で主人を待っているうち、ヘイデンはいつしか、御者台で居眠りをしていた。

そのせいで戻ってきた公爵の呼びかけに気付かず、叱咤《しった》の言葉を受けてしまう。けれど今夜の楽しみを思えば、こんなのはなんでもないことだ。

(俺は、あんたの娘と孫を楽しませてやってるんだぜ。感謝してもらわねえとな)

そんなことを考えながら、ヘイデンはようやく待ちわびていた夜を迎えた。

＊＊＊

真夜中、ウェンズリー公爵の書斎から明かりが消えたころ。

使用人部屋を抜け出したヘイデンは、足早に馬小屋へと向かった。

この時間になれば、マリアはきっとここに来ているはずだ。期待に鼻を膨らませ、小屋の中に飛び込むと、その少女はやはりそこに立っていた。

金色の髪が顔にかかっているせいで、その横顔はいつもよく見えない。

早く美しい顔を拝みたかったが、これから好きなだけ堪能できることを思い、ヘイデンは口元をにやつかせた。

「ま、マリア王女さま」

「……」

マリアはやはり、ヘイデンの呼びかけに答えない。

いつものように、年老いた馬をじっと見上げているばかりだ。その馬に一体何があるのかとも思うが、いまはそんなことどうでもよかった。

「へへ……」

そのマリアの体に手を伸ばし、薄手のドレス越しに尻へ触れようとする。

その瞬間、マリアがぱしりとヘイデンの手を払いのけた。

「おっと」

ここでヘイデンがしたことに、マリアが反応したのは初めてのことだ。昼間は意味深に笑いかけてくるくせ、馬小屋の中では亡霊のように黙り込んでいるのだから。

ヘイデンは大袈裟に手をさすりながら、へつらうように笑みを浮かべた。

「そ、そうやって、わざと焦らして男を煽っているんでしょう?」

「……」

「誘惑するために化粧をして、こんな夜中にひとりで……! 安心して下さい、天国をお見せしますから。へへっ」

すました顔を見出せることが、楽しみで楽しみで仕方がない。

「隠すことはないんですよ。女なんてどれほどお高くとまっていても、結局は男を咥《くわ》えこむことしか頭にない。……最初は嫌がっているふりをすることで、自分に責任がないと言わんばかりに……」

「──女を」

小さくてもよく通る声が、ヘイデンの言葉を遮った。

「女を殴って犯したことが、あなたにはある?」

「……へ?」

冷たくて、すべてを拒絶するような声だ。それが可憐なマリアの声だとは思えず、ヘイデンはぽかんとする。

けれども次の瞬間、愛らしいくちびるから『犯す』という言葉が紡がれたことに、言い知れないほどの興奮を覚えた。

「あ、あなたもそういうのがお好みなんですか⁉」

「……」

「清楚で、何も知らない無垢な少女に見せかけて……！　やっぱりそうだ、俺の思った通りの淫乱女だった！　ははっ、さすがはリリスさまの娘だ‼」

「いいから、答えて」

はあはあと呼吸を荒げながらも、ヘイデンは望み通りに教えてやる。

「もちろんですとも……！　これまで何人か相手をしてやりましたが、みんな最後には俺のされるがままですよ。どれだけ嫌だと泣いたって、最後にはぐったりと俺に体を預けて！」

「……何人か？」

「ええ、ええ！　最初にそうやって楽しませてやった女が、相当な好き者でしてね。自分の妹の前で犯されているのに、ひいひい泣き声を上げて喜ぶんです！　相当俺のものが気に入ったらしい、まったくけしからんものですよ！」

熱く言い切ると、後ろを向いたままのマリアがゆっくりと俯いた。

「そう、なの」

ヘイデンは、マリアの体を後ろから抱きしめる。

「任せて下さい、マリアさま。あ、あなたにも、忘れられないような良い思いをさせてあげますから……」

しかし、マリアに手首を掴まれて、ぐりるりと腕を捩じられた。

「……っ？」

「触らないで」

そう言って、マリアは馬小屋の奥に駆けだす。

「……何を……」

せっかく捕まえた獲物に逃げられて、ヘイデンはかっとなる。

（どうせ、抱かれる気でいるくせに……！）

そのためにここに来たくせに、いまさら何を言っているのだ。

（淫乱が、まだ生意気にも焦らすつもりか!?　……そうか。俺を怒らせて、強めに殴られたいと思っているんだな？）

マリアは恐らく、本気で逃げるつもりなどない。馬小屋の外ではなく、奥の物置に逃げ込んだのがその証拠だ。

「そっちに行っても、行き止まりですよ……」

ヘイデンの中にはもはや、相手が王女だという思いなど残っていなかった。

ここにいるのは一匹の雌だ。男に殴られながら犯されたい、とんでもなくふしだらな女。そんな相手に手を出すことに、なんの罪があるだろうか。

王女が望んでいるのだから、殴ったところで問題があるはずもない。むしろ、想いを汲まずにいることのほうが不敬だろう。

自分の中で結論づけて、奥の物置へと駆け出した。

華奢な背中を追って、一直線に走る。目の前で走るマリアの足首がドレスから覗き、その細さに高揚した。

あの足を掴んで、引きずって嬲りたい。手を伸ばすも、あと一歩のところで物置に逃げ込まれてしまう。

ヘイデンも物置の中に踏み込んだ、その瞬間。

「!?」

右足が何かに引っかかり、ヘイデンは派手に転んだ。

顔面をしたたかに打ち付けて、強い痛みに顔をしかめる。けれど、目の前に少女の愛らしい靴があり、にやにやと笑って顔を上げた。

「マリアさま……」

上を見上げると、そこには、大きな石を両手で持つマリアが立っていた。

「――?」

その顔は、リリスによく似たあの娘とは違う気がする。

化粧の雰囲気が違うせいなのだろうか。目の前に立ったいまのマリアは、昔見た誰かにそっくりだ。

この顔を持つのは、誰だったのか……。

思想を遮るように、マリアが手にした石を振り上げる。

「がっ……!?」

頭頂部に強い衝撃と痛みを感じ、ヘイデンは濁った悲鳴を上げた。

意識が遠のく。揺らいだ視界の中に、とある少女の顔が浮かんできた。

「『忘れられない思いをさせてやる』ですって？」

艶《あで》やかだけれど冷たい声が、静かに紡ぐ。

「お気遣いいただかなくとも、私は忘れなかったわ」

化粧の香りが淡く漂い、胸の詰まるような思いがした。

「――たとえ死んでも、ね」

自分たちがいたぶった女の顔でそう言われ、ヘイデンはゆっくりと、意識を手放す。

＊＊＊

ゆっくりと目を開けると、ヘイデンの両手は縛られていた。

思わぬ事態にぎょっとして、辺りを見回す。どうやらここは森の中で、自分は荷馬車の荷台に縛り付けられているようだ。

手だけではなく足首も縛られており、両手と両足を大きく広げ、そのまま固定された状態だった。

月明かりがあるものの、辺りは暗い。まだ夜のさなかであるようだが、一体なにが起きたのだろう。

「おい!!　誰かいないのか!!」

森の中に声が反響する。抜け出そうとすれば、殴られた頭がひどく痛んだ。

「静かにして」

「！」

聞こえてきた声で、初めて人の存在に気が付く。必死に頭を持ち上げると、白いドレスの女がそこに立っていた。

「ひ……っ」

あの娘だ。

十五年前、リリスにせがまれて犯した彼女の異母姉。金色の髪を風になびかせる彼女が、凍りつくようなまなざしをこちらに向けている。

「なんで……」

信じられない思いで、ヘイデンはかぶりを振った。

「死んだはずだ、お前は!! 十五年前のあのとき、あの森で!! なのになんでここにいる!? 生きていたのか!? なんで、なんで、なんで!!」

「『殺した』」

「!!」

その女は、手に金槌を持っていた。

赤子の頭ほどの大きさがある、見るからに重そうな槌だ。女はその柄を握り締め、静かに言う。

「……『死んだ』ではなく、『殺した』の間違いでしょう?」

「……!!」

湧き上がってきた恐怖に、ヘイデンは震えた。手足を縛る縄が軋んで、きつく食い込む。

(そんな馬鹿な!!)

死んだ女が、蘇るはずがない。

（だが、そうでなければこいつはなんなんだ⁉　俺の目の前にいる、この女は‼）

こうして顔を見て、ヘイデンはやっと思い出す。あの日自分たちが嬲り殺した少女の顔を、リリスの異母姉だった公爵令嬢の顔を。

「や、やめろ……その目で、俺を見るな‼」

「――」

女の冷たいまなざしが、刃のように突き刺さった。

彼女が纏う威圧感に、上手く呼吸が出来なくなる。溢れ出るほどの憎悪が、その怒りが、肌を通して痛いほどに伝わってきた。

「俺を恨んでるのか⁉　なんで、なんでだ⁉　ちくしょう、騙しやがって‼」

毎晩馬小屋に立っていた女は、王女マリアではなかった。きっと、この幽霊だったのだ。

「お前を殺したのは俺じゃねぇ！　俺はなあ、もっとお前を楽しませてやってもよかったんだぜ⁉　だから違う、違うんだ‼　あのときお前にとどめをさしたのは、俺じゃない！　俺も知らないんだ‼」

「そう」

淡々と紡がれた答えに、ヘイデンは目を見開いた。

「俺になんの恨みがある⁉　お前も本当は、途中からあれを楽しんでたんだろう‼」

「……」

「妹に見られて興奮してたんじゃねえか‼　本気で嫌ならなあ、もっと抵抗してたはずだよなあ⁉　妹を見捨ててでも逃げてたはずだろう！　そうしなかったってことは、内心では悦んでたんだよ‼　女なんて本当は、男よりも色好きなんだからな！」

大声で唾を飛ばしつつ、懸命に喚く。そのうちに、拘束された恐怖心がどんどん怒りへと変わってきた。

自分が女に、女ごときにこんな状況へと追い込まれたのだ。屈辱に頭が煮えそうで、ヘイデンは縛られた手足を動かして暴れた。

「他の女だってそうだ!! 着飾って化粧をする時点で、男の目を気にして誘惑しているんだろう!? だから望み通りにしてやった、何が悪い!! 襲われたくねえなら、夜中にひとりで歩いていた自分を責めろ!! 自分を恥じろ!! 俺は悪くない、俺は!! 俺は……」

「……」

「おい!! てめえ、この縄を解け!!」

ふうふうと肩で息をつき、ヘイデンは女を睨み付ける。

けれども女は、ますます冷やかに目を細めた。そして、美しすぎて作り物のように感じられるその顔に、なんの感情も乗せず口にする。

「――かわいそうに」

「……!?」

淡々とした、乾いた声だ。

「すべての女が、あなたの、男の目を気にして生きているとでも思っているの?」

「は……!?」

「女が着飾り、化粧をする理由が男を誘うため?……そんなこと、あなたに決めつけられる筋合もないわ。化粧の理由なんて、私が決める」

「……っ、うるせえ!!」

この女を、いますぐ殴りたい。

亡霊だろうと知ったことか。死んだ人間が蘇ってきたなら、もう一度殺してやればいい。殴って、犯して、今度は自分がこの手に掛けてやる。そんな思いで頭がいっぱいになり、興奮による酸欠で目の前が白くなる。

「縄を解け!! てめえ、ただじゃおかねえからな!!」

「救いようのない獣ね。こうでもしない限り、あなたは女性を不幸にし続ける」

「ひ……」

女が一歩こちらに歩み寄ったとき、ヘイデンは思い出した。

その女が、大きな金槌を持っていたことを。どれほど叫んでみせようと、自分が手足を拘束されていることを。

「何をする、気だ……?」

「歯を食いしばったほうがいいわよ。舌でも噛んで、死なれたら大変だもの」

「やめろ!! 何をするんだ!! 何を、何を……っ、あ、ああああああああああっ!!」

女は次の瞬間、いかにも重そうなその槌を、勢いをつけてぐっと持ち上げる。

「ひ……っ」

その直後。

大きな金槌が、女の頭上から、ヘイデンの男性器へと一気に振り下ろされた。

「か、ぁ――――…………ッ！」

ぐちゃり。

何かが潰れる音と共に、焼けるような痛みが股間へと走る。

まるでその場所に火を付けられたような、痛覚とすら理解できないほどの痛みだった。その衝撃に、ヘイデンは大きく体を痙攣させる。あまりに強く体を折り曲げたせいで、びくともしなかった左手の縄が軋んだほどだった。

「かはっ、あ……」

目の前が眩み、ヘイデンは泡を吹く。けれども冷たい水をぶちまけられ、無理やり意識を引き戻されてしまった。

「あ、あ……っ⁉」

「寝ちゃ駄目よ。起きていてくれないと」

「ひ……っ、ひいっ、ひいっ、あ、なに、なにを、なんで……‼」

ふわりと美しく微笑んだその女は、馬車の荷台へと身軽に上がる。ドレスの裾を両手で摘み上げると、金槌で潰されたヘイデンの陰部を踏みつけた。

「あ、ああああああああっ‼」

「よかったわ。去勢はうまく出来たみたいね」

「ああああああ‼　あああああっ、やめ、離れっ、痛い、痛いいいいいいいいいっ‼　やめて、やめ……っ」

「やめて？　冗談でしょう？」

再び失神しそうになったところへ、今度は平手が飛んで来る。

身を屈めた女は、気絶することも許されないヘイデンを見下ろした。

「――こんなもので終わるなんて、思わないことね」

「ひいっ、ひ、ひいい……っ!!」

痛みのあまり呼吸が出来ず、はふはふと喘ぐ。喉が引き攣って、唾液をうまく呑み込めない。

「なんで……！　なんで、なぜ、なぜ……！」

おかしくなりそうな痛みの中で、ヘイデンは必死に叫んだ。

「何故だ!?　なんで、なん、で、こんなことを……!!」

「この期に及んで分からないから、あなたはこんな目に遭っているの」

「どうして……!!　ここまでされるほど、ひどいこと、していない!!　お、俺は、俺は、女たちのために……!!」

少女は辟易《へきえき》したように、ふうっと溜め息をつく。

「……耳栓を持って来ればよかった。聞くに堪えないって、このことね」

「やめてくれ!!　お願いだ、た、頼む!!　頼むうう、もう、やめて……」

「いやよ」

冷たいまなざしが、再び真上から注がれた。

「だって、あなたたちはやめてくれなかったわ」

「……!!」

「ニナが泣いても、私が叫んでも。どれだけ願っても、やめてくれなかった」

「あ……そんな、そんなことは……!!」

女は、手にしていた金槌を荷台の外へと捨てた。

その代わりに、今度は荷台の隅から何かを拾い上げる。それは、腕くらいの太さに作られた木製の棍棒だ。

「犯される苦しみは、同じように味わわないと分からないわね」

「ひ……!?」

「自分の尊厳ごと、体の中を抉《えぐ》られる痛みも。恐怖も、屈辱も、死にたくなるようなおぞましさも」

「ま……まさ、か……」

「安心して。殺しはしないから」

棍棒を手に、女は笑う。

「死なせてなんか、あげるものですか」

「────っ!?」

恐怖で頭が真っ白になった。

頭をぶんぶんと振りながら、張り裂けんばかりに叫ぶ。

「ひ……っ、い、いやだ!!」

「いやだ、いやだいやだいやだいやだああああっ!!！ 許してくれ……許してくれ、許してくれ許してええええええええっ!! うああっ、あああーーーーーーーっ!!」

ヘイデンの悲鳴は、朝まで止むことはなかった。

＊＊＊

「……ヘイデンを治療してやるだって？　本気かよマリア」

もうじき夜明けを迎える森の中に、黒髪の男の声が響く。呆れたような彼の言葉に、マリアは頷いた。

「本気よ。だって、殺して終わりじゃあ済まないもの」

小瓶に入れてきた水で手を洗い、おぞましい血の汚れを落としながら告げる。そして、黒髪の男を見遣った。

留学時代に知り合ったこの男のことを、マリアはジンと呼んでいる。

「止血程度で十分だわ。死なない程度に処置をしたら、『貸し出し』をするから」

「貸し出し？」

「この男が犯してひどい目に遭わせたのは、私たちだけじゃないのでしょう？　他の女の子たちの家族に会わせて、同じように復讐させてあげようと思うの」

「……なんだよ、殺さないのも復讐の一環か」

ジンは納得がいったという顔をし、荷台に転がしたヘイデンを眺めた。

彼に対するマリアの復讐は終わり、一区切りがついた。……ジンはそう思ったようだが、それは間違いだ。

ヘイデンの意識ははっきりとしている。

下半身を血まみれにし、虚ろな目で空を見上げていても、決しておかしくなってはいない。正気を保たせたまま、生かさず殺さずの状態で、最大限苦しめ続けたのだ。

「恐ろしい姫さまだよなあ。タマ潰して、後ろをずたずたにして、失神もさせずに半殺しなんざ」

「これくらいは当然でしょう？」

ハンカチで手を拭いて、マリアはジンを見据える。

「私とニナは、死んだ方がマシな思いを散々させられてから殺された。だったら今度は、こいつらを死ぬよりも辛い目に遭わせ続けないと気が済まないわ」

「ははっ」

その言葉を聞くと、ジンはいかにも楽しそうに目を細めるのだ。

「そんなことじゃ、うちにあいつを卸してもらえるのは当分先だな」

「殺さないことを絶対条件に貸し出すから、待っていればそのうち回せるわよ。……とびきりの変態に売り飛ばしてね、ジン。もう二度と、まともな生活を送れないように」

ジンはひらりと右手を上げる。

「俺にとっても願ったりだ。所望の品を買えて顧客も喜ぶ、いざというときはリーフェイン国の王女が手を回してくれる。ありがたい話だよ」

このジンは、マリアの共犯者だ。留学先で縁が生まれ、マリアの前世を知っており、手を組むことになった男。信用しているわけではないが、彼は色々と使える。

恐らくは、互いにそう思っていることだろう。

「……それにしても、駄目ね」

凌辱を振るった腕にだるさを覚え、マリアは溜め息をついた。

「やっぱり、荒事は性に合わないわ。直接手を掛けずとも、自滅して、死ぬより辛い目に遭ってもらうのが一番良い」

「去勢と強姦まがいを同時にやっておいて、よく言うぜ」

「どちらかなんて生ぬるいこと、私がすると思う？」

「全然。……しかし、化粧ひとつで顔立ちの印象ってのは変わるもんだな」

普段とは違う化粧をほどこしているマリアを見つめ、ジンは不思議そうに言う。

「お前は母親にそっくりなんだと思っていたが、いまは別人みたいだ。それが前世のお前の顔か？」

「リリスと私は、前世でもよく似ていたのでしょうね。……印象や表情がまったく違ったから、私自身を含め、誰も気が付かなかったけれど」

化粧を落としたマリアの顔は、リリスにも前世のマリアにも似ている。

殺したいほど憎い女と、許せない弱かった自分のどちらにもそっくりなのだ。鏡を見るたびに忌々しく、それを疎《うと》んだこともあったけれど、こうして利用できるのなら悪くない。

女が化粧をし、着飾る理由は人によってさまざまだろう。

ヘイデンの言うように、男のためという女性もいるかもしれない、自分に自信をつけるための人も、顔の悩みを隠す手段という人もいるだろう。

そして、マリアにとっては復讐のためだ。

顔も、体も、使えるものはすべて使ってみせる。

「ひとり潰して気が済んだ……なんてこと、言わないよな？」

首をかしげたジンが、挑発。

「もちろんよ。あの男は、今日のうちに被害者の家族に引き渡すとして……」

マリアは不敵な笑みを浮かべる。

「ひと眠りしたら、次の標的に移るわ」

もうじきに、朝がやってくる。

ヘイデンにとっては絶望の、マリアにとってはいつもと変わらない復讐のさなかにある、そんな朝が。

二人目　滅私奉公の狂信者

ウェンズリー公爵家の夕食どきは、いつもたったひとりの女性の声が支配している。

「ああ、それにしてもリリスときたら！」

美しい銀の食器に飾られた料理の前で、マリアはにこやかな微笑みを浮かべつつ、祖母であるウェンズリー夫人の話を聞いていた。

「二年ぶりに娘が戻ったというのに、王太子との視察からまだ戻らないだなんて。辺境の視察なんて別の人間にやらせて、もっとマリアと一緒にいるべきだわ。そうでしょう？」

「あら、おばあさま」

愛らしい孫娘の仮面をかぶり、マリアはふわりと笑った。

「お母さまには早くお会いしたいですが、寂しくなんてありませんわ。だって、こうしておばあさまと休暇を過ごしているんですもの」

「まあ、マリアったら……」

これまでむすっとしていた祖母が、まんざらでもなさそうな顔に変わった。

「それに元はといえば、私が予定より早く帰国したのが悪いのです。あまりお母さまたちを責めないで下さい、おばあさま」

「マリアは優秀なのだから、飛び級で卒業するくらい当然です。なにせ、私の孫なのですからね」

機嫌の良くなった祖母に微笑みかけて、マリアは食事を続けた。

(素直で、可愛い人)

この祖母は直情的で、かっとなると手が付けられない。だが、その分扱いやすくもある。

(……あのころには気付かなかったわね。この人の視界に入るだけで、棒でひどくぶたれたもの)

生まれ変わる前。

前世のマリアは、ウェンズリー家の人間としてこの食堂で食事をしたことは、ただの一度もなかった。

いまの祖母、前世のマリアにとっての継母は、愛人の娘である自分たちを嫌っていた。マリアとニナは、彼女の前には絶対に姿を現さないよう固く言いつけられていたのだ。

夜になると、厨房の隅でいつも冷めたスープを飲んでいた。昼間に継母にぶたれた傷の痛みを、懸命に堪えながら。野菜の屑《くず》しか与えられず、それを妹と分け合った寒い夜のことを今でも思い出す。

「どうしたの？　マリア。食事が口に合わなかった？」

「……いいえ、おばあさま。とても美味しいです」

明るい声音で言葉を返して、止まっていたスプーンを動かした。

「ならよかった。何か足りないものがあるなら、メイド長のカリーナになんでも言いつけなさい」

「はい。ありがとうございます」

「それにしても、あの人は今日も帰りが遅いわね。そういえば、このところ御者のヘイデンの勤務態度に問題があると言っていたけれど……そういう人間は、いきなり『辞める』なんて言い出すから気を付けなくちゃ。やっぱり育ちの悪い家の人間は駄目ね……」

ぶつぶつと不満を漏らす祖母の言葉を聞きながら、マリアは目を伏せる。そしてその思考は、『標的』のことでいっぱいになっていった。

＊＊＊

カリーナは、公爵家のメイド長を十年務めている。

結婚や出産といった女の幸せを捨て、この家に忠誠を尽くしてきた。そのため夫人の信頼もあつく、この家のメイドに関してはすべて一任されているほどだ。

朝はいつも忙しい。他のメイドたちは頼りなく、カリーナの手助けが必要な者ばかりだからだ。

「アン。玄関の掃除が不十分だわ、早く手を動かして！　今日中に花瓶の水を変えておかないと、明日には萎《しお》れてしまうわよ！……ミザリー、洗濯はまだ終わらないの⁉　シーツが溜まっているわ、すぐ干しなさい！　それとあなた、これで食器を磨いたつもり⁉　まだ曇っている、やり直して！」

カリーナがてきぱきと指示を飛ばせば、若いメイドたちは驚いたように目を丸くする。そのまなざしが気持ち良く、カリーナは勝ち誇ったように胸を張った。

（ふん。どうかしら？　私がさっと目を通すだけで、他が見落とすような失敗にもすぐに気付けるの）

これこそ、長年真摯に勤めてきた人間だから出来る仕事ぶりだろう。

若いメイドたちは、カリーナに尊敬のまなざしを注ぐべきだ。だというのに、使用人室に集めた彼女たちは、ぐったりとした顔で俯いている。

「ほら、どうしたの？　さっさとしなさい！」

「も、申し訳ありませんメイド長。でも私たち、もうくたくたで……」

「夜明け前の暗い時間から起きて、いままでずっと座らずに働いているんです。もうお昼が近いのに、水の一杯も飲んでいなくて……」

「だからなんです!?　そんなもの、あなたたちが悪いんでしょう!!」

カリーナは、怠けることばかり考えている娘たちを一喝した。

「休めないのは、自分の仕事が遅いからですよ。私が貴女たちの立場だったころには、寝る間も惜しんで働いたものです。時間内に終わらなかったのは自分の責任、至らなさゆえと考えて、当時のメイド長に頭を下げたのですよ。『休みなどいりませんから、最後まで私にやらせてください』とね……！」

我ながら、なんと美しい奉仕の精神だろう。

もちろん、その心は今もここにある。メイド長という立場でなければ、カリーナが彼女たちの仕事を全部やってやりたいくらいだ。

けれどもカリーナは、順番をきちんとわきまえていた。

自分たちがしてきた苦労は、若い人間にもさせてあげなければ。そうしないと、人間に成長はないのだ。

「……なによ……」

若いメイドのひとりが、ぐったりとカリーナを睨み付ける。

「手が回らないのは、あなたが何人も辞めさせるからでしょう!?　気に入らないことがあると、とても終わらないような量の仕事を言いつけて、追い詰めて失敗させて！」

「……なんですって？」

生意気なその発言に、カリーナはかっとなった。

「メイド長に逆らうなんてどういうつもり⁉　自分が未熟な人間だということを棚に上げて、一人前の口を！　あなたたちはいま、お給料をもらいながら学ばせていただいている幸福な立場なのよ⁉」

「私たちは一生懸命働いています！　お仕事ですから、忙しい日があるのは納得しています。けれどそれが毎日で、水を飲んだりお手洗いに行く時間すらないんですよ⁉」

「ちょっとアン、やめなよ……！」

「やめない！　メイド長、こんなの変です！　前より人が減っているのに、同じ時間で同じ仕事をこなせるわけがない。そもそも決められた時間内で終わる仕事の量を割り振れないのは、メイド長の能力不足なんじゃないですか⁉」

「はあ⁉　何を……っ」

自分の仕事が遅いのを、言うに事欠いて他人のせいにするというのか。

こんな考えのメイドが、公爵家にいることすらおこがましい。雇用のときに仲介人から話を聞く限りはいい娘だったのに、すっかり騙された。こうなったら、雇った責任は取らなくては。

「あなたのようなメイドはもういりません！　いますぐに、ここを……」

「メイド長さん」

響いた声は柔らかく、凛《りん》としている。

カリーナは慌てて振り返った。するとそこには、蜂蜜色をした柔らかそうな髪、彼女の母にそっくりの美しい顔立ちをした少女……王女マリアが立っている。

「マリアさま！」

その場のメイドたちは、全員慌てて頭を下げた。使用人室に不釣り合いなほど高貴なその姿は、同じ女性から見ても眩しいほどだ。

「お話し中?……お忙しかったかしら」

「とんでもございません、マリアさま！　このようなところにわざわざいらっしゃらずとも、お呼びいただければすぐに参りましたのに」

「ごめんなさい。どうしても、メイド長の淹れてくださる紅茶を飲みたかったものですから」

マリアにそう言われ、カリーナは目を見開いた。

「わ、わたくしの、ですか?」

「ええ。おばあさまから、あなたの紅茶は絶品だと聞いて。私にも淹れていただけないかしら」

「もちろんでございます。このカリーナ、マリアさまのためとあらばいつでも喜んで！」

やはり、この家の人たちは分かってくれている。本物の主人に見出されるのは、自分のような本物の使用人なのだ。当たり前のことだが、それがとても誇らしい。

「紅茶って……用意してるのはいつも私たちで、メイド長は注ぎに行ってるだけなのに……」

カリーナは、小声で余計なことを話している小娘を睨みつけた。カリーナが出てしまっては教育にならないと、敢えて一歩引いているのが分からないのだろうか。

「では、参りましょう。マリアさま」

カリーナは退室する間際、若いメイドたちを眺めてふんと鼻を鳴らした。

(見なさい。王女さま直々にご指名がかかる……これが、あなたたちと私の違いよ)

＊＊＊

「……大丈夫だった？　アン」

「私たちの分も、怒ってくれてありがとう。でも、あんなことしたらアンがクビになっちゃうわ」

仲間たちに囲まれて、新人メイドであるアンは頷いた。

メイドの雇用はすべてカリーナが握っており、彼女次第でアンはいつ路頭に迷ってもおかしくない。

みんなの言う通り、カリーナはアンを辞めさせるつもりだったのだろう。

だけど、あのとき……。

「マリアさま、私を助けてくれたよね？」

「……」

王女さまが、自分たちなんかに気が付いて、手を差し伸べてくれるなんて。

少女たちの中には、そんな信じられない思いが渦巻くのだった。

＊＊＊

「ふふ、おかしい。カリーナったら」

王女マリアのための部屋で、彼女に紅茶を淹れながら、カリーナはたくさんの話をした。

「あのときの悪戯には、私たち使用人もびっくりしましたよ。幼いリリスさまは本当にお茶目で、可愛らしいお嬢さまで……」

「いまのお母さまからは想像もつかないわ。あんなにご立派な王太子妃なのに」

「『ひとりっこ』で、遊び相手がいなかったせいでしょうかね。使用人によく甘えてこられて……」

マリアはくすくすと笑いながら、カリーナの淹れた紅茶を口にする。

「い、いかがでしょう？」

「……ええ」

カリーナはにわかに緊張したが、マリアの微笑みを見て安心する。

「いつも、おばあさまにお茶を淹れて下さるのはカリーナなの？」

「もちろんです。私は若いころから、紅茶の腕には自信がありまして！」

しかし、実は紅茶を淹れたのは、実に十年ぶりにもなる仕事だった。

普段は若いメイドたちにお茶を淹れさせて、カリーナ自身はあれこれと注文をつけるだけだ。

準備ができたら横から取り上げ、夫人の元に運んで行く。もちろんそれには理由があり、まだ貴族の前に出て仕事をするレベルに至らない彼女たちのために、仕方なくやっているのだ。

「マリアさまがお好みの味をお淹れいたしますから、遠慮なくお申し付け下さいね」

「ありがとう。お母さまが羨ましいわ。おうちに、こんなにやさしいメイドさんがいただなんて」

「……マリアさま？」

「お城の侍女はみんな、仕事はきちんとしてくれるのだけれど……あくまでお仕事という雰囲気なの。両親はいつも公務に出ているし、私には、こんな風にお話できる人はいなくて」

王女マリアはそう言って、寂しそうな微笑みを浮かべる。

まるで一枚の絵画のような、儚いまでに美しい微笑みだ。カリーナが掛ける言葉に迷っていると、マリアはすぐに明るい表情に戻り、「そうだわ」と口にする。

「おばあさまにお願いして、この家のメイドさんをひとり、王城に連れてきていただこうかしら？」

「そ……それはつまり、ここのメイドを王城勤めに、ということですか!?」

カリーナは、ごくりと喉を鳴らした。

若い娘たちでは駄目だ。怠慢で、手が遅くて、そのくせ権利ばかりは主張する。

適役は、この家のメイドでひとりだけ。

(私しか、いないじゃない)

ごくりと喉を鳴らした。

それほど名誉な役目が務まるのは、カリーナをおいてほかにいないのだ。

(きっとマリアさまも、そう思っていらっしゃるのだわ)

そうでなければ、わざわざカリーナに話す理由がない。こうして部屋に呼ばれたのも、そのためだったのではないだろうか。

(大っぴらには話せないものね。だって、私は奥さまにとっても大事な人材。ウェンズリー家にはなくてはならない存在で、私がいなければこの家は回らない……分かっている、だけど！)

王城で、この国の最高峰の場所で使用人たちを率いて働く。

それはなんという誉れだろうか。そんな話を聞けば、みんながきっとカリーナを尊敬する。

そしてカリーナは、王女からの信頼と、名声を得るのだ。

(そうよ。さっさと辞めて結婚し、子供を産んだあの女も、昔私を馬鹿にしたあの女も羨ましがる。生意気なアンだって、私が王族にまで頼られていると知ったらどんな顔をするか！)

「……ね。カリーナ」

マリアがカリーナを見つめ、にこりと微笑んだ。まだはっきりと口には出来ないのだろうが、やはりマリアはカリーナを欲しがっている。

カリーナはマリアの手を取って、しっかりと握りしめた。王女相手に不敬だという思いが一瞬よぎるが、高揚していてそれどころではない。

「ご安心くださいマリアさま。奥さまはきっと、お許しになられますよ」

「そうね。おばあさまにおねだりしてみるわ、ありがとう」

マリアが思い通りの返事をしたことに満足し、カリーナは、強く頷いたのだった。

＊＊＊

前世で経験した、あの夜のこと。

ひどく咳き込む妹の背中を撫でながら、マリアは懸命に呼びかけていた。

『ニナ、大丈夫?……ニナ。ニナ!』

夕方からニナの熱が高く、苦しそうな呼吸が止まらない。先ほどから咳が出始めて、辛そうな様子だ。

『おねえちゃ……』

『待っていてね。いまお水を持ってくるから……』

薬を飲ませれば、一時的にでも咳は止まる。マリアは急いで厨房に駆けこむと、メイドたちに懇願した。

『すみません、水差しを下さい……!』

しかし、彼女たちは何も言わず、忙しそうに厨房で動き回っている。

『あの……』

『……ああ、マリアお嬢さま。申し訳ございません、今夜は広間でパーティがあり、私どもも手が回っていなくて。少しお待ちいただけますか』

しかし、メイドたちは見るからに余裕のありそうな振る舞いをしていた。

のんびりと手を動かし、くすくすと笑いながらマリアを見て、小声で何かを囁き合っている。

『わ……私が用意します。お手を煩わせて、ごめんなさい』

『いけません、お嬢さま！』

『！』

食器棚の方に向かおうとすると、鋭い声で止められた。

『水差しはニナさまがお使いになるのでしょう？』

『は……はい。ひどく咳き込んでいて、苦しそうなんです。血を吐く前に、薬を飲ませないと』

『ですから。ニナさまへお出しする食器を、勝手に選ばれては困るのです。ご病気がご家族にうつらないよう、専用のものにしろと奥さまより言いつかっておりますので』

『そんな……』

メイドがふんっと鼻を鳴らす。彼女こそが、当時メイドのリーダー格だったカリーナだ。

『生憎、ニナさまの水差しはまだ洗えておりません。他の食器と一緒に洗うわけにもいきませんので』

呆然とするマリアを前に、さざめくような笑い声が広がった。

『……見て！　震えちゃって、おっかしい。私たちのことも怖いのかしら？』

『同じお嬢さまでも、リリスさまとは大違いね。見てるこっちがイライラしちゃうわ』

『だって所詮は娼婦の娘なんでしょう？　似てなくて当たり前よ。奥さまも、本当に旦那さまの子供なのか分かったものじゃないってよく仰ってるわ』

『私もそう思うわ。私たちと同じ庶民なのに、母親が上手くやったお陰で貴族のフリが出来ているんだから、このくらい痛い目は見るべきよねえ』

『……っ』

悲しくて泣きそうになったけれど、ここで引き下がるわけにはいかない。

弱かった前世のマリアは、ぐっと両手を握り締め、声を振り絞る。

『ニナの水差しも、私が洗いますから』

『はあ。マリアお嬢さま……いかに愛人の娘といえど、みっともない真似はおよしください。公爵家の恥となりますから』

『お願いです、お水を下さい！　でないとニナが、ニナが……』

『お嬢さま、こちらを！』

そのときに聞こえたのは、マリアにとって久しぶりに聞いた救いの声だった。

『急いで水差しを洗いました。こちらをどうぞ、お持ちください』

『っ、いきなりなんですかシェリーさん！』

カリーナは、一回り年下であろう年若いメイドに怒鳴り付ける。

『入ったばかりの新人が、勝手に持ち場を離れて動くなど！　あなたひとりの勝手のせいで、みんなの仕事が滞るのですよ!!』

『すみません、カリーナ先輩。私、急いで仕事に戻ります！』

急いで水差しを手渡してきたメイドは、マリアに小さく目配せをする。その瞬間、嬉しさで胸がいっぱいになるような思いがした。

『ありがとう……！　後で必ず、お礼に伺います』

『とんでもございません。お気をつけて、マリアさま』

笑顔を向けられて、マリアは頬が熱くなった。水差しの水を零さないよう慎重に、けれども急いでニナの部屋に戻る。そんな中でも、信じられない気持ちでいっぱいだった。

（あんな風に、助けてくれる人がいた！）

味方がいない、誰も助けてくれない状況の中で、差し出された水がどれほど嬉しかっただろうか。

（早くニナに薬を飲ませよう。そして、あの方にお礼をしなくちゃ。私に出来るだけの、ありったけのお礼を……本当に、嬉しい……！）

そしてそのメイドは、それからもしばらく、隙を見てマリアたちを助けてくれた。

数日後、真夜中のことだ。

『マリアお嬢さま。ニナお嬢さま。開けて下さい、お食事をお持ちしましたよ』

みんなが寝静まったころ、寝室の扉をそっと叩く音に、マリアははっとして顔を上げた。

『シェリー。あなたまた、みんなの目を盗んで……』

『ふふ。これくらいなんてことありませんよ。お腹が空いたでしょう？　どうぞ、召し上がってください』

そのメイドが差し出してくれたのは、スープとパンだ。メイドたちの「手違い」により、今日の夕食が用意されていなかったマリアたちにとって、それはどんなごちそうよりも美味しそうに見えた。

『ありがとう。ニナが、お腹が空いて眠れなかったみたいなの』

『……カリーナ先輩たちも、ひどい。仕える家の皆さんに尽くすのがメイドの仕事なのに……』

『いいの。リリスに逆らうのは得策じゃないもの。あなたもどうか、これ以上は無理をしないで』

『大丈夫です、マリアさま！』

そのメイドはにこりと笑い、やさしい声でこう言ったのだ。

『使用人たち全員が、おふたりの敵というわけではないんです。私のようにこうやって、お助けしたい者もいます。なかなか大っぴらには動けないけど、それでも……』

『……ありがとう。シェリー』

前世のマリアは、本当にうれしかった。

味方のいない状況の中で、たったひとりでも、こうして親身になってくれることが。

誰かが笑いかけてくれる、それだけのことが。

けれど、その幸福を噛み締めるのは間違っていたのだ。

マリアはあのとき、礼を言うのではなく、彼女の手助けをきちんと断るべきだった。

自分たちの境遇を考えたら、『味方』など求めるべきではなかったのに。その日、メイドのシェリーがある人物と鉢合わせしたことに、気付きもしなかったのだから。

『シェリーさん？……あなた、何をしているのですか？』

『……カリーナ、先輩……』

やがて、マリアがそれを知ったときにはもう遅かった。

シェリーはメイドたちからの嫌がらせによって精神を病み、仕事を辞めたのだ。決まっていた嫁入りも破談になり、廃人のようになって、いくら探してもその行方は分からなかった。

＊＊＊

小さく扉を叩く音がして、王女マリアは顔を上げた。

「あの……マリアさま。失礼いたします」

遠慮がちな、控えめな音だ。読んでいた本を閉じて、マリアは立ち上がる。

部屋の前に立っていたのは、昼間助けたメイドの少女だ。

「よ、夜遅くに申し訳ありません。本当は昨日のうちにお伝えしたかったんですが、仕事の手が、どうしても空かなくて……」

昨日の昼間、カリーナに立ち向かっていたあの少女だ。確か、アンと呼ばれていただろうか。

「こんばんは。どうかしたの？」

「王女さまのお部屋に失礼だとも思ったんですけど、どうしてもお礼を言いたくて。あの、昨日はメイド長から庇っていただいて、本当にありがとうございました!!」

昨日のこと。

マリアは目的のために、メイド長カリーナを呼びに行った。その際、彼女たちのやりとりが聞こえたので、カリーナの発言を遮る形で声をかけたのだ。

「お礼を言われるようなことはしていないわ。あのときはただ、カリーナに用事があっただけよ」

「でも……嬉しかったんです。あのとき本当は怖くて、怖くて……」

王女を前に、ひどく緊張しているのだろう。震えている彼女の言葉を、マリアはゆっくりと待つ。

「怖いけど、どうしても言わなきゃって思って。じゃないとみんな働きすぎで死んじゃうって。だから、マリアさまが助けて下さって、とても嬉しかったんです……！」

マリアはそっと、目を伏せる。

あれは、些細な助け舟のつもりだったのだ。それ以上でも、それ以下でもない。けれどアンにそうお礼を言われて、マリアは思い出す。

たったひとりの些細な行動で、心が救われた気持ちになるのは、確かにあるのだと。

「お礼なんて、言わなくていいわ。むしろ、私はあなたに謝らなくちゃいけないの」

「え……？」

少女を見つめ、はっきりと告げる。

そして、祖母やカリーナには決して聞かせないほどの冷たい声音でアンに囁いた。

「――本当に、ごめんなさい」

「マリア、さま……？」

＊＊＊

王城で、すべての使用人たちを束ねる立場につく名誉。

それを確実なものとするために、これまでウェンズリー夫人の世話につきっきりだったカリーナの日々は、マリアへの奉仕に力を入れたものとなった。

これまでより一時間早くメイドたちを叩き起こし、朝食の準備をさせる。湯を沸かし、マリアの身支度をすぐに手伝えるように命じておく。

マリアの好みをすべて聞き出し、料理人にはマリアの好きな料理を作らせて、食事のあとは気に入マリアの髪を丁寧にとかし、マリアのためにとっておきの菓子を焼く。

マリアはすっかりカリーナを信用し、あれこれと頼ってくるようになった。

「ねえカリーナ、これから庭にお花を植えたいの。留学先の国から持ち帰った種で、綺麗な青紫の花が咲くんですって。だけど、ひとりじゃ勝手が分からなくて……」

「はい。もちろんお手伝いいたします、マリアさま」

「ありがとう！　それが終わったらお茶にしましょう？　カリーナの紅茶、また淹れてほしいわ」

「勿体ないお言葉。とっておきのお茶をお淹れいたしますね」

「それから、カリーナにもうひとつお願いがあるのだけれど……」

そんなマリアの言葉を遮るように、屋敷の奥から夫人の声が響いた。

「カリーナ!!　カリーナ、どこにいるの!!　早く来て!!」

マリアは肩を落とし、カリーナを見上げる。

「……おばあさまがお呼びだわ。どうぞ行って、カリーナ」

「マリアさま……申し訳ございません、すぐに戻りますので」

「いいの。おばあさまを差し置いて、カリーナを独り占めできないわ」

マリアは寂しそうな笑みを浮かべたあと、こんな風に言った。

「カリーナの戻りが遅ければ、他のメイドさんにお願いするから」

その瞬間、カリーナの中に焦燥が生まれる。

他のメイドたちに、マリアへの見せ場を与えてなるものか。

「そ、それには及びませんマリアさま！　このカリーナ、奥さまのお言いつけをすぐに果たして戻りの紅茶を。

ますので。どうぞお待ちくださいまし、ね！」

「……ええ。でも、無理はしないでね」

（あの小娘たちが、マリアさまのお心を満足させる仕事が出来るはずもない。分かっているけれど、万が一ということもあるわ）

カリーナは急いで夫人の元に向かい、用事を聞いた。しかし、夫人の言いつけはこんなときに限って、時間を掛けた丁寧な仕事が要求されるものだ。

「大事な絨毯に、紅茶が零れているのよ!!　私の生家からの贈り物に、誰がこんな粗相をしたの!?」

「申し訳ございません奥さま!!　お、恐らくは、メイドのうちの誰かかと……」

「メイド!?　メイドが零した挙げ句、すぐに報告もせず放っておいたというの!?」

夫人の怒りに、カリーナは慌てて頭を下げた。

実は、この部屋で最後に紅茶を入れたのはカリーナだ。昨日の昼間、マリアにせがまれてそうした。絨毯に出来たその染みは、確かに昨日淹れた紅茶と同じ色合いのものだ。けれど、カリーナはそんな失敗を犯してはいないので、黙っておく。

「ああもう、犯人探しは後でいいわ！　すぐに洗濯と染み抜きをしてちょうだい。経験の浅いメイドに任せないで、あなたがお願いね!!」

「か……かしこまりました。奥さま……」

そう返事をしながらも、内心ではつい苛立ってしまう。

（こんなもの、零したメイドを見付けてやらせて下さらないかしら。こっちは一刻も早くマリアさまの元に戻らないと、見せ場を取られてしまうかもしれないのに……！）

「……カリーナ？」

「は、はい！　すぐに洗って参ります！」

仕方がない。こっそりと他のメイドに押しつけて、自分はマリアの元へ戻ろう。そう考えたのに、こんなときに限って若いメイドはみんな姿が見えなかった。

『若いメイドには任せるな』と言われた以上、大っぴらに誰かを呼ぶわけにもいかない。カリーナは仕方なく、自分で絨毯の洗濯をすることにし、マリアの『お願い』を見送る羽目になってしまう。

そして、マリアと話しているときに夫人から呼び出されることは、それからも度々起きたのだった。まるでタイミングを見計らったかのように、マリアが『大事なお願いがあるの』と言い出した矢先に、いつも夫人の声がする。

マリアは決まって残念そうに微笑み、『行ってきて。カリーナが遅くなるようなら、他のメイドさんにお願いするわ』と口にするのだ。カリーナはそれが気になって、夫人の用件を聞く際も、どこか焦って落ち着かない気持ちでいることが増えてきた。

早くしないと、マリアが他のメイドを頼ってしまう。

もしかしたら、王城に推薦するメイドが自分以外の誰かに決まってしまうかもしれない。

そんなことは有り得ないけれど、それでも万が一のことがある。例えばあの生意気なアンが、カリーナの悪評をマリアに吹き込みでもしたら、純真な王女はそれを信じてしまう可能性だって……。

「――そういうわけでね、カリーナ。明日はマリアに、リリスが昔着ていたあのドレスを着せてやることにしたの。急いでドレスを準備して、ほつれなどがないか確認して」

（ドレス？……また、そんなくだらないことで『急いで』なんて言い始めて……）

苛々する。ただでさえ気持ちが焦っているのに、なんでもかんでも急げと言われては良い迷惑だ。そんな仕事、誰にでも出来るのに。こちらだって、暇をしているわけではないのだ。

「今日の夜までには万全な状態にしておいてちょうだい。もしも間に合わなかったら大変ですからね」

こうしているあいだにも、そのうち新しい主君となるマリアがカリーナを待っている。なのに自分は、もうじきなんの関係もなくなる女の前で、一体何をしているのだろう。

「いいこと？　カリーナ」

「……はあ……」

このところの焦りや苛つきもあり、思わず溜め息を漏らしてしまった。

「……そう騒がなくとも。そんなドレス、どうしても明日必要なわけではないでしょうに……」

「……」

次の瞬間、自分が口にしたことに気がついて、カリーナはぱっと口を押さえた。

「なん、ですって……」

夫人の顔が真っ青になり、信じられないというように見開かれる。カリーナはぶんぶんと首を横に振り、先ほどの発言を誤魔化そうとした。

「ちが……っ!!　違うのです奥さま、いまのはその、そんなつもりじゃ……」

「何を!!　そんなつもりじゃないのなら、どういうつもりだというの!?」

ヒステリックな叫びが、カリーナの鼓膜を揺るがす。

「主人の命令に逆らったのね!?　ええそうよ、あなたいまはっきりと私を馬鹿にしたわ!!　この私に向かって、メイド風情が!!」

「誤解です!!　申し訳ございません奥さま、お許しを……！　どうか、この通りですから……!!」

「うるさい!!　いまはあなたの顔も見たくないわ!!　ぶたれたくなければ出て行きなさい、早く!!」

「ひ、ひぃ……っ」

カリーナは慌てて夫人の部屋を飛び出す。恐怖で心臓がばくばくと鳴り、身が竦むような思いがした。けれど、自分に必死に言い聞かせながら階段を駆け下りる。

（大丈夫よ！　私にはマリアさまがいる、やがて王城に行くんだもの!!　公爵家なんて目じゃない、この国の最高峰のメイドが集う場所で、その頂点に君臨するのだから……!!）

だから大丈夫だ。じきに他人となるこの家の夫人を怒らせたところで、なんの問題もないではないか。これまで通りに仕事をし、主君となるマリアに忠実に仕えていれば、カリーナの人生は安泰なのだから。

（早く、マリアさまの元へ……！　マリアさまの『お願い』を聞いて差し上げなくては、早く！）

けれど、マリアの部屋に向かおうとしたところで、カリーナは見てしまったのだ。

（……あれは、アン……!?）

マリアの部屋から、ひとりの少女が出て行く。マリアに笑顔を向けられて見送られるのは、カリーナに逆らう若いメイドだ。

（なぜあの娘が!?　まさかマリアさまに媚びを売って、王城にあげていただこうとしているの……!?）

許せない。奉仕の精神もなく、怠慢で、そのくせ権利ばかり主張する新人が。

何十年も滅私奉公を続け、自分の人生よりも主君の幸せを優先してきたカリーナを出し抜いて。あんな小娘が、ここより上に行こうとするだなんて……。

（潰さなくては）

あの少女を見逃すわけにはいかない。震えるカリーナの口元に、笑みが浮かぶ。

「……これもすべて、主人のためよ」

＊＊＊

それからのカリーナは、アンに自分の未熟さを思い知らせてやるため、たくさんの仕事を彼女に命じた。

朝早くから夜遅くまで、これまで以上の業務を押しつけてやって、他の者からの手助けは許さない。

「メイド長……！　この仕事の量は、明らかにおかしいです!!　普段は年末にまとめてやるような掃除まで指示されて、本当に座る暇もありません！」

アンが先日のように生意気な口を利いてきた際は、こう言ってやった。

「いいわよ？　あなたの代わりに、他の子にお願いするから。『アンが嫌だと言うから、仕方なくあなたにやらせるのよ』ってね」

「……!!」

「あなたが刃向ったせいで増えた仕事が、他のメイドを苦しめることになるわ。それでもいいなら投げ出しなさい」

そう言ってやったときの、アンの泣きそうな顔ときたら！

自分の教育が響いていることを実感して、カリーナは優越感に浸った。

（ああ、私はなんと素晴らしい上司なのかしら……！　ここを辞めたあとも、この子が何処かで食い

扶持《ぶち》をつなげるように、こうして最後まで見捨てないのだから）

数日ほどでアンはやつれ、生気のない顔に変わる。そのあいだもカリーナは、懸命にマリアへ尽くした。

夫人の機嫌は損ねたままで、彼女の視界に入らないよう細心の注意を払う必要はあったが、もう少しだ。

さて、そんなある日の夜のこと。

マリアに呼び出されたカリーナは、その可憐な王女から、こんな言葉をかけられた。

「……奥さまのお誕生日会を……アンに、準備させるのですか？」

「ええ」

カリーナの淹れた紅茶のカップを手に、マリアがそっと微笑んだ。

「毎年おばあさまのお誕生日は、前日の午後に親しいお友達を呼んで、お茶会をしてらっしゃるのでしょう？　そこで出てくるお料理やお茶を、今年はアンにお願いしたいのよ」

動揺で心中がぐらぐらと揺れるが、それを必死に押し隠す。カリーナは、おずおずとマリアに尋ねた。

「で、ですがマリアさま……アンはまだ経験不足ですわ。奥さまのご友人に、粗相があっては大変です」

この家の夫人は見栄っぱりで、女たちの中における自分の地位を大事にする。かつて愛人の娘を引き取ったのだって、友人たちに『なんて慈悲深い』と言わせるがためなのだ。

「分かっているわ。だからね、カリーナにはアンの補助を『お願い』したいの」

「補助……」

「そう。だけど、準備はあくまでアンが主体よ。カリーナは見ているだけにしてね」

（私を差し置いて、未熟なアンが主体？）

カリーナはなおさら驚いてしまう。自分がアンの添え物になることが、とても信じられなかったのだ。

「お言葉ですがマリアさま。アンはこのところ、職務怠慢が目立つのです。任された仕事に不服ばかり口にして……そんな重要なお役目は、とても務まらないかと」

「そうだったの……。なら、何を不服に感じているのか私が聞いてみるわ。アンならきっと、お茶会を成功させることが出来ると思うの」

「!!」

そんな話をされるのは困る。アンのことだ、カリーナが彼女のために言い付けている仕事を、悪しざまにマリアへと語ってしまうかもしれない。カリーナは仕方なく、マリアの意見に賛同した。

「……分かりました、マリアさま。このカリーナ、しっかりとアンに指導させていただきます」

「ありがとう、カリーナ！　やっぱり、カリーナは頼りになるわ！」

カリーナは、複雑な心境で笑みを浮かべた。

（アンったら……。思った通り、マリアさまに取り入ろうとしているんだわ）

まだまだ未熟なくせに、そういうことばかりは一人前だ。

カリーナの中に、焦りと嫉妬の混じった炎が燃え上がる。あの娘のことが、どうにも邪魔で仕方がない。

（ああ、目障りだわ。いくら媚を売ったところで、マリアさまは私をお選びになるのに……！）

カリーナの口数が少なくなったのが、マリアには気にかかったらしい。

「カリーナ、アンが心配？」

「え……ええ。やはり可愛い部下ですから、万が一にも失敗してしまわないか、心配で心配で……」

「カリーナは責任感が強いのね。けれど、考えてみて？」

美しい王女は、その透き通った瞳でカリーナを見つめて微笑んだ。

「アンたちも、いつまでもカリーナに教わってばかりではいけないと思うの」

「……！」

その言葉に、ごくりと喉を鳴らした、
マリアはそっとカリーナの手を取ると、聖女のようにやさしいまなざしをカリーナに向ける。

「カリーナはもうすぐ、アンの傍にはいられなくなるのよ？　アンだって、自分だけで仕事が出来るようにならなくちゃ。そう思うでしょう？」

「そ……それはもちろん……！　もちろん、マリアさまの仰る通りですわ！」

カリーナは手のひらを返し、マリアの言葉に賛同した。

（そうよ、私ったら！　心配しなくとも、これはアンたちを置いていく準備なのだわ！）

マリアの言うことは正しい。なんて尊敬に足る主人だろう。怒りっぽくてヒステリックなウェンズリー夫人とは大違いだ。

これからは彼女に仕えられることを、カリーナは心底嬉しく思う。この主君のためならば、なんだってやろう。

（……でも、やっぱりアンはマリアさまに気に入られているのだわ。油断ならない娘。いまのうちに排除しなくては、気が休まらない）

そのとき、カリーナの中にひとつのひらめきが生まれる。

マリアがアンに任せろというのであれば、このお茶会を利用して、カリーナの地位を盤石なものにすればいいのだ。

（そうよ。このお茶会で、アンがどれほど頼りにならないかをマリアさまにお教えしなければ……！）

カリーナは、ごくりと喉を鳴らした。

＊＊＊

数日後、お茶会の当日。

ひとりで忙しく動き回るアンは、テーブルの準備をし、菓子を焼いて、着々と準備を整えていった。

アンを手伝うよう命じられたカリーナは、使用人室でのんびりお茶を飲む。時々は様子を見に行ってやり、いつものように丁寧な助言をしてやった。

「お菓子の色合いが不恰好だわ。このマカロンは全部焼き直しなさい」

「……っ！」

アンは物言いたげな様子でもあったが、今日が絶対に失敗できない日であることを理解しているためか、普段より素直に従った。

「……分かりました。メイド長」

ここ数日は特に厳しくしごいたせいで、アンの顔には色濃い隈が出来ている。

（ふん……教育の甲斐あって、それなりになったかしら？　こんな娘でも一人前に仕上げられるなんて、やっぱり私の教育は間違っていないわね！）

カリーナは満悦し、アンの作業をしばらくここで眺めることにする。アンはぱたぱたと動き回っていたが、あるとき困ったように手を止めた。

「あれ……？　卵がもうない……」

「何をしているのです、アン。早く調理を続けなさい」

「メイド長、申し訳ありません。鶏小屋から、卵をふたつ取ってきていただきたいのですが……」

「……なんですって？」

指導者に、そんな雑用をさせるつもりなのだろうか。

「なんでもありません」

アンは諦めたように言うと、勝手口から厨房の外に出た。

アンが用意しておいた卵を、先ほどカリーナが隠したことには、もちろん気が付いていないだろう。

（いいわ！　狙い通り、外に出たわね！）

周囲に人がいないのを確かめる。

カリーナはこっそりアンの後を追って、鶏小屋に向かった。そして、卵を拾うために屈み込んだアンの後ろに回り込み、アンの口を塞ぐ。

「……むぐっ⁉」

「大人しくしなさい。怪我をしたくなかったらね」

小さなナイフを見せると、アンは怯えて抵抗をやめる。隠し持っていた布で猿轡《さるぐつわ》を嚙ませ、アンの両手と両足を縛ったカリーナは、アンを鶏小屋の隅に転がした。

「喚いても無駄よ、鶏の鳴き声に掻き消されるわ。……無事に出してほしいなら、じっとしていることね」

木造の小さな小屋は、外から中の様子が見えず、朝晩以外は人の出入りもない。

アンは目に涙を浮かべ、悔しそうに睨み付けてくる。その様子に満足し、カリーナは厨房へと戻った。

ここまでくれば、あとは簡単だ。

「奥さま！　マリアさま！　大変です、アンが逃げ出しました‼」

公爵夫人の部屋に駆け込んで報告すると、真っ先に夫人が口を開いた。

「なんですって⁉　どういうことなの、カリーナ！」

「は、はい。朝からほとんどの準備を私に押し付けた挙句、サボっていると思ったら……先ほどついに、姿を消したのです！」

「そんな……本当なの？　あのアンが、仕事を放り出すなんて……」

青ざめたマリアが、信じられない様子でかぶりを振る。

「はい。あの娘ときたら、マリアさまに目を掛けていただいたご恩を忘れて……！」

「それじゃあ、私の誕生日会は⁉　お茶会は一体どうなるの‼」

その問い掛けを、カリーナは待っていた。

「ご安心ください奥さま。お茶会の用意は、このカリーナが進めておりました。じきに準備も整います」

「まあ、カリーナ……！」

夫人はほっとしたように、カリーナの手を握った。

「やはり、最後に頼りになるのはあなただわ。このあいだはカッとなってしまって、ごめんなさいね」

「いいえ、とんでもないことでございます。このカリーナにお任せください！」

そう言いながらマリアの方を見遣ると、マリアは微笑んで頷いてくれる。カリーナは意気揚々と厨房に戻り、腕をまくった。

（さあ、ここからが仕上げよ！）

お菓子はすべて、アンによって用意されている。

肝心のケーキが見当たらないと思ったら、厨房の隅に置かれていた。どうやらデコレーションの途中だったらしく、大きな苺が一粒と、チョコレートで出来た飾り付けがひとつだけ載せられている。

(まったく、半端なところで放り出して。これだから未熟な小娘は)

カリーナは残った苺を乗せ、ケーキの準備も整えた。紅茶のためのお湯を沸かし終えたら、ちょうどお茶会の始まる時間だ。

＊＊＊

ウェンズリー夫人の誕生日を祝うお茶会は、つつがなく進んで行った。

往年の友人に囲まれて、夫人はとても楽しそうだ。その友人たちは、口々にお茶会を褒めそやす。

「このマカロン、とっても美味しいわ。舌触りもよくて、やさしいお味ね」

「クッキーもほんのりと甘くて……いつものメイドが焼いたのでしょう？　去年より腕を上げたわね」

「家でいつでもこんなお茶会が楽しめるなんて、羨ましいわ」

賛辞の言葉に、夫人はすっかり上機嫌だ。

「そうでしょう？　長年我が家に仕えてくれたメイド長で、私も自慢なの。さあカリーナ、そろそろケーキを用意してちょうだい」

「はい、奥さま」

カリーナは胸を張り、自分が作ったのではない菓子をお披露目する。白いクリームの上につやつやと輝く苺が乗ったそのケーキは、シンプルだがとても可愛らしいケーキだった。

「今日のお菓子を作ったメイド長ね。このケーキもあなたが？」

「はい。奥さまとご友人の皆さまに喜んでいただけるよう、誠心誠意お作りいたしました。他の誰の手も借りず、スポンジを焼くところから私ひとりで作っております」

「まあ。なんてよく出来たメイドかしら」

当然のものとして褒め言葉を受け取りながら、カリーナはケーキを取り分ける。チョコレートの飾りがついた一切れは、主役である夫人の分だ。

ケーキを配り終えると、カリーナは再び後ろに下がった。

「おいしい。去年のケーキよりもずっと美味しいじゃない。本当に腕を上げたのね、カリーナ」

夫人に言われた言葉が、少しばかり胸に刺さる。去年のケーキとは、実際にカリーナが作ったものだ。

「……お褒めに預かり光栄です」

アンのお菓子やケーキが、自分の焼いた去年のケーキよりも美味しい。

そう言われ、僅かに複雑な思いが走るが、それで自分が褒められているのだから悪い気はしない。

（お茶会にマリアさまが参加なさっていたら、私が褒められているところを見ていただけたのに……）

「それでね、いまは孫娘が帰ってきているの。お蔭で毎日楽しくて！」

（あとは隙を見て、アンを外に放り出さないと。……逃げたことになっている以上、アンがあとで何を言っても、誰も信じやしないわ）

「マリア王女殿下でしょう？　私たちもお会いしたいわあ」

「ええもちろん。後でここに呼ぶわ、本当に自慢の孫なのよ。今日のお茶会も、あの子が色々と……」

その瞬間、夫人の手が、ぴたりと止まった。

「――え？」

目元に皺の刻まれた双眸が、途端に見開かれる。

一体なんだろう。その場の視線が夫人に集まるのと、夫人の絶叫が響くのは、ほとんど同時だった。


「ぎゃあああああああああっ‼　いやっ、いやあああああっ！！！」

「お、奥さま⁉」


突然の叫び声に、その場の誰もが驚く。夫人はケーキを手にしていた皿を投げ、喚き散らした。

それだけではなく、傍にいた友人たちまでもが、揃って同じように悲鳴を上げる。

「きゃあああああっ⁉　なによこれ⁉」

「なんでこんな、こんなものが⁉　早くあっちにやって、おぞましい‼」

「み、皆さまどうされたのですか⁉　落ち着いてください‼」

カリーナはテーブルに駆け寄って叫ぶ。しかし、ケーキの残骸が視界に入ったその瞬間、背筋にぶわっと鳥肌が立った。

「ひっ……」

――ねずみの死骸だ。

スポンジとクリームにまみれ、ぐちゃぐちゃになったねずみの死骸。

その死骸が、夫人の食べていたケーキの中から飛び出している。

「一体これはなに⁉　何事なの、カリーナ‼」

真っ青になりながら夫人が喚く。食べていたケーキから出てきたものに、錯乱状態になりながら。

(なんで⁉　どうして、一体なぜこんなものがケーキの中に‼　アン、もしやあの子が……⁉)

そのねずみは、目玉が飛び出しそうなほどに目を見開いて死んでいた。後ろ脚と右の前脚はぴんと突っ張らせているが、左の前脚がない。一体どこに行ったのかと、カリーナは思わず半狂乱の夫人を見遣る。

「何を見ているの！　こんなものを私に、私に食べさせて‼　私、これを、食べ……うっ、げ……」

「奥さま‼……ひっ‼」

「きゃあああああっ‼」

口元を押さえた夫人が、耐えきれずに嘔吐する。テーブルは吐瀉物にまみれ、友人たちが後ずさった。

「っ、ぐ、カリーナ‼」

「‼」

髪をふり乱したウェンズリー夫人に、カリーナの襟ぐりが掴まれた。

「どういうつもり⁉」

「お、奥さま！　ドレスが汚れて……」

「誰のせいだと思っているのよ‼　やっぱりあなた、先日のことで私を恨んでいるのね‼　それで、こんなことを……‼」

自分が疑われている。それに気が付き、カリーナは蒼白になった。

「滅相もございません、奥さま‼　このようなことを、私がするはずないじゃないですか‼」

「だったら他の誰がこんなことを出来たというの⁉　あなたが『スポンジから焼いて、たったひとりで用意した』ケーキを!! 死んだねずみなんか、知らないうちに入っているはずも……うっ、おええっ」

夫人がまた顔を歪め、激しく嘔吐する。飛び散った吐瀉物に友人たちが再び悲鳴を上げ、夫人とカリーナを遠巻きに見た。

「まあいやだわ! ウェンズリー夫人ったら、死んだねずみを食べたの……!?」

「笑いごとじゃないわ、もしかしたら私たちが食べさせられたかもしれないのよ!? いいえ、あんなものが入っていたケーキを食べてしまった……!」

「なんてこと!! あんなメイドを雇っているなんて、ウェンズリー家はどうなっているのかしら!」

「……っ」

夫人がわなわなと震える。吐瀉物を口の端から滴らせ、肩で呼吸をしながらカリーナを睨み付けた。

「この……っ」

「奥さま、違……」

「うるさい、恩知らずがあっ!!」

「ぎゃあっ!!」

夫人が椅子を掴み上げ、カリーナに振り下ろす。頭部に鈍い衝撃が走り、カリーナは吐瀉物の中に倒れ込んだ。夫人はその手を止めず、何度も椅子でカリーナを殴りつけるのだ。

「私に、この私になんてものを!! それも、みんなの前で!」

「お、おやめください! 奥さま、痛い! 痛……っ」

顎から血が伝う。カリーナは必死に起き上がり、吐瀉物で足を滑らせながら逃げ出した。

(なんで!? どうして、私がこんな目に……!!)

「待ちなさい、カリーナ!!」

カリーナは走る。殴られた恐怖と動揺に身が竦んだが、一目散に鶏小屋を目指した。

(アンがやったんだ!!　私を陥れるために、こんな真似を……!　許さない、許さない許さない許さない!!　いますぐ奥さまに突き出して、私の潔白を証明してやる!!)

鶏小屋の扉に手を掛けながら、外から怒鳴りつける。

「アン!!」

「!!」

扉を開け放つと、驚いた鶏が大声で鳴いた。独特の匂いがする羽が舞い上がり、鶏が逃げ惑う。

アンは泣き疲れて眠っていたらしく、カリーナに驚いて飛び起きた。泣き腫らした目は赤くなっているが、そんなものには騙されない。

「お前が!!　お前がケーキの中に、ねずみの死体なんか入れて焼いたのね!?」

「む、う……!?」

「すぐに白状しなさい!!　奥さまに話すのよ!!　縄を解いてあげるからさっさと立て!」

「んーっ!　んん!」

「ぐずぐずするな!!　こんなところ誰かに見付かったら大変じゃないの、ほら早く……」

「……カリーナ……?」

開け放した扉の外から、美しい声が名前を読んだ。

カリーナは弾かれたように振り返る。そこに立っていた少女の姿を見て、絶望に叩き落された。

「……マリア、さま……!」

王女マリアが、こちらを見ているのだ。

背後に使用人をふたり連れて、鶏小屋の前で立ち尽くしていた。……泣きじゃくるアンに詰め寄った、カリーナの姿を凝視しながら。

「あ……あ……」

見られてしまった。

何か言わなくてはと思うのに、驚きのあまり頭が真っ白になってしまう。マリアは一歩後ずさると、華奢な肩を震わせながら言った。

「わ、私……カリーナが血相を変えて走っているのが見えて……。何かあったんじゃないかと心配で、だからみんなにも、一緒に後を追ってもらったの……」

マリアは悲しそうな顔で、けれどもまっすぐに問いかけてくる。

「カリーナ。……どうして、『逃げ出した』と言っていたはずのアンが、こんなところにいるの？」

「あ……」

「迷わずここに駆け込んできて、扉を開ける前にアンの名前を呼べたのは何故？」

「ち……ちが、ちがう……」

カリーナは、ふるふると首を横に振った。

「違うんです、マリアさま！　これは……そう、アンが、すべてこのアンが悪いんです!!　ケーキにねずみを入れたのもアンがやりました!!　私じゃないんです、違います!!」

「カリーナ……」

「カリーナ!!　見つけたわ、こんなところに逃げ込んで!!」

「ひっ!……お、奥さまあああぁあっ!!」

誰かが呼んできたらしいウェンズリー夫人が、手に鉄の棒を握り締めている。いつだったか、愛人の娘たちを殴って躾けるのに使っていたものだ。先ほど椅子で殴られた恐怖を思い出し、カリーナはかちかちと歯を震わせた。

「来ないで下さい! 殴らないで下さい、お願いします!!」

「アンを離しなさい!! あなたが閉じ込めたのね!? アンがやったと嘘をついて、逃げようとして! 一体どうすればこの娘《むすめ》が、あんなことを出来るというの!!」

「い、いや……いやです、やめてくださ……」

「うるさい!! 私にあんなものを食べさせて、恥をかかせて!!」

「ぎゃあっ!! ぎゃあ、あ!!」

「あなたはクビよ!! 二度と! もう、二度と! この国の上流家庭で、働けると思わないことね!!」

「あ、た、助け……」

痛みの中で、失われてゆく。

カリーナが人生のすべてをかけ登り詰めてきた、メイド長という地位が。

高位貴族の夫人からの信頼が、誇りと名声が。

鉄の棒が骨身へ打ち付けられる音と共に、崩れてゆく。

(いいえ、まだよ……! 私には、まだ、希望が残って……!)

ひどく殴られ、右手で頭を庇いながら、カリーナは震える左手を伸ばす。夫人の向こうにいるはずの、マリアに向けて。

「マリアさま……」

夫人の喚く声が、鼓膜を揺るがす。

(私の、本当の主君……!!)

けれど。

心配そうにアンを介抱し、抱きしめるマリアは、カリーナの方を一度たりとも見ることはなかった。

そのとき、マリアが声にならない声でこんな風に呟いたことを、カリーナは知るよしもない。

「マリア……さ、ま……」

「シェリーが昔、私たちのために焼いてくれたケーキ」

マリアが静かに目を伏せる。

「あの上に、あなたが虫の死骸を落として私たちに食べさせたことも……きっと、あなたは覚えていないのでしょうね」

＊＊＊

王女マリアはその日、王都にある大衆食堂の片隅でお茶を飲んでいた。

お忍びのために纏った質素なドレスと、右側に緩くまとめた町娘風の髪型。なるべく目立たない格好で、飾り気のないティーカップに口をつける。

「……」

ほうっと息をつくと、差し向いに頬杖をついて座る黒髪の男……ジンが、楽しそうに喉を鳴らした。

「ここの紅茶は評判らしいが、そんなに美味いか？」

今日は黒縁の眼鏡を掛けているジンは、いつも以上に笑顔の真意が読めない。けれどもこの問いは、純粋な質問なのだろう。

マリアはそう判断し、ソーサーとカップをテーブルに戻して頷く。

「そうね。とても香りがいいわ」

「そりゃよかった。なんでもこの家のおかみさんは、若いころに何処だかの貴族さまに仕えていたメイドだったらしいからな。……お前の場合、それくらいの紅茶はいくらでも味わえるだろうが」

「そうでもないわよ。少し前まで、ひどい味のお茶ばかり飲んでいたの」

元メイド長のカリーナが淹れるのは、香りもなく、味も渋みばかりが目立つような紅茶だったのだ。

それに比べて、この店のお茶はなんとかぐわしく甘いことだろう。

ジンは何かを察したらしく、不敵な笑みのまま声をひそめる。

「うちの『売り物』は、役に立ったようだな」

「仕入れてくれたのが死骸で助かったわ。生きたねずみをこのために殺すのは、忍びないもの」

「ははっ、忍びないだって？　それを使って他人を追い込んでおいて、よく言うぜ」

あのケーキにねずみの死骸を入れたのは、他ならぬマリアだ。

正確には、焼いたケーキにねずみを仕込み、それをカリーナに使わせた。

（カリーナは、アンの仕業だと思っていたようだけれど……）

それは違う。今回の件に、アンは一切加担していない。

なにしろあの日、アンはまだ、ケーキを焼いていなかったのだから。

アンはケーキを焼くために卵を必要とし、鶏小屋へと取りに行ったのだ。

カリーナがその後を追い、厨房が無人になった隙に、マリアはねずみ入りのケーキを置いた。ねずみが入った部分が祖母に行くよう、大粒な苺とチョコレートの飾りを目印にして。

そして思惑の通り、その部分は主役へと切り分けられ、口に入ったという形だ。

あの誕生日会に至るまで、マリアが行ったことは他にもある。

カリーナを舞い上がらせ、マリアに夢中にさせた。その一方で祖母に対しては、カリーナに面倒な用事を言いつけるよう細工したのだ。絨毯にこっそりと紅茶を零し、古いドレスが着てみたいとねだり、祖母にいろいろな『お願い』をした。

マリアに気に入られたいカリーナは、やがて案の定、祖母に苛ついて失態を犯す。

祖母はそれに怒り狂い、カリーナに辛く当たるようになった。これによって、誕生日会でカリーナが祖母に嫌がらせをしてもおかしくない状況となったのだ。

アンを邪魔に思ってくれたのも、マリアが望んだ通りである。

その分過剰に働かされて、アンには本当に可哀想なことをした。代わりにカリーナから解放されたといえど、辛かっただろう。

そんなことを考えていると、ジンがにやにやと口を開いた。

「それにしても、今回は賭けに出たもんだな」

「……賭け？」

「ああ。メイド長のばあさんが若いメイドを嵌めてなければ、ケーキの仕込みは上手くいかなかったわけだろ？」

「何かと思えば、そんなこと」

マリアはカップを口元に運びつつ、ジンに告げる。

「運任せになんか、するわけないでしょう」

「へえ」

「あの女は以前にも、同じ手口を使ったわ。自分に刃向うメイドを追い詰めるために、外に閉じ込めて、仕事を放棄したように見せかけたの」

昔、シェリーという名前のメイドがいた。

マリアたち姉妹に手を差し伸べてくれた、やさしいメイドだ。彼女はやがてカリーナに疎まれ、追い出されてしまったけれど。

「メイドの誰かを疎ましく思ったら、また同じことを繰り返すと信じていたわ」

「なるほどな。人はそうそう変わらないってことだ」

ジンが笑う。普段は掛けていない黒縁眼鏡のレンズの奥で、からかうように目を細めて。

「そのばあさんは重傷らしいが、このあとどう処理するつもりだ？　公爵家はクビになったんだろ」

「いいえ、なっていないわ。さすがにメイド長は降ろされるけれど、クビだけはやめてと私が止めたの」

「……なんでまた」

「だってカリーナには仕事しかなかったのよ？　家族もいない、恋人もいない。人生はすべて仕事に注いできた。今度の件も各所に広まって、彼女をメイドとして雇う家はほかにないわ。……だから」

マリアはそっと、小さなくちびるで紡ぐ。

「こうすれば、彼女はもう、何処にも逃げられない」

どれほど体に傷を負ったとしても、許してやるものか。

仕事だけが生きる意味であり、仕事場でしか自分の存在意義を実感できなかった彼女の人生はこれで終わった。けれど、たかが生き甲斐をなくした程度ではまだぬるい。

「他の働き口もなく、仕事を辞めたら生きていけない状況で、カリーナはずっとウェンズリー家にとらわれるの。自分を死ぬほど嫌っている女主人と、自分に恨みを持ったたくさんのメイドたちに囲まれて」

「………………」

「おばあさまからはいびられて、メイドたちからは苛められるでしょうね。自分がやったのと同じか、それ以上の壮絶な目に遭って。――苛められて辞めるだけじゃまだ足りない。辞めたら野垂れ死ぬしかない状況で、ずっと苦しむ人生が待っているわ」

淡々とマリアが紡げば、ジンは大袈裟に顔をしかめる。

「……こわ」

「他人にした分は、やり返されるのよ。何人ものメイドを追い込んだ彼女の罪は、彼女ひとりの人生では帳消しにならない」

そう告げながらも、マリアは静かに目を伏せる。

(……そう。行いの分は、返ってくる)

そうでなくてはならないのだ。

たくさんの女を殴って犯したヘイデンも、部下や後輩を追い詰めて廃人にしたカリーナも。

幼いニナを棒で殴りつけた祖母も、それを見て見ぬふりした祖父も、今世の母であるリリスも。

（そして、手段を選ばずに復讐をする、私自身にも……）

いつかきっと、この報いが返ってくるのだろう。

けれど、それでもかまわない。復讐の果てに自分がどうなろうと、どれほどの苦しみが待っていようとも、歩みを止めるつもりはなかった。

「なんにせよ、今回の目的は果たされたようで何よりだ」

ジンが、小さく息をつく。

「お前のばあさん……ウェンズリー夫人への復讐も、これで終わりか？」

「いいえ、まだよ。誰よりも見栄を張りたい友人の前で恥をかかされて、本人は心底参っているようだけれど、これで終わりになんかさせないわ」

「そりゃあ楽しみだね。――そういや、注文されてたインクを仕入れたぜ」

ジンが懐から取り出した小包を受け取り、マリアは礼を言った。包みを開けると、何重にもくるまれた紙の中からインクの入った瓶が出てくる。

海のような、深い青色のインクだ。懐かしいラベルを指でなぞり、改めて自分の心に誓う。

（どんな結末を迎えたって、構わないわ）

ジンはその様子を黙って見ていたが、やがてそれも飽きたのか、椅子の背もたれに体を預けた。

「腹減ったな。食いもの注文してもいいか？　お前も食うだろ」

「もう帰るわ。私、メイドをひとり王城に斡旋《あっせん》する紹介状を書かないといけないの。……それとあなた、その眼鏡を掛けると胡散臭さが増すわよ」

「いいんだよ、俺だってお忍びなんだから」

そう言うが、ジンにとってここは外国だ。身分を隠す必要などそれほどないだろうと思いながらも、マリアはジンに金を渡す。そして、店を去るべく立ち上がった。

そのときだ。

「おーいシェリー、ちょっと来てくれ！」

「！」

食堂の中央で、注文を取っていた店主の男が声を上げた。

「はあい！　なんですか、あなた」

ぱたぱたと、厨房の方から足音が響いてくる。店主に応えたのは、朗らかな女性の声だ。

「こちらのお客さんが、お前の紅茶を淹れてほしいんだと！」

「はいはい。ちょっと待ってくださいね」

「楽しみにしてて下さいよお客さん。うちのシェリーの紅茶はね、公爵家仕込みの逸品なんだ」

「……」

マリアは思わず足を止めた。

そういえば、ジンは先ほどなんと言っていたのだっけ。

『――なんでもこの家のおかみさんは、若いころに何処だかの貴族さまに仕えていた――……』

「…………」

そこまで思い起こしたところで、マリアはふっと目を伏せる。

奥から女性が出てくる前に、再び歩き始めた。ここにいるのが知らない誰かにしろ、旧知の相手にしろ、どちらでもいい。いまはまだ昔の美しい思い出を振り返り、立ち止まるわけにはいかないのだから。

必要なのは、怒りだけ。

マリアはそのままひとり、扉をくぐるのだった。知己《ちき》の名前を呼ばれた女性の顔など、知らなくとも構わないことだ。

三人目　いつも正しいお母さま

——死んだ女から、手紙が届いた。

書き出しはこうだ。

『親愛なるアンディー殿下。冷え込みが日に日に深まる毎日ではございますが、お体など壊されてはいないでしょうか。国境付近の視察、大変なお勤めかと存じます——……』

そのあとにもこちらを労う言葉と、無事の戻りを祈る旨が続く。

美しい文字と、海のような青色のインクによって。

（なぜだ……？　なぜ、こんなものが届くんだ！）

王太子アンディーは、震える手で手紙を握り締める。

『彼女』の字だ。

これは、十五年以上前、アンディーが『彼女』から受け取ったのと同じ手紙だった。

（あのときもそうだった。俺は父上と視察に出向いていて、この屋敷で『これと全く同じ』手紙を受け取った。インクの色も、筆跡も、文面すらまったく同じものを……!!）

何度見返しても間違いはない。

記憶力は良い方で、気のせいではないと確信できた。ましてや彼女の本性を何も知らなかったころは、惚れた女のくれた手紙を何度も読み返したのだ。

『また、お手紙を書きます。くれぐれもお体、ご自愛ください。――マリアより』

この手紙は、『彼女』にしか書けない。

アンディーを裏切り、国外追放をされるさなかに『盗賊に襲われて死んだ』と説明されたかつての婚約者――亡きマリア・ウェンズリーにしか、書けないものだ。

「ひ……っ」

突然かたんと窓が鳴り、アンディーは怯えて顔を上げる。

窓の外には誰もいない。当たり前だ、ここは屋敷の三階なのだから。破裂しそうな心臓を押さえつけ、シャツに皺が寄るほど握り締めて、アンディーは自分に言い聞かせた。

(違う。私は悪くない。……私は悪くない、悪くない、悪くないんだ!! リリスを選んだのが正しかった。リリスこそが王妃にふさわしかった。それだけは、絶対に、間違っていない!!)

「あなた。ねえあなた、手伝ってくださらない？」

階下から、妻のリリスが自分を呼ぶ。

「この人ったら、税金もろくに徴収できない領主のくせに、とても抵抗して暴れるの。早くしないと、私のドレスが汚れてしまうわ」

アンディーはくちびるを噛むと、大きく深呼吸をした。そして、血塗れになった上着を羽織る。

「いま行くよ。愛しのリリス」

丸めた手紙を暖炉に放り込み、燃え盛るのに背を向けて階段へと向かった。

(あの手紙は、悪戯だ。……そうだ、マリアは誰かに代筆させていたに違いない)

裏切り者のマリアは死んだ。死人からは、手紙など届くはずもないのだ。

＊＊＊

侯爵令嬢イヴリンは、自分こそが社交界の華であることを信じていた。

その日は王城の舞踏会で、イヴリンは念入りに着飾っている。母親譲りの美貌と、父譲りの見事な黒髪をもってすれば、誰もが目を奪われて跪《ひざまず》くのだ。

母に言われた通りの髪型にし、母に言われた通りのドレスを着る。母に手を引かれ、広間に入れば、イヴリンの元にはたくさんの視線が注がれた。

「ご覧なさい、イヴリン。みんながあなたに夢中だわ」

「ええ。お母さまの言いつけに従ったおかげね。みんな私と結婚したくてたまらないのだわ！」

けれど、誰の誘いにでも乗るイヴリンではない。

イヴリンにも好みはある。なるべく年齢が近くて、頭が良くて、性格の穏やかそうな美男子でなければ駄目だ。けれどもそれ以上に、イヴリンと踊るための条件として、『母からの指示』があった。

母は満足そうに頷いて、男たちの顔と肩書きを物色している。イヴリンはそのあいだ、微笑みを浮かべて周りを見渡した。

「イヴリン。今日のダンスではくれぐれも、エリス家のご長男と踊るのよ。それにあちらのシドリー伯爵。急遽伯爵家を継がれることになったそうなの」

「分かったわ、お母さま」

イヴリンは自分の美貌を信じていたが、それ以上に母の言葉を信じていた。

「いいこと、イヴリン。お母さまの言う通りにしていたら、あなたは必ず幸せになれるわ。だってあなたはお母さまに似て、こんなに美しいのだから……！」

念押しされなくても分かっている。

母の言葉を信じていれば、間違いはないこと。だって、これまでそうだったのだから。

「わたくし、きちんとお母さまの言うことを聞くわ。――だから、私を幸せにしてね。お母さま」

もうじきに、その日の舞踏会が始まる時間だ。大広間には、着飾った男女の数が増えてきた。

（私がこんなに綺麗なせいで、同年代のみんなにはなんだか心苦しいわ。私がいる限り、みんなのお相手をことごとく奪っちゃうことになるんだから……）

でも、それも仕方がないことなのだ。なにせ、イヴリンは誰より美しいのだから。

「お母さま。最初のダンスはどなたと踊ればいいのかしら？」

「そうね。今日のお相手は……」

母が言い掛けたとき、イヴリンの肩に、見知らぬ男が手を伸ばしてきた。

「失礼」

「きゃ……っ」

突然触れられて、イヴリンは小さく悲鳴を上げる。しかし、男の顔を見て息を呑んだ。

（どなたですの⁉　この、美しい男性は……！）

柔和な笑顔を浮かべた、精悍《せいかん》な顔立ち。はっきりとした二重の目元は涼しげで、睫毛がとても長い。

鼻筋は通っていて、薄いくちびるに妙な色気のある男性だ。年齢は十六歳のイヴリンより少し上くらいだろうが、余裕のある微笑みで、もっと大人の雰囲気に見える。

「驚かせてしまって申し訳ありません。糸くずのようなものがついておりましたので、勝手ながら」

こちらに恥をかかせないためか、男は顔を寄せて小声で囁いてきた。イヴリンに伸ばされた手は大きく、筋張っていて男らしい。

「ねえ、あちらの方ってもしかして噂の、あの国の王弟《おうてい》殿下……?」

他の令嬢がひそひそと話す声が聞こえて、イヴリンは母を振り返る。母は一歩進み出ると、イヴリンの背を押して彼の方に近づけた。

「ご丁寧に、ありがとうございます。失礼ながら、貴方はアルフレッド殿下で……?」

「ええ。アルフレッド・J・ローレンソンと申します」

「ああ、やはり……! この娘はイヴリンと申しまして、我がシモンズ侯爵家の長女でございます」

母の名乗りを受け、アルフレッドがイヴリンを見つめる。紳士的に微笑まれて、胸が高鳴った。

(なにかしら。この気持ち……)

頬が熱くなり、どきどきする。王弟と呼ばれていたが、彼は他国の王族ということだろうか。そんな男性がどうしてこの国の舞踏会にいるのか疑問に感じたが、彼ともっと言葉を交わしてみたい。

イヴリンがねだるまでもなく、母はアルフレッドに向けてこう言った。

「こうしてお話しできたのも何かのご縁ですわ、殿下。どうか娘と最初のダンスを……」

けれど母の声は、広間へ満ちたざわめきに掻き消されることになる。その場のみんなが、一斉に入口の方へ視線をやった。

「あれは……」

そこには、目を見張るほど美しい少女が立っている。

透き通り、星のような光をたたえた瞳。くちびるは小さく、愛らしい厚みがあって、林檎の赤に色づいていた。肌は陶器のように白く、滑らかで、現実的でないほどに整った容姿をしている。彼女のような外見を、『人形のように美しい』と表すのだろう。

（きれい）

イヴリンは、思わず素直にそう認めてしまった。

彼女が纏う淡い黄色のドレスは、逆さにした薔薇の花弁に似た優雅なラインを描いている。姿勢も美しく、歩く姿も完璧で、大勢の視線の中を物怖じせずに歩いてくるのだ。

（あの女は、なに？）

結い上げられた蜂蜜色の髪も、ところどころに細やかな編み込みが施され、上品だけれども華やかにまとめられている。わざと垂らしているのであろう後れ毛が、華奢な首筋を際立たせていた。

「マリア殿下！」

誰かが女の名前を呼ぶ。それを聞いて、ようやく彼女の正体が分かった。

「あちらが、マリア王女？」

二年間、海外に留学していたという王太子の娘……つまるところ、王の孫だ。

（なぜ？　まさか、もう社交界デビューしていたんですの？）

帰ってきたことは知っていた。けれど、十四歳という年齢から気にも止めていなかった。……いいや、例えイヴリンと同い年の娘であろうと、並大抵の女なら敵ではないはずなのに。

（駄目よイヴリン！　あんな女より、わたくしのほうがずっと美しいはずなのだから）

それを肯定してほしくて、目の前のアルフレッドをじっと見つめる。しかしアルフレッドは、申し訳なさそうに苦笑を浮かべると、丁寧な礼をしてこう言った。

「申し訳ありません。一曲目はすでに先約があるため、ダンスは後ほど」

断りの言葉に、イヴリンの胸は痛んだ。

王弟という身分にもかかわらず、他国の侯爵令嬢にまで礼儀を払ってくれる。その気持ちは嬉しいのに、とても悲しい。挙げ句の果て、アルフレッドは王女マリアの方に向かっていった。

「マリアさま。今宵も相変わらずお美しい」

「まあ、アルフレッドさま。ご機嫌よう、お会い出来て嬉しいです」

アルフレッドに呼びかけられたマリアは、花のように微笑む。あまりにも可憐なその笑顔に、周囲はほうっと溜め息をついた。

「見て、マリアさまとアルフレッドさまが踊られるのだわ」

「おふたりは婚約者候補という噂もあるのよね。お似合いだわ」

(アルフレッドさまが、あの女の婚約者に……?)

イヴリンの胸がずきずきと痛む。思わず俯くと、横から別の男が声を掛けてきた。

「イヴリンさま。よろしければ、私と一曲いかがですか?」

「え……ああ。お母さま、どうしたらよろしいですか?」

母の指示を求めて振り返る。しかし、イヴリンは息を呑む羽目になった。

(お母さま……すごく、怖い顔……)

母はある一点を強く睨みつけているのだ。まるで、憎くてたまらないものを見るような顔で。

(マリアを見ているのかしら)

「イヴリンさま?」

「あ、いえ……そうですね。では、一曲」

母の意見が聞けないまま、ダンスが始まる。壁の花になるのは御免だったので、今回だけは不可抗力だ。母の様子は気になるが、イヴリンの頭の中はアルフレッドたちのことでいっぱいになった。

(婚約者？　婚約者候補ですって？　アルフレッド殿下が、あの女と……)

他国の王族が、この舞踏会に招かれているのはそのためか。結婚相手を探すための場所で面会させるのなら、正式な婚約者ではなく『候補』で間違いないのだろうけれど。

ダンスのステップを踏みながらも、そんなことを考えてくちびるを噛む。

(この気持ちは何？　わたくしがマリアに劣るというの？……そんなはずない。美貌だってダンスの腕だって、わたくしの方がずっと上よ。そうに違いないの!!)

先ほど感じた敗北感を振り払って、自分に言い聞かせる。

(わたくしの方が美しい。お母さまが言っていたもの、わたくしが一番だって。お母さまが正しい、お母さまが正しい、お母さまが!!　アルフレッド殿下だって、きっと……!!)

別の男と踊りながら、イヴリンはアルフレッドの姿を目で追った。

この場所でもっとも目を引く男女は、広間の中央で優雅に踊っている。けれどもある瞬間、たった一度だけ、アルフレッドがイヴリンの方を見やった。

確かに彼は、イヴリンを見たのだ。

真摯な熱のこもったまなざしで。イヴリンだけに分かる目配せをして。

その瞬間、彼の気持ちが分かったような気がして、イヴリンは一気に高揚した。

(やっぱりアルフレッド殿下は、わたくしのことを気に掛けて下さっているのだわ!!)

予想通りの展開だ。先ほどまでの気持ちが晴れて、イヴリンは確信する。

（そういえば、『あとでダンスを踊ろう』とも言って下さった！　婚約者候補なのだから、マリアと踊らなくちゃいけないのは仕方がない。けれども彼の気持ちは、本当はわたくしの元にある！）

だとしたら、やるべきことはひとつだ。

「――マリアさま。お初にお目にかかります、わたくしイヴリン・シモンズと申しますわ」

曲と曲の合間、囲まれていた王女マリアが自由になった隙をついて、イヴリンは彼女に近づいた。

「はじめまして、イヴリンさま。お父上には、父が日頃よりお世話になっております」

「いいえ。王家の皆さまに尽くすのは、この国の貴族として当然のことですわ」

互いににこにこと微笑んで、挨拶を交わす。

（それにしても……）

マリアの笑顔は本当に可憐だ。いかにも『他人を疑うことを知らない純粋な王女』といった雰囲気で、怒りや恨みとは無縁に見える。

（わたくしとは、大違いということですわね）

シモンズ家は、実のところ没落寸前だ。

イヴリンが良い相手と結婚できなければ、家はそのうち取り潰されるだろう。イヴリンはなんとしても、可能な限り最上の男と結婚しなくてはならないのだ。

そのために、母からは色んな教育を受けてきた。

――良い相手と結ばれるために、手段は選んではならない、と。

「マリアさまは、国外に留学されていたのでしょう？　是非、国外のお話を聞いてみたいですわ」

「もちろんです。よろしければいつでも遊びにいらして」

「まあ、嬉しい！」

世間知らずの可憐な姫君に、イヴリンは笑いかける。その一瞬、マリアが目を伏せた瞬間に、とても冷たい色を瞳へ滲ませたことなど知るよしもないのだ。

＊＊＊

舞踏会の後、自宅に帰ったイヴリンは、今日のことを思い出してうっとりと溜め息をついた。

「アルフレッドさま……ダンスもお上手で、本当に素敵だったわ。情熱的で、それでいて紳士で」

あのあと、アルフレッドは約束通りイヴリンと踊ってくれたのだ。夢のようなひと時を回想するだけで、心の奥が燃えるようだ。

「でも、結局アルフレッドさまと一番多く踊ったのは、あの女」

そう思うと、心が途端に沈んだようになった。そんなイヴリンを、母がやさしく励ます。

「気落ちすることはありませんよ、イヴリン」

「お母さま……！　わたくし、アルフレッドさまのお嫁さんになりたい。アルフレッドさまもきっと、私を望んで下さっているわ！」

「もちろんですよ、イヴリン。殿下は他の女と踊っているときも、何度もお前を見つめていました」

母の声が、いつもより少しだけ低くなる。

「……例え王女だって、お前の敵ではないわ」

「でも、婚約者候補なのでしょう？　皆、アルフレッドさまはマリアとお似合いだって……」

「イヴリン。あなたは誰よりも美しいの」

やさしくて温かい母の手が、そっとイヴリンの頬をつつむ。

「マリアよりもずっと、あなたの方が美しい。あなたは私の娘なのだもの。アルフレッド殿下もそれはお分かりのはず。マリアとの婚約さえ流れれば、あなたが殿下に選ばれる番よ」

「そう……そう、よね」

母の言葉に、イヴリンはほっと息をついた。

だって、母はいつも正しいのだ。母が間違っていたことは一度もない。母の言う通りにしていて失敗したことはない。母に任せていれば、絶対に、必ずすべてが上手くいく。

「大丈夫よ、イヴリン」

念を押すかのように、母が唱えた。

「あなたはマリアと親しくなさい。——あとはちゃんと、お母さまが処理してあげるから」

「ありがとう、お母さま……！」

ぎゅっと母を抱きしめると、同じだけの力で抱き返された。

大丈夫だ。きっといつものように、母によってマリアは『排除』される。そう思うと、いてもたってもいられなくなった。

マリアより美しくあり続けなければ。それを察してくれたのか、母が声を上げる。

「ユフィ！……何をしているの、ユフィ！」

母の声に、屋敷の奥からのそりと女が一人出てくる。見るからに陰気な気配を纏う、イヴリンの大嫌いな女だ。

「イヴリンのために、すぐにお風呂の用意をなさい。美容のためには体を拭くだけじゃ駄目だわ。湯船に薔薇も浮かべること、いいわね？」

「あ……で、でも、少しでも薪《まき》を節約しませんと。お料理に使う分が、もう残り少なくて……」

女の口答えに、イヴリンの胸中がざわついた。

自分の家が貧乏だということを、『こんな女』に指摘されたのだ。事実を口にされればされるほど、こういうものは腹が立つ。

「それに、お庭の薔薇もみんな、売ってしま……」

イヴリンが咄嗟に突き飛ばすと、その女の体はあっけなく床に崩れた。

「うるさくってよユフィ。お前、お母さまの命令に逆らうつもり？　明日の薪がないなら、お前が森でもどこでもいって拾ってくるのが本当ではなくて？」

「ひっ！　も……申し訳……」

「その汚い顔で、わたくしとお母さまを見ないで」

女が垂らしていた前髪のあいだからは、醜い顔の片鱗《へんりん》が垣間見えている。

爛《ただ》れたような、火傷にも似た傷跡が残る頬。

視界に入るだけでおぞましいその顔を、イヴリンは靴でぐっと踏みつけた。

「うあっ！」

「お母さま。ユフィの明日の朝食も、なしでいいわよね？」

「そうね。その分を薪代に回すことが出来て、ユフィも嬉しいでしょう？　分かったらお風呂の支度をしなさい。早くね」

悲しげな顔をしたユフィは、そのままよろよろと起き上がり、再び屋敷の奥に消えた。

（お母さまに従わないから、『ああなる』のよ）

——邪魔な相手は、追いやってしまえばいい。

目障りなものは、構わず消し去ってしまえばいい。それが、母から教わった手段だった。

＊＊＊

アルフレッドに出会った舞踏会から、数日が経った午後のこと。

「マリアさまは本当に、博識ですわね」

シモンズ侯爵家の屋敷に設えた、広い応接室。

机上に広げられたたくさんのノートを眺めながら、イヴリンはマリアを誉めそやした。

「どのノートも細かいのに分かりやすくて、一冊一冊が教科書のようですわ」

「せっかくご教授いただいたことを忘れないよう、こうして書き留めているだけです」

「そのお心もご立派です。マリアさまとお話ししていると、わたくしまで才女になれたかのよう」

なるべくマリアに好印象を持たせるよう、イヴリンは感情を押し殺す。けれども内心は、どす黒い嫉妬でいっぱいだ。

（そりゃあ海外留学までさせてもらったなら、座っているだけでも知識は身に付くでしょうね。努力も苦労もしたことがないような顔をして……）

意地の悪い気持ちが隠しきれず、イヴリンは尋ねる。

「けれど、どうしてそれほどまでにお勉強なさるのですか？　わざわざ留学をなさって、何か理由があるんですの？」

女に学など必要ないと、母もよく言っている。男は特に、知恵のついた女を嫌うものなのだと。何も知らない顔でにこにこ立っているほうが良く、愛されるのだと。

「もちろん、必要な知識を身に着けるために留学したのです」

「必要……？」

笑顔を向けられて、イヴリンの中に悔しさが湧いた。なんだかますます負けたような気がする。

「……素敵ですわ、マリアさま。よろしければ私のことは、イヴリンとお呼びください。畏れ多いようですけれど、お友達のように話していただけると嬉しいですわ」

「ありがとう。……ではイヴリン、これから私と仲良くしてね」

……もう少しの我慢だ。

こうしてマリアと親しくしながら待っていれば、きっと母が『上手く』やってくれる。だって、いままでもそうだったのだから。そんなことを考えながらマリアと話していると、ノックが聞こえた。

入ってきたのはイヴリンの母だ。

「失礼いたしますマリア殿下。今日はようこそ我が家へお越しくださいました。生憎当主は留守にしており、私のみのご挨拶で失礼いたします」

一礼をした母に向け、マリアも立ち上がり、同じように礼をする。

「ご丁寧に、ありがとうございます。ですが今日の私は、お友達の家に遊びに来ているだけなのですから。どうかお気遣いなく」

「なんと寛大なお言葉でしょう」

母は嬉しそうな演技のあと、すっと目を細め、マリアに告げる。

「……マリア殿下は、リリス王太子妃殿下にとてもよく似ていらっしゃいますね」

すると、マリアははにかむように俯いた。

「母のようになるには、まだまだです」

「いいえ、リリス殿下にそっくりなお顔立ちですよ。わたくし実は、殿下と同じ学院の生徒として、仲良くさせていただいておりましたの。学年は違っていたのですけれど」

「まあ。そうだったのですね」

「マリア殿下は留学なさっていたとか。視察中の母君とは、長くお会いになっていないのでは？　さぞかしお寂しいでしょう」

「……ええ。早く、母に会いたいです」

そのときマリアが浮かべた微笑みに、イヴリンはどきりとした。

くちびるで優雅に笑う仕草が、儚いほどに美しかったからだ。見惚れるどころか、却《かえ》って目を背けたくなるような、そんな危うさを孕んだ笑顔だった。

（わたくしったら、何を……）

マリアが多少美しいのは認めるが、自分の敵ではないはずだ。なのに、思わず俯いてしまう。

（我慢よ。お母さまが、マリアを排除してくれるのだから）

ちらりと母に目線を送る。けれども母は、じっとマリアのことを見据え、何も言わない。

そんな母は初めて見るので、イヴリンは戸惑った。

けれど、違和感を覚えたのはほんの刹那で、母はすぐにこやかな笑みを浮かべる。

「……あとで、庭もご覧になってください。趣味の庭ですので、不恰好でお恥ずかしいですが」

「とんでもない。先ほど窓から拝見しましたが、とても美しいお庭でした」

「東の国で咲く、少し珍しい花ですのよ。暖かい季節になったら、お庭でお茶でも」

ふたりがそんな他愛のない会話を続けるあいだも、イヴリンはなんだかよく分からない動揺を胸に抱えたまま、複雑な心境でいるのだった。


「――今日はお招きありがとう、イヴリン。とても楽しかったわ」

日が暮れるより少し前、街がわずかに金色に染まり始めたころ、マリアが帰る時間となった。

「わたくしこそ。マリアさま、よろしければまた、遊びに来ていただけませんか？」

「ええ。……私もお招きできればいいのだけれど、実はいま、王城ではなく母の生家で過ごしているの。おばあさまが体調を崩しているから、とてもお客さまを呼べる状態ではなくて……」

「お気になさらず、ぜひ我が家にお越しくださいまし」

その方が、イヴリンたちにとって都合がいいのだ。

世間知らずのマリアは、嬉しそうに頷いたあと、門から見える屋敷の庭へと目をやった。母の育てた花で、一面が青紫色に染まった庭。その隅に、『あの女』が立っている。

（……ユフィ……！）

マリアも当然ユフィを見つけ、こんな風に尋ねられる。

「あちらはご家族の方？　でしたら少しだけ、ご挨拶を」

使用人服を着ていないユフィのことを、メイドと紹介するのも不自然だろう。イヴリンは諦めて、マリアに話した。

「あの者は……父の妾の子ですの」

それを聞いたマリアが、イヴリンを振り返る。

「我が家の恥ですわ。仕方なく引き取りましたけど、娼婦の血が混じった汚らわしい女です。おまけに顔も醜くて、視界に入るだけでも忌々しい。……さあ行きましょう、マリアさま」

マリアは無言のまま、もう一度ユフィの方を見つめた。

こんなみっともないことを話してしまったのは、やはり不用意だっただろうか。後悔したが、いまさら取り消せるわけもない。

その後。

マリアの馬車を見送ったあと、イヴリンはそのまま足早に、庭の隅にいるユフィの方へと向かった。

「ユフィ。お前、このようなところで何をしていましたの？」

「も、も、申し訳ありませんお姉さま……お庭の掃除が、終わっていなくて、それで……」

「お姉さまなんて呼ばないで。早くに言いつけたのに、まだ終わらないの？　お前の腕は飾り？」

「あう……っ！」

ぎゅっと抓り上げると、ユフィはわざとらしく悲痛な声を上げた。

「大袈裟ね。お前のその、自分がいかにも可哀想という顔に腹が立つの。どうしてマリアの前に姿を見せたの？　誰がそれを許しましたの？」

「痛……ご、ごめんなさい……ごめんなさい……!!」

「お前の醜い顔がマリアに見られたら、警戒されるかもしれないでしょう。わたくしはアルフレッドさまとの結婚のため、失敗するわけにはいかないの。それなのに、お前は……」

ユフィの皮膚を抓ったまま、ぐりぐりと手を動かす。痩せ細っている腕は、このまま大きく曲げてやれば折れてしまいそうだ。それくらいしないとこの女は分からない気もしたが、使用人代わりがいなくなるのは面倒なのでやめておく。

「痛、う、ぐ……」

「ああ、気分が悪いわ……！」

「もうし。誰かいやせんか」

門の向こうから声を掛けられ、イヴリンはぱっとユフィから離れた。

見れば、正門の前にはみすぼらしい姿の男が立っている。

「ここはシモンズ侯爵のお屋敷ですか？」

「……そうですが、あなたは？」

「身なりのいい兄さんから、手紙を届けるよう頼まれたんです。シモンズ家のイヴリンさんに」

「わたくしに？　……なら、手紙はそこに置いて立ち去りなさい」

「へい。それじゃ、確かに届けましたよ」

男が立ち去ったあと、イヴリンは門に近付いて手紙を拾う。

その瞬間、どきん、と胸が高鳴った。

封筒に綴られた美しい文字。差出人として書かれた頭文字は、ある人物とまったく同じだった。

（これは……アルフレッドさまからの、お手紙？）

アルフレッドからの手紙には、こんな言葉が綴られていた。

『舞踏会の夜でダンスをご一緒してからというもの、私の心は貴女さまただひとりのものです。しかしながら、私はいま、表立って貴女に求婚することが出来ません。

それでもこの想いを伝えたくて、この手紙をしたためます。

貴女に愛を告げることをお許しいただけるなら、どうかこの返事を、今日この手紙をお渡しした男に預けて下さい。きっとお返事をいただけると信じています。

アルフレッド・J・ローレンソン』

手紙をぎゅっと胸に抱きしめたイヴリンは、屋敷の中に駆け戻った。

「……っ、お母さま！　ご覧下さいな、アルフレッドさまからのお手紙が来ましたの！」

「なんですって？」

母に手紙を見せ、受け取った経緯を話す。母は手紙に目を通すと、震えながら息を吐いた。

「……やったわ……ついにやったわイヴリン！　あなたはきっとアルフレッド殿下の花嫁になる、お母さまの言う通りだったでしょう？」

「ええ、ええ、お母さまのお陰ですわ！　これまでお母さまが、目障りな女たちを排除して下さったから。だからこうして、アルフレッドさまのお眼鏡にかなうことができましたの！」

「いいえ、これは当然の結果よ。だってあなたはお母さまに似て、こんなに美しいんだもの」

母の手が、愛おしそうにイヴリンの頬を撫でる。

若いころの母に似ているというイヴリンの面差しは、母にとってもイヴリンにとっても自慢の顔だ。

「けれどお母さま、マリアがいますわ。あの女と婚約なんてお話が出ているせいで、アルフレッドさまは私に求婚できないだなんて……」

「大丈夫よ。マリアのことだって、いままで通りに排除してあげる」

やさしいやさしい笑顔を浮かべて、母が頷く。

「婚約が決まる前にマリアが駄目になれば、そのまま流さざるを得ないはず。しがらみがなくなった殿下は、あなたを堂々と選ぶことが出来るはずよ。王女だからって、躊躇する気はないわ」

「ああ……っ！　ありがとう、お母さま！」

頼もしい言葉に、イヴリンは確信した。

母の言う通りにしていればきっと幸せになれる。いつも通り、上手くいくのだと。

＊＊＊

それからも、マリアは二日とおかず、シモンズ家まで遊びに来てくれた。

応接室で母特製の紅茶を飲みながら、イヴリンに諸外国の話をし、少し早い時間に帰ってゆく。イヴリンと母はそのあいだ、ある企みを持ってマリアを持て成した。

一方で、アルフレッドとの文通も毎日欠かさずに行っている。

イヴリンもアルフレッドを慕っている旨を返してからというもの、アルフレッドは情熱的な愛をささやく手紙を毎日くれた。

だが、一刻も早く彼の声で聞きたいと、イヴリンの気持ちは焦るばかりだ。

（どうしてなの？）

外国の本を広げながら、目の前でいろんな話をするマリアを見据え、イヴリンは訝しむ。

（お母さまは上手くやって下さっているはずなのに、まだ『排除』が進んでいない。なぜ？）

そんな思いは母も同じだったらしい。今日も扉を叩く音が聞こえ、使用人のいないこの家で、母が紅茶の道具を持って現れる。

「マリア殿下。どうぞ、特製のお茶をお召し上がり下さい」

「まあ、いつもありがとうございます。……お茶の前に、少し失礼いたします」

母が淹れた紅茶に口を付ける前に、マリアは、小さく折った紙を取り出した。

中には卵色の粉薬が入っていて、マリアは口元を隠しながら上品にその薬を飲む。この光景は、この家にマリアを招待するようになってから度々見るものだ。

「マリアさま。どこかお体の調子でも？」

イヴリンが尋ねると、マリアは困ったような微笑みを浮かべた。

「ええ。実は二週間ほど前から、ほんの少し具合が悪くて」

その言葉を聞いて、母とイヴリンは視線を交わす。

マリアがこの家に来るようになってから、ちょうど二週間が経つころだ。このあいだに変調が起きているのなら、『排除』は進んでいるということなのだろう。

分かりにくくとも、計画は上手く行っている。確信した母が、にこりと微笑んだ。

「このお茶には滋養強壮の効果もありますの。ぜひ召し上がって」

（ふふ。お母さまったら）

自分は決してそのお茶に口を付けず、イヴリンは笑うのを我慢する。

（見ていなさい、マリア。……多少美しくったって、勉強が出来たって、そんなもの無意味なのよ）

証明できる日が楽しみで仕方がない。マリアの顔が絶望に染まり、歪んで泣きわめく姿が。

そのときは、アルフレッドはイヴリンのものだ。

「そうだわ、とっておきのお菓子がありますの。いまご用意いたしますわ。イヴリン、こちらに来て手伝ってくれる？」

母の目配せに、イヴリンは立ち上がる。

「ええ、お母さま。少し待っていて下さいませね、マリアさま」

何も知らないマリアを置いて、イヴリンは母と階下に降りていった。

＊＊＊

マリアがひとりきりになった応接室に、ややあって、誰かの気配が近づいてきた。

そろそろだろうと予想していたので、ノックよりも先にこちらから声を掛ける。

「――どうぞ」

気配の主は驚いたのか、しばらくの静寂を作り出したあと、ゆっくりと軋む音を立てて扉を開けた。

「こんにちは」

「……あ……」

顔を覗かせたのは、イヴリンが『妾の子』だと言っていた少女だ。

長すぎる前髪を垂らすようにして顔を隠し、俯いて、自信がなさそうにおどおどしている。

質素な服からのぞいた手足は細く、痩せすぎて痛々しいほどで、あちこちに色濃い痣があった。

「あの……そ、その……」

震えている彼女の言葉を、マリアは静かに待つ。

この少女が震えているのは、怯えのためだ。何かを恐れ、怖がっている。それはきっと、彼女の継母と異母姉なのだろう。

(まるで、かつての私を見ているよう……)

マリアが待っていることを悟ったのか、少女は勇気を出し、必死に声を振り絞った。

「ま、ま、マリアさま。あの、パ、パ、パンを……ありがとう、ございます……」

その言葉を聞いて、ふっと微笑んだ。

「あのふたりに見付かっていないようで、安心したわ」

「だ、だいじょうぶ、です……！　御者の方が、慎重に、その」

この家を訪れる際、マリアは御者を通すことで、この少女に食べ物を渡していた。

食事を抜かれていることは、この瘦せ方を見ればすぐに分かる。それこそ、前世のマリアが度々そうやって折檻されたように。

「そ、それで、あの……っ」

少女が俯いたとき、長い前髪がさらりと零れた。

目元を完全に覆っていた髪に隙間が出来て、少女は慌ててそれを手で押さえる。

少女は何かを言おうとしていたが、その震えが大きくなり、声も出せないという様子だった。

「――大丈夫よ。あなたは何も、言わなくていいの」

マリアは立ち上がると、少女に向かって歩み出す。

「そんなことよりも、自分の身を護ることだけ考えて。他人まで護ろうなんて、思わなくていいわ」

「で、でも、でも」

「平気。——ね？」

少女のくちびるに人差し指をかざし、マリアは微笑む。

「あのふたりが戻ってくる前に、早く行って」

「は、はい……」

何度もこちらを振り返りながら、少女は廊下の奥に消えた。マリアはそっと応接室の椅子に戻ると、冷めてきた紅茶を口に運ぶ。

＊＊＊

「マリアさま、どうぞ召し上がって下さい」

「まあ、ありがとう。とってもおいしそう」

穏やかに微笑んだマリアの前に、イヴリンは焼き菓子を差し出した。

母が用意してくれたそれは、仕込みのしてあるものだ。イヴリンは見分ける方法を教わるため、階下に呼ばれたのである。

（やさしいお母さま）

母はいつも、『排除』のとき、イヴリンを決定的には関わらせない。それは母の想いであり、慈しみだ。愛する娘が手を汚さないよう、肝心な部分はすべて母が動いてくれる。

イヴリンとマリアに出された菓子は、焼き色に少しの差があった。イヴリンは、色の濃いものだけを選んで食べるよう言われている。母が退室したあとも、イヴリンは注意深くテーブルの上を観察した。

（よかったわ……マリアはちゃんと、色の薄いお菓子を食べましたわね……）

心の中で笑いながらも、表向きは和やかに会話を続ける。

「そういえば、マリアさまも一週間後の舞踏会には参加なさるのでしょう?」

「ええ。王立学院で主催される舞踏会よね?」

この国には、王族や貴族だけが通う学院があるのだ。

イヴリンもそこの生徒であり、母もかつてはそうだった。舞踏会には主に生徒たちが参加するのだが、王族や国賓が招かれることも多い。

「ああいった華やかな場は少し苦手なのだけれど、国王陛下《おじいさま》がどうしてもと仰るの。アルフレッドさまもいらっしゃるし……」

「アルフレッドさまが!?」

思わぬ名前に声を上げる。そのあとで、自分の口元を塞いだ。

「でも、困ったわ」

マリアがふうっと溜め息をつくので、イヴリンは我慢できずに尋ねた。

「アルフレッドさまがいらっしゃるのが、どうして困るのですか?」

「まあ、そういう意味ではないのよ。ただ、あの方のお好みは白いドレスなのだけれど」

白いドレス。アルフレッドの思わぬ好みの話に、イヴリンはどきりとする。

「私の持つ白のドレスは、少し胸元があいていて恥ずかしいの。あれを着るのが憂鬱だわ」

「そ、そうですか……」

相槌を打ちながらも、頭の中はドレスのことでいっぱいだ。

(白のドレス……私は持っていませんわ。この家にはもう、舞踏会のドレスがほとんど残ってない!

ユフィに言いつけて縫わせようかしら？　駄目だわ、どうせみっともないドレスが出来上がるに決まっている！　ああ、どうしたら？　どうしたら……）

胸の奥に、焦燥の炎が燃えるかのようだった。苛立ちが湧き上がり、イヴリンは慌てて席を立つ。

「申し訳ありません、少しお手洗いに」

そう言って部屋を出ると、階下に降りてあの女の姿を探した。

「ユフィ。ユフィ、どこにいるの」

「……は、はい……」

普段はもう少し抑えられる嫌悪感が、ユフィの顔を見るなり湧き上がる。

イヴリンはユフィを突き飛ばし、いつものようにその醜い顔を踏みつけた。

「ぐずぐずしないで！　お前がいるせいで、うちはこんなに苦しいのだわ!!」

「……も、申し訳ありません……!!　痛っ、う……」

「お前さえいなければ、ドレスの一着くらい用意できたかもしれないのに。こんな醜い顔になって、よく生きていられるものだわ！」

「ごめんなさい……ごめんなさい……っ」

「生まれてきたことが恥ずかしくないのかしら！　汚らしい、妾の子が！」

どれほど言葉でなじっても、ユフィを踏みにじってさえも、ドレスが手に入ることはない。けれどこうしていると、イヴリンの心は僅かに晴れるのだ。

（醜くて汚いものを見ていると、わたくしが美しいことをもっとしっかり認識できる……！）

ユフィはぼろぼろと涙を流し、鼻水を垂らす。そのおぞましい顔がいっそう醜く歪んでいた。

「イヴリン。どうしたの」

「お母さま！」

様子を見に来た母に、イヴリンは縋り付いて事情を話した。

「――そう。一週間後の舞踏会に」

「そうですの。わたくし、白いドレスを着ていくことが出来ません。またマリアとあの方が踊るところを見るなんて、耐えられませんわ……！」

母はそっと微笑んで、イヴリンに言い聞かせてくれる。

「大丈夫よイヴリン。何色のドレスを着ていても、あなたは魅力的なの。そうでしょう？」

「お母さま……」

「薬は効いている。現に、マリアは体調を崩しているじゃない。きっともうじき効果が出るわ。舞踏会までに、マリアはあと二度も我が家に来るのですから。それだけあれば、十分よ」

その言葉に、イヴリンはほっとした。

（そうよ。お母さまの言う通りにしておけば、間違いないのだから……）

頷いて、涙を拭う。そうと決まったら、マリアにもっとお茶を飲ませなくては。

（マリアの排除は必ず成功するわ。だって、これまでも全員うまくいったんだもの）

イヴリンと同世代で、『イヴリンよりも美しい』とされた女たちはみんな消えてきた。

次はマリアの番、それだけのことだ。なんにも心配はいらない。

＊＊＊

およそ一週間後、舞踏会の前日。

屋敷からマリアが帰ってゆく馬車を見送ったあと、イヴリンは、ともに見送りに出てきた母へと半狂乱で縋り付いた。

「ねえお母さま、何故ですの……⁉　何故マリアは『排除』されず、いつまで経っても……！」

数日置きにこの家に来るマリアは、たびたび母特製のお茶やお菓子を口にしているはずなのだ。

実際に「体調が悪い」と言っては、時々薬を服用するところも見る。なのに、いくら待ってもイヴリンたちの望む結果が訪れない。

母もまったく腑に落ちないらしく、イヴリンを抱きしめながら歯噛みをした。

「おかしいわ。いままでの娘たちは、最初に『飲ませて』から数日以内には効果が表れたのに……」

「お母さま、もっと量を多くは出来ませんの？　舞踏会の前に飲ませれば、まだ間に合うかも」

「いけません。すぐに症状が出てしまっては、原因の食べ物が周囲に分かってしまうでしょう」

「でも、アルフレッドさまからのお手紙には『もうすぐ私の婚約者が決まってしまう』と書かれていましたわ。明日の舞踏会で、婚約の発表などということになっては……」

「イヴリン。お母さまの言うことに従いなさい」

そう言われ、イヴリンは渋々諦めた。どうあろうと、母の言う通りにするのが正解なのだ。

母がひとつ、溜め息をつく。

「……仕方ないわ。確かに、マリアとの婚約が先に決まってしまっては元も子もありません。最後の手段を使いましょう」

「最後の？　ということはお母さま、あのときのように――？」

母が頷いたことで、イヴリンの胸中は一気に晴れた。母からぱっと体を離し、賛同する。

「素敵ですわ、お母さま！　ですが相手は王女。万が一のことがあったら、シモンズ家は……」

「安心なさい。こんなこと、シモンズ家の人間ではない者にやらせればいいのです」

「まあ、仰る通りですわね。お母さま大好き……！」

素晴らしい解決案に、イヴリンははしゃいだ。母さえいれば、困難はこうしてすべて消えてゆく。

母の言う通りにしよう。そうすれば、望みは叶う。

「シモンズさま。お届け物です」

門の向こうから声を掛けられ、イヴリンは顔を上げる。アルフレッドからの手紙だろうか。

「ユフィお嬢さまに、今月もお届けものです」

配達人の言葉に「なあんだ」とがっかりした。けれど、これはこれで使えるものだ。

母が歩み出て、その荷物を受け取った。

「ご苦労さま」

「どうも。確かにお渡しいたしました」

イヴリンが母の手元を覗き込むと、差し出し人はやはり、あの汚らわしい娼婦だった。

「……ふん。体を売ったお金で我が子に何か施そうだなんて、やはりまともな神経でないわね」

母はそう言い捨てると、包みを開いて中身を改める。入っていたのは小さな石のついた指輪と、いくらかの紙幣と、一通の手紙だ。

「これで明日の馬車を呼べるわ、イヴリン。」

「ええ、お母さま！……指輪もいいでしょう？　売る前に一度くらい、着けていったって」

「そうね。どうせもう、マリアをもてなすための菓子を焼く必要もなくなるのだし……」

これで準備も万端だ。イヴリンはその日、わくわくして眠れなかった。

＊＊＊

翌日、臨時で呼んだ馬車の中で、イヴリンは母からこんな風に言い聞かされた。

「いいことイヴリン。これから先、なるべくマリアの傍にいて、なんでも言うことを聞いておくのよ。不審がらせてはいけないわ。……そしてこれから起きることは、すべてお母さまが考えたこと。あなたにはなんの責任もないのよ、愛しいイヴリン」

やさしい手に頬を撫でられ、イヴリンは嬉しくなる。

母はいつも、こうなのだ。

『排除』に乗り出すとき、必ず母が手を下し、イヴリンには決定的な行動をさせない。恐らくは何かがあったとき、イヴリンに害が及ばないようにしてくれているのだ。

「お母さまが何をするかも知らなくていいの。分かったわね？」

「ええ。言い付け通りにすると、約束いたしますわ」

「いい子ね」

頬にキスをされ、くすぐったくて肩を竦めた。母はそのあと、馬車の後部座席を振り返る。

「ユフィ。そのみっともない顔を晒すわけにもいかないのだから、馬車を降りても顔を上げないのよ」

「は、はい……」

縮こまったように座るユフィは、時代遅れの古いドレスに身を包んでいる。買い手がつかないという理由で売ることもできなかったそのドレスは、醜いユフィにお似合いだ。

やがて学院に到着し、馬車を降りて歩いていると、後ろから声を掛けられた。

「イヴリン。こんばんは」

立っていたのは、花のように微笑むマリアだ。

マーメイドラインを描く、純白の美しいドレス。その裾にはたくさんの真珠が縫い付けられており、清楚な雰囲気ながらも華やかに仕上げられている。彼女が話していた通り、胸元が少し露出されているが、上品な造りのせいかまったく嫌悪感を覚えない。

殺しようのない嫉妬が浮かび、イヴリンは笑顔を作るのが遅れた。そのイヴリンを庇うように、母がマリアに挨拶をする。

「マリア殿下、ご機嫌麗しく。真珠飾りの美しい、素敵なドレスですわね」

「ありがとうございます、シモンズ夫人。……まあ、ご姉妹の方もおいでなのですね」

「ま、マリアさま。妾の子になんかお声かけいただくことありませんわ」

イヴリンはやっと表情を取り繕うと、マリアの手を取った。

「参りましょう。舞踏会が始まる前に、学院で男女別の控室を用意して下さっているそうですの」

「そうなのですね。ではみんなで……」

「このユフィはまず、母と共に学院長へご挨拶をすることになっていますわ。内気なせいで、長く学院を休んでいるものですから」

そう言って、マリアの手を引く。最後に母を振り返ると、母は頷いた。

（お母さまは、マリアを匿名の手紙で呼び出したと仰っていたわ。すでにそれを読んでいるはず）

手紙の内容について、イヴリンは知らされていない。けれど、マリアの表情は少し暗く思えた。

（もうじきよ、マリア。もうじきあなたは終わる。アルフレッドさまは、わたくしのもの……！）

嫉妬を燃え滾らせながら、イヴリンはマリアと談笑を続ける。けれどそのあいだ、どうしてもマリアの白いドレスが目に入るのだ。

（ああ、このドレスがわたくしのものなら……）

イヴリンが今日着ているのは、ピンク色のドレスだ。ユフィが着ているものほど古くはないが、数年前、まだシモンズ家に多少の余裕が残されていたころに流行したドレスである。

（マリアとわたくしは体型が似ているのだわ。このドレスはきっと、わたくしの方が似合う……）

「……それでね、イヴリン」

マリアの言葉に、イヴリンは慌てて顔を上げた。

「あなたさえもし良ければなのだけれど……駄目かしら？」

「も、申し訳ございませんマリアさま。緊張していて、お話がよく、その」

「あら。では、もう一度お話するわね」

学院の校舎に向かって歩きながら、マリアが微笑む。

「イヴリンに、相談があるの」

＊＊＊

シモンズ夫人は、継子であるユフィを連れて、人気のない学院内の裏庭を歩いていた。

夫人自身がここの生徒だったこともあり、学院のことはよく分かっている。どこなら人が来なくて、死角が多くて、何をしやすいのか。そんなことを、リリスからしっかりと学んだのだ。

（いよいよだわ、リリス）

かつての記憶が蘇り、シモンズ夫人はぐっと両手を握り締める。

夫人が少女だったころ、夫人の周りには、自分より綺麗な娘はいなかった。

自分が誰よりも可愛くて、優秀だと信じていた。この学院で、後輩となった彼女に出会うまでは。

リリス・ウェンズリー。

公爵家の令嬢である彼女は、大袈裟でなく、天使のような外見の可憐な少女だった。

おねだりや甘えるのが上手な娘。顔も振る舞いも、愛されるために生まれてきた可憐な女の子だ。

誰もが彼女に夢中になった。夫人は認めたくなかったが、これまで学院内で自分に集まっていた視線が年下の彼女に移るうち、すぐに『自分の容姿が彼女より下である』と思い知らされるのだった。

（リリス。私は、私より美しいあなたが大嫌いだった）

それなのに、夫人の母はこう命じたのだ。

『くれぐれもリリスさまと親しくするのよ。姉も同然の存在になれるよう、誠心誠意尽くすの』と。

嫌だったけれど、家のために我慢した。リリスの取り巻きとして傍にいて、リリスを褒め、媚びへつらった。みんなは騙されていたかもしれないけれど、夫人はリリスの本性に気が付いていた。

リリスの性根が恐ろしいことを証明するのが、彼女の異母姉であるマリアいじめだ。

（周りからは、リリスの取り巻きが勝手にやっていることに見えていたでしょう。リリスはそれを止めて諫める側だと。でもそうじゃない、私たちにマリアをいじめるよう仕向けたのはあの女よ……！）

マリアが国外追放されたと聞いたときは、ついにリリスがやったのだと思った。予想通り、リリスは王太子とすぐに婚約し、結婚前に妊娠したのだ。せいぜいふしだらな婚前行為を責められればいい。そう期待したものの、世間の評価はそうではなかった。

王室が妊娠時期を偽って発表したこともあるだろうが、リリスが自分の娘に『マリア』と名付けたことで、国民たちは却ってリリスを讃えたのだ。『異母姉を慕い、慈悲深くも許した、聖女のような王太子妃』と噂した。夫人にとって、それらはすべて気にくわない事態だった。

けれど、その恨みも、自分に生まれた娘が成長するにつれ忘れ去ることが出来たのだ。

イヴリンは夫人によく似て、美しい娘に育った。

イヴリンなら、夫人の代わりに素晴らしい家の男と結婚してくれる。貧乏貴族と結婚するしかなかった自分よりも、ずっと女として華々しい人生を送るだろう。

（……この国で一番美しく、愛しいイヴリン。あなたのためなら私はなんでもするわ。イヴリン以上に美しい娘などいない。いてはいけない。だから、そんな女が出てきたら、私が排除する）

そんな思いを噛み締め、夫人は学院の裏庭に立った。

すでに婚約者がいる女は見逃してきたが、これまでに何人も、こうして美しい令嬢を手にかけてきた。そして今夜、あの忌々しい女の娘をも手に掛けるのだ。

「お……奥さま……」

「静かにしていなさい」

震えるユフィは、これから何が起きるのかを察しているのだろう。しかし、毎日散々痛めつけているおかげで、ユフィは自分たちに逆らえない。黙り込んだ継子に背を向け、物陰から裏庭を窺う。

今夜は満月だ。夜の裏庭は薄暗いが、目を凝らせば建物の輪郭などはちゃんと見える。

ややあって、ようやく待ち人の姿が見えた。

少女の纏った白いドレスの輪郭が見える。ぼんやりとした月明かりが、真珠の飾りを淡く輝かせた。

(他には、誰も連れてきていないわね)

マリアにはこんな手紙を出したのだ。『あなたの母親の秘密を公開されたくなければ、舞踏会の晩、ひとりで裏庭に来るように』と。夫人は持っていた瓶の蓋を開けると、小声でユフィに指示をした。

「ユフィ。この薬を、あそこにいる女の顔にかけなさい」

「え……!?」

ユフィは息を呑み、マリアの方を見遣る。

「い、嫌です……! だ、だって、マリアさまに……マリアさまに何故、そんなことを!」

普段はなんでも言うことを聞くユフィが、珍しく抵抗を示した。それでも夫人が恐ろしいのか、大声を上げるなどは出来ないようだ。

「仕方ないのよ、マリアには効きが悪いようだから。毒を飲ませても、少しも顔が溶けてこないの。だから、飲ませるのはやめて直接薬を顔にかけてやるのよ。……お前のときのようにね……!」

「ひい……っ」

ユフィの前髪を掴み、捻り上げる。長い髪に隠された顔は、皮膚が溶けたように爛れたまま固まって、醜く引き攣っていた。

「他の令嬢たちは、お茶とお菓子で十分だったのに。まったく手間を掛けさせてくれるわ」

けれど、それも今日で終わる。

万が一その瞬間を誰かに見られても、ユフィがやるのだから問題ない。妾の娘が犯した罪は、家の罪にはならないはずだ。だって、リリスが異母姉のマリアに罪を被せたときも同じだったのだから。

いままで邪魔で仕方がなかった継子が片付くなら、一石二鳥というものだろう。

「早くしなさい、ユフィ。これは命令よ」

掴んでいた前髪を離してやったのに、ユフィは何故かかぶりを振った。

「い、嫌です……」

「なんですって？」

「いや、です……！　殴られても、蹴られても……マリアさまにそんなこと、できません……！」

かっとなり、思わず手を上げそうになる。けれど、ここで騒いで気付かれるわけにはいかなかった。

（リリスの娘……！　お前もこうして他の人間をたらしこみ、自分の味方につけているのね）

かつての記憶が蘇る。邪魔で邪魔で、本当に邪魔で仕方がなかったリリスの顔が脳裏をよぎった。

マリアはリリスに似ている。憎しみが募るほどに似ている。この女のせいで、可愛いイヴリンの恋が破れてしまうというのか。

いまの夫人にとって、イヴリンの幸せがすべてだった。

自分の果たせなかった夢を叶えてくれる娘。王族と結婚し、幸せになるべき娘。リリスの娘よりも、リリスよりも、美しいはずの可愛いイヴリン。

（私の、娘……）

舞踏会の始まりを告げる、鐘の音が響いた。マリアが顔を上げ、薄暗い庭を歩き出す。イヴリンの欲しがった白いドレスの裾が揺れている。早くしなくては間に合わない。

（私のイヴリン。夫は頼りにならない。あの子を幸せに出来るのは私だけ、私だけなの!!……私が。

私がイヴリンを護る、私が!!　絶対に私が、幸せに、するの!!）

「あ……っ、お、奥さま……！」

ユフィが止めようとするのを振り払い、夫人は駆け出した。

毒薬の小瓶を持ってマリアに迫る。自分を追ってくる足音に気が付いて、マリアが振り返った。

その瞬間、こちらの顔を見られる前に、青紫色の液体をマリアの顔にぶちまける。

「ぎ――……っ」

後ろ向きに、マリアがぐらりと倒れた。

「ぎ、あ？」

自分に何が起きたか分からないらしく、ひゅっと息を吸う音がする。そのあとにようやく痛みが来たのか、次の瞬間、絶叫が裏庭に響き渡った。

「あ、あ、ぎゃあああああああああああああああああっ!!」

じゅううっと焦げるような音がして、独特な匂いが立ち込める。蒸気のような煙が上がり、両手で自分の顔を押さえたマリアがじたばたと脚を動かした。皮膚がさっそく溶け始めているせいで、くぐもったような醜い声色に変わっている。

（やった……！　ついにやったのだわ！）

すぐにこの場を去らなければ。分かっているのに、たまらない高揚感が夫人を襲った。

（イヴリンのためよ！　娘のために、仕方がないの!!　ああ、でもなんて、なんて……）

なんて、楽しいのだろうか。

美しい娘が醜くなる。自分や娘より整っていた顔立ちが、脆くも崩れ去る。そんな瞬間を目の当たりにして、恍惚とした気持ちが抑えきれない。

(イヴリンより美しい女はみんな消えればいい！　ああ、もっと見ていたいわ……！)

ひいひいと声を上げてもがくマリアを目にして、夫人は喜びを噛み締めた。

(ああ、でも、行かなくては！　名残惜しいけれど、ここで見つかるわけにはいかな……)

後ろ髪をひかれながら振り返ったとき、目の前に立っている男の姿に、夫人はさっと青ざめた。

「アルフレッド、殿下……」

背が高く、整った顔立ちをした金髪の青年が、夫人のことを見据えている。

アルフレッドの青い目は、やがて地面へと向けられた。無様に崩れ落ち、苦しみに悶えているマリアの姿に、アルフレッドはぐっと眉根を寄せる。

「こ、これは……」

ひいひいと声を上げて転げまわるマリアをよそに、夫人は咄嗟に口を開いた。

「た、大変ですアルフレッドさま。何者かが、マリア殿下を襲ったのですわ！　私、たまたま見てしまい、いまどなたか人を呼びに行こうと……」

「……」

「継子も見ておりましたの！　すぐに犯人を捜さなくてはなりません、でも、その前にお医者さまですわね！　急いで呼びに……」

「……シモンズ夫人」

美しい声が、夫人を呼ぶ。

アルフレッドの後ろから、ひとりの女が現れる。蜂蜜色の髪に、白い肌を持つ美しい女が。

その女は、夫人が先ほど顔を溶かしたはずのマリアだった。

「……どう、して……？」

アルフレッドの隣に立ったマリアに、ゆっくりと尋ねる。

「——どうしてお前が、イヴリンのドレスを着ているの？」

ピンク色のドレスを纏ったマリアは、ぱっと顔を伏せてこう口にした。

「わ、私……、どうしても今日のドレスは肌が見えすぎで、恥ずかしくて……だから、彼女にお願いしたんです。ドレスを交換して、ほしいって」

「……？」

一体なにを言っているのだろう。

交換という言葉の意味が分からない。マリアじゃないならば、この娘は誰だというのか。

誰がマリアとドレスを交換し、誰がここに来ていて、夫人は誰の顔を溶かしたのか。

「おがあ、ざま……」

じゅうじゅうと焦げつく音を立てながら、誰かの声が夫人を呼ぶ。

振り返る。醜い肉塊に手を伸ばされる。そんな、だって、そんなはずはないのに。

そこにいるのはマリアでなければならないのに、どうして……。

「私と、マリアさまが見ていました。シモンズ夫人」

アルフレッドの言葉が、はっきりと紡ぐ。

「あなたが、娘であるイヴリンさまの顔に、何か液体をかけたのを」

肉塊が夫人へ伸ばした手には、小さな石の指輪が嵌まっている。ユフィの母から贈られて、今日の舞踏会が終わったら売り飛ばすはずだった、イヴリンに着けさせたはずの指輪が。

「おが……あ……ざま……」

「あ……」

顔の溶けたその少女が、必死に母を呼んでいる。

「ぎゃあああああああああああっ!!　いやあああああああっ、イヴリン！　イヴリン……!!」

混乱しながら駆け寄って、助け起こす。しかし、目の当たりにした我が子の姿に息を呑んだ。

イヴリンの顔が、なくなっている。

美しかったかんばせが崩れ、皮膚が剥き出しになって。顔を押さえていた手指さえも、指同士がくっつきそうなほど真っ赤に爛れていた。

「なんで……おがあ、さ、なんで……？」

「……あ……」

化け物のようになった娘が、痛みに喘ぎながら、夫人のドレスを握り締める。

「わだし……おがあさまの、言う通りに、してたのに……おかあざま、なんで……!?　なんで、こんなごと、ずるのお……っ」

「いやあああっ、イヴリン!!　私のイヴリンが、化け物に!!　いやよ、誰か、誰か!!」

「うあ……ばげ、もの……？」

夫人は半狂乱になりながらも、急いでアルフレッドに懇願した。

「アルフレッドさま、どうかお医者さまを呼んでくださいまし!! お願いです、どうか……!」

「既にユフィ嬢が行かれましたよ。あなたがたに蔑まれていたようなのに、優しいお方だ」

「ユフィが!? あの子ったら、ぐずぐずしていたら承知しないわ!!」

夫人は苛立ちながらも、イヴリンを励ます。

「待っていてねイヴリン、一刻も早く医者を呼んで、この醜い顔をなんとかしてあげますからね!!」

「あ……あ? み、みに、みにくい……」

ひいひいと引き攣ったような呼吸を繰り返すイヴリンが、うわ言のように鸚鵡《おうむ》返しをした。皮膚が溶けて塞がれたようになった瞼の下から、ぼろぼろと汁が落ちてくる。

「お言葉ですがシモンズ夫人」

アルフレッドは落ち着いている。先日の舞踏会で見せた笑顔とは裏腹の、冷めたまなざしで。

「医者を呼んだところで、その傷は治るのですか?」

「……!」

その言葉に、夫人と腕の中のイヴリンは、ふたり同時に息を呑んだ。

治らない。そのことは、夫人が誰よりも知っている。

二度と治すことができないほどに爛れる毒だからこそ、これまでずっと使ってきたのだから。飲めば数日を掛けて皮膚を溶かし、液体にして直接触れればすぐさま効果を発揮する、特別な毒薬。

この毒で、これまでに数人の少女たちの顔を奪った。

イヴリンよりも美しい少女を。卑しい妾の子のくせに、愛らしい顔立ちだったユフィを。

庭で丹精こめて育てた、青紫の毒花で……。

「ど、して……？　おかあ、さま……」

「イヴリン！　喋っては駄目、皮膚に障るわ!!」

「てがみ、くれた……おがあ、さまが、ここに来てって……」

覚えのないイヴリンの言葉に、夫人は混乱する。しかし、イヴリンが取り落したらしき舞踏会用の小さなバッグが目に入り、急いでそれを拾って開けた。

最初に出てきたのは、アルフレッドからの手紙だ。それを放り捨て、次の便箋を広げる。違う。これも違う。数枚ほど繰り返したあと、短い言葉の綴られた一枚の手紙を見付けた。

『――ひとりで裏庭に来るように』

「なによ、これは……」

確かに夫人の字で、そんな言葉が書いてある。

こんな手紙は出していない。正確には、イヴリンに宛てた手紙では心当たりがない。けれどもまったく同じ文言を、マリアに宛てた手紙で使っている。

『あなたの母親の秘密を公開されたくなければ、舞踏会の晩、ひとりで裏庭に来るように』と。

「おがあざまが、仰るがら……来たのに。わたぐし、ぢゃんと……言いづけを、守っだのに……！

おがあさまの……あ、ああっ、痛い!!　顔が、熱い、いだいいいいいっ!!」

「イヴリン!!　あ、あ、しっかりして!!　ここにいらっしゃるのはアルフレッド殿下よ。殿下が、お前を心配してついていてくださる。傍にいて下さっているの!!　だから……」

歩み出たアルフレッドが、夫人の散らした手紙を一枚拾い上げる。

「殿下！　娘は殿下のことをお慕いしているのです。いただいたお手紙を、大事に持ち歩いて……」

「私からの、手紙ですか？」

イヴリンの持っていた手紙に目を通したアルフレッドは、ふっと微笑む。

「生憎これは、私の字ではありませんよ」

「――は……？」

「私のものとは筆跡が違う。そうでしょう、マリアさま」

アルフレッドに尋ねられたマリアが、不安そうにしながらもはっきりと頷く。

「確かにこれは、アルフレッド殿下の字とは異なります。それに、アルフレッドさまの手紙であれば、この『アルフレッド・J・ローレンソン』という署名自体がおかしいのです」

「え……」

「アルフレッドさまのシュカレイン国では、署名には略字を使わないのがしきたり。ですから本物なら、『アルフレッド・ジェイク・ローレンソン』と記されているはず」

「……そん、な……」

アルフレッドが、ふっと息を吐く。

「念のためはっきりとお話しいたしますが、私はイヴリン嬢に恋文などを送っていない。私には他に、心に決めた女性がおりますので」

それらの言葉は、夫人にとってすぐには飲み込めないものだった。

アルフレッドはイヴリンに手紙を出していない。つまり、イヴリンとの結婚など考えていない。

イヴリンにとって、この場所へは母である夫人に呼び出されたことになっている。毒薬を掛ける場面を、マリアとアルフレッドに見られていた。言い訳が出来ない。逃れられない。

何よりも、もう、イヴリンの顔は醜く溶け爛れてしまった。

「嘘、でしょう……？」

夫人はぽつりと言葉を漏らす。

「全部終わりなの？　これで？」

「おがあ、さま……？」

「私の娘が化け物になって？　可愛いイヴリンがこんな醜くおぞましい姿になって、それで終わり!?　王族との結婚も、何もかも消えて……どうすればいいのよ!!　私のイヴリンが、生きている価値すらない醜い顔になって!!　可哀想、可哀想に、どうしてこんな……!!」

騙された。誰に？　決まっている。こんなことが出来る女は、リリスにそっくりなあの娘だけ！

「マリ……ッ」

王女に掴みかかろうとしたその瞬間、夫人は地面へと引き倒された。

仰向けにされ、上から『それ』が圧し掛かってくる。顔が醜く溶けた、異形の化け物が。

「おがあ、さまの、うそつき……!!」

「う、あ……」

細い腕が伸ばされて、その手が夫人の首を絞める。上からぽたぽたと汁が垂れるが、傷から出た体液なのか、涙なのかすら分からない。

「幸ぜに、してぐれるっで、言っだのに……わたぐし、言い付け……守った、のに……!!」

「やめろ、イヴリン嬢!!　夫人を離すんだ!!」

「どなたか……!!　早く、どなたかいらしてください！」

周りの声が遠くに聞こえる。娘に首を絞められながら、夫人は何度も愛しい娘の名を呼んだ。

（ああ、イヴリン！　イヴリン！　そんな風に恨まないで、やめて!!）

イヴリンは夫人のすべてだった。リリスに敗れ、自分の美しさに諦めをつけたあとは、娘こそが生きる意味だったのに。

（あなたに拒まれたら、生きている意味がない！　死んだ方がずっと、ずっと良いわ……!!）

そう思いながら、暗くなる視界に身を委ねる。その瞬間、小さな声が聞こえた気がした。

「――あなたも娘も、死なせてはあげない。自害も許さない。死んだ方がマシだという地獄の中で、苦しみ続けなさい」

その声は誰のものだったのだろうか。意識を失った夫人にはもはや、知るすべはない。

＊＊＊

「――王女に危害を加えようとした罪により、シモンズ家はこのまま取り潰しとなりました」

舞踏会での騒動から、一週間ほどが経った午後。お忍びの装いをした王女マリアは、シュカレイン国の王弟アルフレッドが滞在する屋敷の一室で、そんな風に報告した。

「娘のイヴリンは発狂寸前。母親はイヴリンに首を絞められ、一時的に呼吸が出来なくなったことが影響して、二度と寝台から起き上がれない体になったそうですわ」

「ははっ！　それはよかった」

円卓越しにマリアと向かい合うアルフレッドは、それを聞いて大きく頷く。

「……これでようやく、二年前、あの母娘に顔を潰された恋人の仇が討てました」

青い瞳を隠すようにして俯き、アルフレッドが目を閉じた。

「ジェシカとは、この国の晩餐会で出会いました。やさしくて、あの頃はよく笑う女性だった」

「存じておりますわ。私も幼いころ、ジェシカさまから勉強を教わりました。我が国の伯爵令嬢とあなたが婚約なされば、両国の関係はますます友好になると期待されていましたけれど……」

マリアはそこで言葉を濁したが、アルフレッドは頷いて、そのまま続けた。

「……彼女の顔が『謎の病によって溶けた』と聞かされたとき、私の両親は結婚を激しく反対しました。万が一にも跡取りに遺伝してはならないと、その想いからだったのでしょうが……」

「それで、病の原因をアーレンフロウ国で探っていらっしゃったのですね」

「驚きましたよ。あの国に留学されていたマリアさまから、『病の原因を知り、その対象を断罪したくはないか』と聞かれたときには」

微笑み、何も言わずに目を伏せたマリアに、アルフレッドは尋ねてくる。

「……お聞かせいただけませんか。一体あなたはどのような方法で、今回のことを？」

「大袈裟なことはしていません。アルフレッドさまのご協力あってこそです」

「私がしたことといえば、最初の舞踏会でイヴリンに微笑みかけ、あの夜あなたと裏庭に出向いたくらいだ。ほかのことはすべてあなたが仕組まれたのでしょう？」

「まあ。仕組んだだなんて」

「それに、毒の入った茶を飲んでなにも変調が起きなかったのは何故ですか？」

膝の上に両手を重ねたまま、マリアは告げた。

「簡単なこと。解毒剤を用意して、毒を飲む前に服用したのです」

「解毒剤……？」

「計画を始める前の視察で、あの家の庭に咲く毒花には気が付いていました。だから、あらかじめ知人に頼んで解毒剤を仕入れさせ、『体調が悪い』と称して飲んでいましたの」

アルフレッドは驚いたように目を丸くした。

「花を見ただけで、それが毒だと？　その上、解毒剤まで的確なものを用意できるとは……」

「毒については、それなりに学びましたから」

復讐のために必要な知識を、マリアは今世で必死に集めてきたのだ。

「留学先の王立図書館には、随分と通いました。蔵書の内容はほとんど記憶してあります」

「あ……アーレンフロウ国図書館の、あの膨大な貯蔵量を……!?」

あの花は、ある国では自然の野山ですら咲き、入手がさほど難しくもない花だ。

解毒剤はその国で作られている。マリアはシモンズ家の庭で毒花を見付け、解毒剤をジンに頼んで仕入れたあと、夜会でイヴリンたちの前に姿を見せた。

「では、イヴリン嬢の持っていた偽の手紙は？　見たところ、マリアさまの字とも違うようでしたが」

「私はいくつかの筆跡を使い分けできます。ある事情で自分の『本来の』筆跡を隠したいものですから、そのついでに習得しました」

「……私の署名に、我が国の作法とは異なるJの略字が使われていたのはわざとですか？」

「手紙という物証が残る計画ですから。万が一その手紙のせいで、アルフレッドさまが被害をこうむらないように、見る者が見れば一目で偽物だと分かる要素が必要でしたの」

だからマリアは、アルフレッドに手紙を書くことは依頼せず、すべて自分で用意した。

マリアの本来の筆跡とは、『前世のマリアと同じ筆跡』だ。それを隠すために身に着けたいくつかの筆跡は、こういうときに役に立つ。

「マリア王女。あなたは一体……」

「……女に勉強など不要だと、イヴリンは私に言いましたけれど」

マリアはそうは思わない。

「男だろうと女だろうと、望んだ生き方をしたいのであれば、学ぶことは必要でしょう？」

「……ふ」

アルフレッドは小さく口元に笑みを滲ませると、俯いて、おかしそうに喉を鳴らした。

「ふ、ははっ、仰る通りだ！　俺にあなたの望みは分からないが、そのご意見には賛同しますよ」

これまで自身のことを『私』と口にしていたアルフレッドが、ほんの少し口調を変える。

「シモンズ母娘が王女マリアを害そうとしたことが知れ渡り、王城内では母娘を処刑しろと声も上がっている。それを止め、国外追放で許すようみなを諌めたのは、他ならぬあなたただそうですね」

「ええ」

「みんなあなたを聖女のようだと讃えていますよ。自分を傷つけようとした者を、寛大に許したと」

「くだらないわ」

そんなことは目的としていない。マリアはきっぱりと微笑み、言い切った。

「死んで終わりにするなど生ぬるいというだけ。あの母娘は、これまでの被害者に『お詫び』をして

回らせたあとで、国外に流します」

「なるほど。……その国外に、宛てはおありで？」

アルフレッドが、マリアに向けて手を差し出す。

青い瞳に、暗い炎が燃えている。復讐しても復讐してもまだ足りないという、怒りと妄執の念が。

「……そうですわね」

マリアは静かに目を閉じると、そっと息を吐き出した。

ゆっくり開いたあとは、淡々と彼に告げながらその手を握る。

「殺さないことを条件に、好きになさって」

「――では、売買成立だ。顔が潰れた女と、体が動かなくなった女のね」

不穏な言葉と共に握手を交わしながら、アルフレッドは微笑んだ。

「俺はこのあと、ジェシカを迎えに行きます。病ではないことはあなたによって証明できたことだし、誰がなんと言おうと彼女を離す気はない」

「……そう」

「俺の復讐に手を貸していただいたお礼は、近い将来に必ず。あなたがお困りのときは、いつでもシュカレイン国が助力すると誓いましょう」

「ええ。……ありがとうございます、アルフレッドさま……」

けれど、アルフレッドは知らないのだ。

これは、アルフレッドのための復讐代行ではないことを。

マリアによるマリアのための復讐に、彼の憎しみは利用されたにすぎないことを。

（アルフレッドはきっと、いずれ母娘を殺すわね。……まあいいわ。彼女への最大の復讐は、何より大切な娘という存在を奪ったことで、すでに達成されている）

かつて、少女だったシモンズ夫人にされたことを、マリアは決して忘れない。

学院の中で踏みつけられ、罵られ、蔑まれた。今回の計画で学院の裏庭に呼び出されたときは、盗んでもいない宝石を盗んだことにされた日のことをはっきりと思い起こし、吐き気がしたほどだ。

（雪辱は果たした。自分の何より大事なものを失う苦しみも与えた。けれど）

アルフレッドから手を離し、マリアは目を伏せる。

（炎はまだ、消えないものだわ）

アルフレッドの瞳に燃えている火は、マリアの中にも灯っている。

内側を焼き尽くすほどの憎しみに慣れたいのに、炎は弱まるどころか、いっそう強くなるばかりだ。

＊＊＊

アルフレッドの滞在する屋敷から出ると、裏口には、小さな馬車が停まっていた。

見送りのアルフレッドが警戒し、マリアを背中へ庇う。マリアはそれを制し、迎えの名前を呼んだ。

「ジン」

「マリア。終わったか」

馬車の中から手を振ったのは、協力者のジンである。彼の姿を見て、アルフレッドは目を丸くした。

「あなたは……」

「私の今日の護衛です」

「護衛？……彼が、ですか？」

マリアはすたすたと歩き、馬車の前でジンに手を伸べた。ジンは当然のようにその手を取ると、中へと招き入れてくれる。

「それでは、アルフレッドさま。何かの折には、色々とお願いいたします」

「え、ええ……もちろんです。いつでも、あなたのお力に」

微笑み返し、ジンに合図をして馬車を出させる。馬車の中で、ジンはあくびをしながら言った。

「ずいぶんと長い会合だったな。上手く行ったか？」

「ええ。今後はシュカレイン国の手を借りることも出来そうだわ」

「そりゃあよかった。お前が餌役に、俺じゃなくてアルフレッドを選んだのは傷ついたけどなー」

そんなことをぶつぶつと言いつつ、ジンは「そういえば」と話を変える。

「今日、シモンズ侯爵があのユフィって子と一緒に家を出たらしいぜ。ユフィの母親のところに身を寄せるんじゃないか？」

気がかりだった少女の行く先が分かり、マリアは内心で安堵した。

「……ユフィは、シモンズ夫人が嫌がらせで無理やり引き取った娘のようだから。母親の元に戻れば、きっと幸せに暮らせるんじゃないかしら」

「侯爵は完全に巻き込まれたな。妻と娘の暴走で、お家が取り潰しなんだから」

「巻き込まれた、ですって？」

マリアはふっと嘲笑し、ジンを横目で見遣る。

「妻と娘が明らかな問題を起こしているのに、我関せずだった父親に罪がないはずないでしょう。もっとも、あの母娘にとって侯爵は空気のようだったから、意見など出来なかったでしょうけど」

「そういえば、お前のじいさん……前世の親父さんも、似たようなものか」

馬車の背もたれに深く身を預け、瞑目《めいもく》した。

行儀の悪い自覚はあるが、少々疲れている。どうせジンしかいないのだし、構わないだろう。

「お前の復讐相手は、たくさんいるな」

「……そうね。次は、どうしようかしら……」

「全部終わったら、どうする気だ?」

なんでもないことを口にするかのような声音で、ジンが尋ねてきた。

「ぜんぶ?」

瞼を開き、ジンの方を見る。ジンは馬車の窓に頬杖をついたまま、マリアを見据えていた。

「復讐が全部終わったらだよ。お前はそのとき、幸せになれるのか?」

「……何かと思えば、そんなこと……」

あまりにどうでもいい問いに、マリアは再び目を瞑った。このところ、夜遅くに起き出してとある用事をこなしているせいで、日中はどうにも眠たいのだ。

「幸せになるために、生きているんじゃないわ」

生きる目的はただひとつだ。

「……私は、たとえ地獄の底に落ちて、苦しみ続けてもいいの……」

「………」

そんな言葉を口にし終ったころ、マリアの意識は眠りの波にさらわれて、ゆっくりとたゆたい始めていた。

呼吸はやがて寝息に変わる。左手で頬杖を突いたジンは、右手でマリアの頭をぽんぽんと二度撫でたあと、窓の外へと目をやった。

＊＊＊

（まただ……！）

――また、あの女からの手紙が届いた。

開いた手紙を床に叩きつけ、靴で踏みにじりながら、王太子アンディーは頭を抱える。

便箋にはいつもの文字。死んだはずの婚約者マリアと同じ筆跡、同じ文章、同じ封筒。死人からの手紙が今日も届き、頭がおかしくなりそうだ。

（見ているんだ。裏切り者のマリアが、私を逆恨みして、自分の元に引きずり込もうとしている……!!）

暖炉の前で椅子に座っている妻のリリスが、心配そうな声音でアンディーを呼んだ。

「あなた、どうなさったの？　お顔が真っ青」

「……なんでもないよリリス。心配してくれてありがとう。気配りのできる妃を持って、俺は幸せだ」

そう言うと、リリスははにかんだような笑みを浮かべた。

少女のころにあったリリスの可憐さは、いまや妖艶なまでの美しさに変化している。彼女が微笑むと変わらずに愛らしいのに、その中には恐ろしいほどの艶やかさがあるのだ。

「君に届いた手紙は、義母上からかい」

「そうよ。楽しいことがたくさん書いてあるの」

その便箋を、リリスの白い指がつうっとなぞる。

「カリーナがお母さまを裏切ったり、同級生が娘の顔を溶かしたり……ふふ、王都もなかなか面白そう」

「帰るかい？　君が望むなら、すぐにでもここを発とう」

「辺境伯のビットナー卿の領地も気になるのよ。いずれにせよ、そろそろここは発とうかしら……？」

リリスがそう口にした瞬間、足元から声が聞こえてきた。

「リ、リリスさま……！　ここを去られるなど、そのようなことを仰らないで下さい……!!」

「まあ」

それは、リリスの下で四つん這いになり、椅子の代わりをしている男の声だ。

この男は、土地を治める領主だった。領民からの税収に失敗するというとんでもない失態をおかし、王都では危険視されている。彼を更生させることは、今回の長期視察における目的のひとつなのだ。

そして、その更生は、リリスがほんの数日で達成してしまった。

「さびしいのかしら？」

「はい、リリスさま……！　私は貴女にお会いできて目が覚めました。貴女に抵抗した私めを、どうぞお許し下さい……！」

「いい子だけれど、聞き分けてくださいな。私たちのお仕事先は、あなたひとりではないの」

「そんな……」

「いい子にしていたら、また来てくださると、アンディー殿下が仰っているわ。ね？」

リリスにとろけるような微笑みを向けられ、アンディーはごくりと喉を鳴らす。彼女の美しさに対する感嘆と、わずかな緊張のために。

「あ、ああ……」

アンディーが頷くと、領主はほっと息をついた。

「ありがとうございます……ありがとうございます、リリスさま……アンディー殿下……！」

「これからは心を入れ替えて、領民に容赦などせずに搾取なさいね。私との、約束ですわ」

「はい！　もちろんで、ございます……！」

よしよしと男の頭を撫でるリリスを見て、アンディーは自分に言い聞かせる。

（これでよいのだ。この地の納税は滞りなく行われ、我が国は潤う。国が潤うことによって、国民にも幸福は還元できる。だから、リリスは間違っていない）

そうだ。

（間違っていない。リリスも、リリスを選んだ私も。……ああ、だから……）

死んだ女の亡霊など、出て来るな。そう祈りながら、アンディーはきつく目を瞑るのだった。

四人目　偽りの志を持つ者

マリアはいまでも繰り返し、前世の日々の夢を見る。

『ニナ。待っていてニナ、大丈夫よ。もうすぐきっと、お医者さまがいらっしゃるわ！』

『おね、ちゃ……』

妹の口からぽたぽたと落ちる、鮮やかな赤の雫。

苦しそうに咳き込むその背は小さく、マリアには成すすべもない。何度も背中を撫で、声を掛けて、寝台で苦しむニナを励ますだけだ。

『げほっ、げほっ……！　う、え、っけほ、う……』

『すぐにお薬をもらえるからね。それまであと少し、頑張って、大丈夫だから……』

途方に暮れるマリアの耳に、ノックの音が聞こえる。扉が開き、口髭を生やした医者が姿を見せた。

『お待たせしました。もう大丈夫ですよ、ニナお嬢さま』

『ガードナー先生……！』

その医者が来てくれると、前世のマリアはいつも安心した。

これでニナが楽になる。咳が止まり、苦痛も和らいで、ゆっくりと眠らせてやることが出来るのだ。

治療の邪魔にならないよう、廊下に出てほっと息をついた。けれどそのとき、鋭い声が聞こえてくる。

『ニナはまた、発作を起こしたのね』

『……お継母さま……』

ウェンズリー夫人は、マリアの前でこれみよがしに溜め息をついた。

『病を撒き散らす汚らわしい虫。生きているだけでみっともないわ、早く死んでしまえばいいのに』

『……っ』

『その血塗れのドレスを早く脱いでちょうだい。病原菌の血でこの家を汚したら、昨晩のように棒で叩くだけではすみませんよ』

『……申し訳、ございません。お継母さま……』

『おかあさまなどと呼ばないで。娼婦の娘が、汚らわしい』

歩き去るウェンズリー夫人の背中を見つめ、前世のマリアはぎゅっとドレスの裾を握り締める。

(耐えるの。ここにいれば、ニナがお医者さまに診てもらえる)

ウェンズリー家の令嬢でいる限り、こうして薬を与えられ、治療を受けることが出来る。そうすれば、いつかは治る日も来るかもしれないのだ。

(耐えなくちゃ駄目。そうじゃないと私は、ニナは……)

＊＊＊

「ああ、マリア、マリア……!! 誰も私の言うことを信じないの、誰も！」

真夜中、辺りがすっかり寝静まったような遅い時刻。

王女マリアの華奢な体に、祖母であるウェンズリー夫人が縋りついた。

「夕食のパンに、ねずみの死骸が入っているのよ……!! パンにも、スープにも、私のお皿だけに！」

真っ青な顔色をした夫人は、寝台の中で怯えながらそう訴えてくる。

額には脂汗が滲み、肩が震えていた。マリアはやさしく手を伸ばし、祖母の薄い背を撫ぜる。

「大丈夫ですよ。おばあさま」

微笑みと共に零したのは、幼い子供をあやすような声だ。

「それは夢です。誰ももう、おばあさまにそんなことはしませんん」

「嘘よ、カリーナはどこ!? またカリーナがやったんだわ！ 私を陥れて、恥を掻かせて苦しめて……!! 仕置きをしなくては、カリーナを呼んで!!」

「駄目ですよ。夕方、カリーナのことをひどくぶったでしょう？ 今夜はもう許してあげましょう」

マリアは祖母からそっと離れ、サイドテーブルから粉薬の包み紙を取ると、微笑んで差し出した。

「お薬を飲めば、きっとよく眠れますよ。ね？ おばあさま」

「……可愛いお前が、そう言うのであれば……」

祖母は渋々と粉薬を口にして、寝台に身を横たえた。

しばらくは落ち着かなかったようだが、マリアがその肩をやさしく撫で続けると、やがてゆっくりと眠りの淵に落ちてゆく。

――そして、寝息が聞こえ始めたころ。

マリアは、祖母の耳元にちいさなくちびるを寄せて、こんな風にそっと囁いた。

「『許さない』」

その双眸から、先ほどまでのやさしそうな色は消えている。ただただ人形のように美しい無表情で、透き通った呪詛を紡ぐのだ。

「『許さない。……あなたを、あなたたちを、私は絶対に許さない』」

穏やかに眠り始めていた祖母の表情が、再び苦悶に歪み始める。

マリアは静かに立ち上がると、傍の卓上に置いていたランプを手に取って、退室前にひとつ呟いた。

「おやすみなさい。『お継母さま』」

＊＊＊

「マリアさま！」

祖母の部屋を出たあと、メイドのアンに呼び止められて、マリアはそっと振り返った。

「どうなさったんですか、このような夜更けに……もしかして、また奥さまが？」

「ええ。悪い夢をご覧になったみたい」

「お誕生日会以来、すっかり消沈なさっていますものね……でも、こう毎晩ではマリアさまだって」

「私はいいのよ、好きでやっていることだから。アンの方こそ、こんな時間まで仕事をしていたの？」

夜も遅い時間だというのに、アンはメイドのお仕着せを着たままだ。カリーナに無茶を言われることはなくなったはずだが、また何か無理をしているのだろうか。

「あなたには王宮仕えの準備もあるのよ。あまり忙しいようなら、誰か他のメイドさんに……」

「ち、違うんですマリアさま！」

マリアの心配をすくってか、アンは慌てたように首を横に振った。

「新しく入ってきた子たちの勉強会に付き合っていたら、すっかりこんな時間になってしまったんです。みんな一生懸命だから、私も熱が入ってしまって……」

少し照れくさそうにしながらも、アンはきらきらと瞳を輝かせる。

「忙しいですけど、毎日すごく楽しいです！　夜遅くまで勉強した分だけ、次の日には仕事が楽になって。お互いに協力しあえることも増えて。なんというか、いままでの『忙しい』とは大違いなんですよ！」

「……そう」

「マリアさまが、メイドをたくさん増やして下さったおかげです。本当にありがとうございます！」

「私は何もしていないわ。必要だから必要だと言っただけよ」

マリアの静かな微笑みを見て、アンはほうっと溜め息をつく。

「……マリアさまって、大人っぽいですよね。とても私より一つ年下で、十四歳だとは思えない……」

「ありがとう。でも、もう眠いわ。私が起きているには、限界の時間みたい」

「ふふ、ゆっくりお休みになってください。……奥さまの件は、旦那さまのはからいで明日、かかりつけのお医者さまがいらっしゃるそうですから」

夜着の上に掛けたストールをふわりと羽織り直し、マリアは目を伏せた。

「よかったわ。――ガードナー先生が来て下さるのなら、きっともう、安心ね」

＊＊＊

王都の外れ、娼婦街の片隅にある小屋の中で、医師ガードナーは『診察』を行っていた。

「なるほど。息子さんの咳が、三日前から止まらないと」

やせ細って疲弊した娼婦が、小さな息子の手を握り締めて頷く。ガードナーは親子を元気づけるように、しっかりと頷いた。

「安心しなさい。私が処方する薬を飲めば、きっとよくなる」

「で、でも先生……うちには薬代を払うお金がないんです。この子にだって、病気なのに何日もまともな食事をさせてやれなくて……せめてもと、私の分も息子に食べさせているんですが」

「何を言うんだね！　薬代なんて、払えるときで構わない」

ガードナーの言葉に、母親は驚いて顔を上げる。

「いまは一刻を争うんだ。金のことは、子供が元気になってから考えなさい。私はいつまでも待つから」

「あ……」

絶望の色に染まっていた女の顔に、安堵の色と涙が溢れた。

「ありがとうございます……ありがとうございます、先生……‼」

「気にすることはない。さあ。治療を続けよう」

老医師ガードナーは、この王都で最も名の知れた医者だった。

勉強熱心で腕がよく、貴族諸侯を主な患者としているが、貧しい者にも分け隔てがない。治療費が払えない貧民まで診察し、薬代の支払いも無期限で待つその姿勢から、国王より勲章を授かったこともある。

けれど、ガードナーにとって、こんなことは表彰されるまでもない当たり前だった。

（ひとりの患者を治療した経験が、次の患者を生かすことに繋がる）

鞄の中から取りだした包みに、もうひとつの包みを混ぜる。

（医者の中には、私を馬鹿だと言う者もいる。貧乏人を治療しても、利益どころか大損だと。しかし、

いまこうして貧しい少年を『治療』して得た知識が、私の医者としての人生で大きな宝となるのだ）

事前に計算していた分量通りに調合し、ガードナーは患者にそれを飲ませた。

（……そう思えば、無償で貧民たちを治療してやることの、なんと有意義なことだろうか……！）

思わず笑いがこみ上げてきて、くちびるが歪むのを堪えられない。それを誤魔化して咳払いをする。

「毎日この薬を一包ずつ、今夜から眠る前に飲ませてあげなさい。二日後にまた様子を見に来るよ」

「はい！　ありがとうございます、先生……！」

「では、私はこれで。次の患者が待っているのでね。――行くぞ、レイモンド」

ガードナーは、入り口の傍でしゃがみ込んでいた青年に声を掛けた。

猫背を丸めた青年は、ぶつぶつと何かを呟いている。銀髪の前髪はうっとうしいほどに長く、目元をすっかりと覆っていて、表情すら窺えなかった。こちらの声は耳に入っていないらしく、返事もしない。

「衛生状態が影響しているのか？　咳の伝染病……それにしては、患者数が……」

「――レイモンド」

「は……っ」

ガードナーがもう一度名前を呼ぶと、その青年……見習いのレイモンドは、慌てたように立ち上がる。

「な、なななんでしょう先生!?　すみません！」

「行くぞ、荷物を持ってくれ。――では、二日後にまた」

ガードナーが外に出ると、レイモンドは慌てて後をついてくる。そして、遠慮がちに尋ねてきた。

「せ、せ、先生。あの少年に新薬を服用させたのは、なぜでしょう？」

「――なぜ、とは？」

「彼の症状から、あれは幼児に散見される一般的な病と思われます。わざわざ新薬を試されなくとも、従来の薬で十分に咳も治まったのでは？　そうやって地道な治療を重ねていくうち、成長と共に症状も出なくなっていくのというのがこれまでの記録からも……」

ガードナーはレイモンドを振り返り、にこりと人の良い笑みを浮かべる。

「医学の世界は日進月歩なのだ。これまで最良とされてきた治療も、数年後には時代遅れとなる。患者のための医療であり続けるならば、『これまでと同じ』にしがみつくべきではない」

「せ、先生」

「医学が進歩すれば、それだけ患者の負担が減る。医者とは常に、前に進み続けなければならないのだ」

「……!!」

レイモンドは、何かに気づかされたように頭を下げた。

「失礼いたしました、先生！　僕は、とんだ大馬鹿者でした。これまでの治療方法にとらわれて、大事なものを見失うところでした」

「分かればいいのだ。さあ、明日は孤児院に加えてウェンズリー公爵家からのお呼びが掛かっている。薬を用意して……」

「――ガードナー先生!!」

悲鳴のような声に振り返る。そこにいたのは、たったいま治療をした少年の母親だった。

「先生、いますぐ来て下さい!!　息子が、息子が急にたくさん血を吐いて……!!」

思わぬ言葉に、ガードナーは小さく息を呑んだ。

「いかん、もうそこまで症状が進行していたのか……!!　レイモンド、急ぐぞ！」

「早く……！　お願い、お願いです、息子を助けて!!」

半狂乱の母親をなだめ、励ましながらも彼女らの家へと走る。

そして飛び込んだ先で、ガードナーはその光景を目にした。

シーツの上で血を吐いて、倒れている幼い子供。小さな体が痙攣し、荒い呼吸を繰り返している。

（……なんだ）

すっと無表情になり、ガードナーは心の中で呟いた。

（……今回の『実験』は、失敗か……）

自分の手で、多くの患者を救いたい。それは医者として当然の想いだと、ガードナーは固く信じている。

病に臥せっていた患者が元気になり、元気になって、病にかかる前の日常に戻ってゆく。

そんな光景を見るたびに、ガードナーは、この道を志して本当によかったと思うのだ。

しかし、今回のような失敗もある。表向きには必死で少年の処置をしながらも、ガードナーの心はもはや、薬の処方結果に対する分析に夢中だった。

（今回の結果は、かなり貴重なものになるそうだな。やはり人の体に使う薬は、人の体で実験しなければ意味がない。それも、その病状を発症している人間でなければ……）

多くの薬師は動物を使っているが、馬鹿げた話だ。そもそもが体の大きさや構造も違うというのに、そんなもので試してどうするのだろう。

とはいえ、ガードナーもかつては同じだった。

薬師が調合した薬を、ただただ素直に使い、救えたはずの命を見逃してきたのだ。

その運命を変えることが出来たのは、十六、七年ほど前のことである。

＊＊＊

『従来の薬では駄目なのです。これでは患者の衰弱に、薬の効果が追いつかない!!』

当時、王都で徐々に仕事が増え始めていたガードナーは、周囲の医師たちにそう訴えていた。

『体力のない子供や老人は、これでは間に合わない。薬師と協力しあい、新薬の調合を試すべきです』

『しかしだね、ガードナー君』

王城の一室でふるわれるガードナーの熱弁にも、他の医者はみな難色を示す。

『それは薬師の領分だ。第一、そんなことを試している暇がどこにある。新薬の実験をするためには、獣を使わなければならないんだぞ。一匹や二匹じゃない、その仕入れや飼育はどうするというのだね？』

『それは……』

追い打ちを掛けるように、別の医師もこう口を開いた。

『わざわざそんなことをしなくとも、従来の薬で十分だろう。長い年月を掛け、人体への安全性が証明されている。患者の体力が追いつかないのであれば、食事などで滋養をつければいい、そうだろう？』

『しかし、それでは貧しい人々はどうなります……！』

『何を言うのだガードナー。貧しい者はそもそも、新たに調合する新薬など買えないではないか』

円卓の真正面に座した医師が、深く溜め息をつく。

『話にならん。君の議題は終わりだ』

王都でも強い力を持つその医師に言い切られ、ガードナーは押し黙った。

（なぜ、誰もより良い未来を目指そうとしないんだ……！）

焦りと苛立ちがない交ぜになる。ガードナーは立ち上がり、その場にいた面々に頭を下げて退室した。しかし、そんなガードナーを止める者は誰もいない。

ひとりきりになった王城の廊下で、蹲って床を叩いた。

『くそ……っ！　こんなことでいいのか⁉　患者を救うことが出来るのは、私たち医者だけだというのに！　王都の医師がこんな調子では、患者の未来は……』

『ねえ、お医者さま』

鈴を転がしたような柔らかい声に、ガードナーは顔を上げた。そこにはひとりの少女が立っている。

『お話、聞いていましたわ。すごく立派で素敵な考えをお持ちですのね』

淡い金色の髪と、天使のように愛らしい面差しを持つ娘だ。彼女の同調を、ガードナーは鼻で笑う。

『……やめてくれたまえ。君のような少女に、何が分かる……』

そう言って俯いたあと、自分の失敗に気がついた。

王城の中にいるのだから、彼女は貴族の令嬢なのだろう。ガードナーは男爵家の三男で、城内における身分は低い。この少女の生まれ次第では、先ほどの物言いは大変な無礼とされるところだ。

しかし、少女はくすくすと笑うばかりだった。

『そのようなことを仰らないで？　私、とっても感動しましたの。他のお医者さまが話すのはひどいことばかり！　本当に患者さんのことを考えてらしたのは、先生だけだわ』

少女の言葉は、ガードナーの心を僅かに震わせた。

他の医師たちに否定を浴びせられ続けたガードナーは、それほどまでに賛同へ飢えていたのだ。

（この子は、分かってくれるのか……？）

何も知らない娘にすら縋りたくなり、けれどすぐさま我に返る。

『……はっ。志があったとしても、達成できないのならなんの意味もないよ。「私財を投げ打ち、自分を犠牲にしてでも新薬を開発する」などと、私はとても言えなかった。その時点で連中と同罪なのだ』

『いいえ、私には分かりますわ。先生はいずれ、この王都で一番のお医者さまになるお方だって』

『……よしてくれたまえ。私は……』

『ねえ、先生』

その華奢な手をガードナーに差し出し、少女は目を細める。

『よろしければ、私の妹で試して下さらない？』

『――……は？』

一瞬、思考が止まった。

果たして少女が何を言っているのか、すぐにはその意味が分からなかった。ガードナーの動揺をすくってか、少女はおかしそうに笑うのだ。

『変なお顔。私、何か妙なことを言いました？』

『妙、だって？　……分かっているのか、君は……』

『妹は肺の病気ですの。ですから先生のお薬を、あの子に飲ませて下さいな』

ぞくりとするほど妖艶な笑みを、少女がガードナーに向けてくる。

『動物で試すのが大変なら、人間で試せばいいのだわ』

『何を言っているんだ!!……君は、一体……』

尋ねると、ガードナーの震える手を取ったその少女は、自身の名前を教えてくれた。


『リリスですわ。リリス・ウェンズリー』


それ以来、ガードナーはウェンズリー公爵家へと出入りするようになった。

肺病に罹った少女はニナといい、リリスにとっては腹違いの妹となるらしい。ニナの診察をしてみると、肺病の症状はごく初期のもので、従来の薬でも回復の余地がありそうなことがすぐに分かる。

『早期発見が命を救いましたな。新薬の実験などしなくとも、この少女はきっと治るでしょう』

けれど、それを告げたとき、リリスはこう言ったのだ。

『ふふっ。遠慮なさらず、先生のお薬を試して下さいな。そのためにわざわざいらしたのですから』

『え!? し、しかし……』

『大丈夫よ。症状が進行しそうなら、そのときはいままでのお薬に切り替えればいいんだもの。ね?』

『……』

ガードナーの中で、警鐘が鳴った。

実験のために、いたいけな少女を犠牲にしていいはずがない。リリスはこう言うが、現時点での最善は違うのではないか。しかし、リリスは大人びた表情で微笑むのだ。

『どうか目の前にいるニナだけのことを考えないで、先生。これで新薬の調合が上手くいけば、いままでは救えなかった人の命も、救えるようになるのでしょう?』

『――……!!』

リリスのその言葉が、ガードナーの背中を押した。

（そうだ。これは、未来のためだ……）

こうしてガードナーは少しずつ、新薬の実験を開始することになる。

（これが上手くいけば、他の患者も助かる。この少女だって、そう思えば嬉しいだろう）

ニナという名の少女には、マリアという姉がいるらしい。リリスからは、そのマリアにニナが病だと気付かれないよう治療をしてくれと頼まれていた。

そしてそれは、ニナ自身の願いでもあった。ニナはガードナーの診察を受けながら、大事な姉に心配をかけたくないのだとしきりに言っていたものだ。

ガードナーはその言葉に胸を打たれた。姉思いなニナのため、妹思いなリリスのために、必ずや新薬でニナの病を完治させてやると心に誓った。

しかし、それもまた、短絡的な考えだったと気付かされる。

『リリスお嬢さん。ついに新薬の調合に、成功しましたぞ！』

あれは、ニナの診察を開始してから一年ほど経った頃合だろうか。

その薬を飲ませ始めてから、ニナの容態が安定した。咳の数が少なくなり、症状に大きな改善が見えたのだ。喜び勇んで報告したとき、リリスはふわりと笑ってガードナーを祝福した。

『おめでとうございます。さすが先生ですわ！　私、信じておりました』

『リリスお嬢さんとニナお嬢さんの協力あってこそです。強い副作用があるのが惜しまれるが、これならずっと早く治る。これでニナお嬢さんも、きっと元気に……』

『先生』

リリスの妖艶な微笑みに、ガードナーの体はぎくりと硬直した。

『それでは、実験は次の段階ですわね』

『……次の、段階……？』

『今回の薬の結果は出たのですから。次はもっと良い、副作用のない薬を開発なさるのでしょう？ニナよりもっと幼い子供でも耐えられる、そんなお薬を』

『………それは、確かにそうですが……。だが、しかし、ニナお嬢さんの治療は……』

『あら？　ニナを治してしまってよろしいのですか？　先生』

天使のような声と微笑みで、リリスが囁く。

『ニナが完治してしまっては、これから先、薬の実験をする相手がいなくなってしまいますよ』

『――――！』

その言葉は、ガードナーの躊躇を塗り潰すのに十分な効力を持っていた。

こうやって自由にできる患者がいなければ、薬の改良には時間が掛かる。ニナを手放し、健康体にしてしまっては、この先の研究はどうなるか分からない。

『これは未来の患者のため。先生はどうか、正しいことをなさって？』

『……』

あのとき、心臓がひどく高鳴り始めたのを、ガードナーはいまでもはっきりと覚えている。

『未来のために。いずれこの病に苦しむ、すべての患者を救うために』

少女ひとりの忍耐によって、その偉業を成すことができる。病が進行し、死にそうになったら、そのときは助けてやればいいのだ。

そしてガードナーは、新たな薬瓶へと手を伸ばした。

『未来の、ために……』

その数年後、姉のマリアが犯した罪の巻き添えとなり、ニナは国外追放されたと聞いている。

ガードナーの手元から、大事な実験結果は消えた。しかし、ニナが残してくれたその薬は、肺の病に苦しむ多くの患者を救ってくれたのだ。ガードナーの元には名声と、莫大な金が転がり込んだ。

かつてガードナーの新薬開発を否定した医者たちの、悔しそうな顔といったら！

ガードナーの主な患者は、王族や貴族ばかりになった。一月に数人診察すれば遊んで暮らせるほどの地位に立ち、若い医者には崇められる存在になったガードナーはしかし、その現状に満足はできていない。

（もっと、たくさんの患者を救わねば）

そんな使命感で、胸の内側が燃えている。

（そのためには実験が必要だ。肺病だけではない、この世界に病は溢れている。……実験だ、あのときのように。私には、私の力を実証してくれる病人が必要なのだ……!!）

そしてガードナーは閃いた。

医者に掛かれないような貧しい人々を、無償で見る。

そうすれば、死んでも構わない実験台が、いくらでも容易く手に入るではないかと。

＊＊＊

その日、ガードナーは孤児院の奥にある隔離部屋で、少女の診察を行っていた。

「先生。妹は、妹は大丈夫なんでしょうか……」

傍に付き添うのは少女の兄だ。ガードナーは寝台に横たわる少女から離れると、兄と共に部屋を出て、廊下でそっとこう告げる。

「いかんな。合併症を引き起こしてしまっているようだ。……だが、心配はいらないよ」

彼を元気づけるための笑みを浮かべ、その肩を叩いた。

「私の薬が効いているらしく、進行は最小限に抑えられている。今日から新しい薬で様子を見よう」

「……ありがとう、ございます……」

妹の前では気丈に振る舞っている少年の目に、薄い涙の膜が張る。

「ありがとうございます、先生……！　どうか妹を、必ず助けてやってください……！」

「もちろんだ。私に任せて、君はあの子の傍で元気づけてやりなさい」

「先生は僕らの恩人です。先生がいなかったら、あいつは……」

感謝の言葉を受けながら、ガードナーは内心でほくそ笑んだ。

（これだ。患者やその家族から寄せられる信頼の、なんと心地良いことか……）

独自の薬を調合し、王都に名の轟く名医となってからは、毎日のようにこうして誰かに頼られる。

誰も話を聞いてくれなかったときとは大違いだ。誰もがガードナーの論じる言葉に耳を傾け、賞賛し、その治療はすべて肯定されるのだから。

（……今回の患者には、うまく合併症を誘発させることができたな）

少年の妹には、体力の消耗が激しい薬を処方した。その結果、もくろみ通りの病を発症させることが出来たのだ。

（他の医師はまだ、誰も気が付いてはいないだろう。『この合併症を発症した患者に、従来の薬を処方すると死ぬ』ことを）

背筋にぞくぞくとした高揚が這い上がり、にやけそうになる顔を必死で堪えた
（少女の死後、私はこの問題を投げかける。おいそれと投薬できなくなった他の医師どもが頭を抱えたところに、新薬を発表してやろう。誰もがきっと、新薬と、それを作り出した私を重宝する……）

実のところ、その新薬はすでに出来ている。

しかし、ただ処方するだけでは駄目なのだ。『このままではいけない』という理由がなければ、新しいもののは受け入れられない。どこかに犠牲が生まれてこそ、解決手段の価値が発生する。

（……早く、今回の患者にも死んでもらわねば）

ガードナーは口髭を指で整え、滲む笑みを隠しながら、こほんとひとつ咳払いをする。

「夜はなるべく一緒に寝てやりなさい。寝ているあいだに、薬の副作用が出ることがあるからね」

「はい！　ずっと妹の傍にいます。僕があいつにしてやれることは、それくらいですから……」

（それでいい。君に伝染し、同じ合併症を引き起こしてくれれば、『新薬を服用させた方は生き延びた』という大事な検体になるからな……）

さて、妹の方はいつごろ死ぬだろうか。

ガードナーの見立てでは、恐らく一週間ほどで命を落とすだろう。排泄が徐々に上手くいかなくな

り、最後の三日ほどは壮絶に苦しんでくれるはずだ。

（悲惨な死にざまであればあるほど、従来の薬が忌避されるようになるというもの）

ひとりの少女の死によって、後の世の大勢が救われる。医学の道の礎になれたなら、この貧しい子供たちにも生まれてきた意味があったというものだ。

「あの、ガードナー先生」

遠慮がちに自分を呼ぶ声が聞こえ、ガードナーは振り返った。

助手であるレイモンドが、何か物言いたげな顔をしている。相変わらず前髪で目元が見えず、医者が連れ回すには清潔感に欠けるのだが、レイモンド自身に気にする様子はない。

「質問をよろしいでしょうか。今回の合併症ですが、発症の理由が――」

「……レイモンド。聞いてやりたいのはやまやまだが、いまは時間がない。このあとはウェンズリー家に行って差し上げなければ」

「あ！　そそそ、そうでした先生！　すみません!!」

「ははは、勉強熱心なのは良いことだ。では、行こうか」

慌てふためくレイモンドに言いつけ、鞄を持たせる。ガードナーは病の少女に声をかけ、その兄を再び励ますと、シスターに挨拶をして孤児院を後にした。

＊＊＊

「ウェンズリー夫人。お加減はいかがですかな」

公爵夫人にそう尋ねながらも、ガードナーは内心で驚いていた。

ウェンズリー夫人といえば、孫のいる年齢になってもなお美しいことで評判だった女性だ。しかし、目の前にいる彼女はかつての美しさなど見る影もなく、痩せこけた頬と青白い顔をしている。

（……本当なら、この婆さんにも新薬を試してやりたいところだが……）

実験台にするのは貧民に限ると、ガードナーは固く決めていた。

失敗したとき、その理由を薬以外のものに見せかけやすいからだ。娼婦や孤児ならば衛生状態や栄養失調、他の病のせいにも出来るだろうが、これが裕福な人間であればそうはいかない。

貴族を相手にするならば、実験が成功した薬を飲ませるほうがいい。そう自分に言い聞かせ、夫人の診察をし、安全な薬を処方する。

「この薬をお飲みください。そうすれば、きっとよく眠れるでしょう」

「薬……」

物言いたげな夫人の視線に、ガードナーは内心でぎくりとする。

「何か、この薬に不安な点でもありますかな？」

「生憎ですが、先生。眠れるようになる薬でしたら、孫娘のものがありますの」

それは、思わぬ申し出だった。

「お孫さんというと……もしや、王女殿下の？」

「ええ。あの学問大国アーレンフロウに間留学していましたのよ。本来は四年かかるところを、たったの二年で卒業して！　医学にも興味があるようで、私を案じて薬を調合してくれるのです」

「ほう……それは、大変興味深い」

ガードナーは人の良い笑みを浮かべ、夫人に尋ねる。

「異国の薬学については、私の見識も十分ではありませんかならな。よろしければ……」

「おばあさま。こちらがあのガードナー先生なのですか？」

鈴を転がしたような柔らかい声に、ガードナーは振り返った。

扉の前に立つのは、淡い金色の髪と、天使のように愛らしい面差しを持つ少女だ。彼女を見た瞬間、ガードナーは唐突に、十数年前の光景を思い出す。

「リリスお嬢さん……？」

リリスによく似たその少女は、そっとガードナーに微笑んだ。

「娘のマリアと申します。お目に掛かれて光栄ですわ、ガードナー先生」

（マリア……この家にいた、妾の娘と同じ名前か……）

いつも俯いていた少女のことを思い出す。リリスは娘に、異母姉の名前を付けたのか。ガードナーがそんなことを考えていると、夫人がにこにこと孫娘に提案した。

「マリア。せっかくなのだし、先生にあなたのお勉強を見ていただいたらどう？」

「まあ。よろしいのですか？　先生」

ガードナーにとっても魅力的な申し出だ。なにせ、異国の医学に触れる機会はひどく少ない。

「是非とも拝見したいものです。王女殿下さえよろしければ、すぐにでもいかがですかな」

すると、マリアは嬉しそうに微笑んで、ガードナーを自室へと案内してくれた。

＊＊＊

「――お次のこちらは、アーレンフロウ国の学者が描いたものですな？」

マリアの部屋にある貴重な資料の数々に、ガードナーは興奮しながら声を上げた。

「人体において、それぞれの臓器がどこにあるかを解説した図画。まさか殿下がこのようなものをお持ちだとは……」

「我が国では、こういった先進的な医学書はまだまだ入手しにくいものですから……。留学先から持ち帰り、王城の自室に置いていたのですが、おばあさまの薬を調合するにあたってこの家に」

「そう、その薬です！　先ほど拝見させていただきましたが、素晴らしい効能を発揮するようだ。それも異国の代物で？」

「東の国に伝わるものを参考にして、独自に調合しました。その国の毒草について調べた折、手に入れた文献によるものです。ご覧になりますか？」

「ええ、是非とも……！」

先ほどから交わしているやりとりに、ガードナーは言い知れないほどの喜びを噛み締めた。

「ああ、大変嬉しい限りです。医学の未来を案じて下さる方が、王族にいらっしゃるとは……」

「この国の医学は、あまりにもひとつの方法にこだわり過ぎています。もっと色んな知識を取り入れて、常に最善の方法を探していくべきかと」

「仰る通りです、マリア殿下！」

齢十四とは思えないほどの受け答えが返ってくるたび、ガードナーは楽しくて仕方がない。ガードナーが常々思っていることを、マリアも同じように口にする。

「やはりあなたは、リリス殿下のお嬢さまだ。外見だけでなく、その聡明さもよく似ていらっしゃる」

「……先生は、お母さまともこのようなお話をなさっていたのですよね」

その問いを掛けられた瞬間、ガードナーは気が付いた。

リリスとは、ガードナーにとって初めての理解者だった。そして、マリアはあのリリスの娘だ。

つまり、リリスとマリアが同じ志を持っていたとしても、なんらおかしなことはない。

「もしや、マリア殿下は……私と殿下が行っていた『診察』の内容を、ご存知なのですか？」

マリアはにこりと笑みを浮かべ、言葉を濁した。しかし、それこそがまさしく肯定だ。

「ああ、なんということだ……」

ガードナーは、思わず乾いた笑い声を上げてしまった。

「そうだったのですね……！　マリア殿下も、私の理解者だったとは……！」

「――ガードナー先生。私、一緒に試していただきたいことがあるんです」

ガードナーの読んでいた医学書に手を伸ばしたマリアが、ページをめくり、とある部分を開く。

「なんでもここに書かれた薬は、人の体から一時的に、痛覚を奪うものだとか」

「痛覚を、奪う……？」

「これを飲んでしばらくは、一切の痛みを感じないそうですよ。例え刺されても、切られても」

「なんと……！」

魅惑的な言葉に、ごくりと喉が鳴る。

「その薬を使えば、生きたまま患者の体を割いても、痛みさえ感じないということですか？」

「ええ。……そもそも、この薬を飲むと自由に体が動かせなくなります。暴れるどころか、わずかな抵抗すら出来ません」

「素晴らしい!!」

ガードナーは興奮し、マリアの肩を掴んで詰め寄った。

「つまり、これまでは遺体でしか知ることのできなかった体の内側が、患者を生かしたまま観察できるということですね⁉　暴れなくなるというなら、検体をわざわざ殺さずに済む……！」

マリアのもたらした薬の情報は、ガードナーがこれまでずっと調べてきたことのひとつだった。

「他国ではそこまで進んでいたのか……くそっ、もっと早く分かっていれば！」

「先生。生憎ですが、この薬はまだ諸外国でも実験段階のもの」

マリアはそっと、微笑みを浮かべる。

「先生のお力で、この薬を本当の完成へと導いて下さい。そして、我が国の……先生の医学が他国より優れていることを、証明していただけませんか？」

──この国の医学と、自身の名を、他国に広める。

マリアの言葉は、ガードナーにとってこの上なく甘美なものだった。

言い知れないほどの使命感と、『それを成し遂げられるのは自分だけだ』という感情が湧き上がる。

マリアの発言には、ガードナーが選ばれた者であることを実感させるような力が込められていた。

「マリア殿下……！」

その場へ恭しく跪くと、ガードナーはこうべを垂れる。

「そのご命令、必ずや果たしてみせましょう」

「ありがとう。材料の確保が難しいようですから、仕入れは私が行います。先生には、実験台の確保をお願いできますか？」

「もちろんですとも！　ああ、それにしてもやはり親子でいらっしゃる。リリス殿下もかつて私に、

『他国を凌駕するほどの医術を』と仰ったのです……！　私が初めて実験を行ったのもこちらの家でした。あの少女の名前は、確か……」

「――――……ニナ、の」

微笑んだマリアが、そのくちびるでそっと囁く。

「ニナという少女の、診察ですね」

「ええ、ええ！　そうです、ニナお嬢さんは実に理想的な検体でしたよ！　初期症状から診察させていただきましたが、たくさんの情報が取れました。非常によく効いた薬もあり、一時はうっかり完治させてしまうんじゃないかと冷や冷やしたこともありましたが……」

「……まあ」

「いまとなってはいい思い出ですな。リリス殿下とニナお嬢さんのご姉妹には、いくら感謝してもし足りないくらいです。――惜しむらくは、ニナお嬢さんが国外追放になってしまったことだ‼　彼女の血の繋がった姉が犯した罪に巻き込まれて、一緒に追い出されてしまうなんて……私が知っていれば、ニナお嬢さんだけでも匿ったものを！」

「――そう、ですか」

マリアは美しい微笑みを浮かべたまま、それを隠すように俯いた。

そのあとで、静かに口を開く。

「……先生。そういえば祖父が、今夜の夕食を是非ご一緒にと。とっておきの葡萄酒があると申しておりましたが、お酒はお好きですか？」

「これはこれは！　葡萄酒は大好物です。ご相伴に預からせていただきますよ」

「助手の方は表でお待ちでしたね。私、お呼びしてまいります」

「ああいえ、殿下……」

王女にそんな真似をさせるつもりはない。しかしガードナーが呼び止める暇もなく、マリアは書斎を出ていった。

「……仕方ない。お言葉に甘えるとしよう」

書斎に取り残されたガードナーは、再び医学書を見下ろす。

（ああ……。早く、この薬を手に入れたいものだ……！）

＊＊＊

ウェンズリー家にある庭の隅で、レイモンドはずっと待っていた。

レイモンドはガードナーの助手である。まだまだ見習い医師の立場だから、師であるガードナーの言い付けは極力守らなければならない。けれど、もうそろそろ日も暮れそうな時間である。

（遅いなあ、ガードナー先生……）

ガードナーとマリアが話しているあいだ、レイモンドは庭で待っているよう言い付けられた。堂々と立っているのは憚られ、こうして花壇の影で師匠の帰りを待っているのである。

（それにしても、ウェンズリー夫人のあの症状……）

抱えた膝の上に顎を乗せ、落ちていた木の枝を拾うと、レイモンドはがりがりと地面を削り始めた。

（先生は『心に深い傷を負ったせいで不眠になった、そのせいで悪夢を見る』と言っているけれど、本当にそうなのかなあ。僕には寧ろ、見ている悪夢とやらが不調の原因に思えるんだけど……）

自分の考えをそのまま吐き出すように、地面へと文字を書き綴ってゆく。

（王女……ええと、名前はなんだっけ？　その薬で眠れるんだって、夫人は言っていたけれど……）

もしや、夫人の悪夢はその薬が原因だったりしないだろうか。

（ああ、知りたい！　ナントカ王女の薬を調べてみたい！　先生が分けてもらってこないかなあ。それか直談判……うーん、庶民の僕が王女に話しかけたら不敬罪になりそうだ……）

ぐしゃぐしゃと地面に円を描き、唸りながら悩む。

そのとき、レイモンドの前にある屋敷の裏口が開き、ひとりの女の子がふらりと出てきた。

（あ！　薬を調合した、例の……ナントカ王女だ！）

蜂蜜みたいに淡い金色の髪をした、綺麗な子だ。レイモンドは、反射的に身を隠そうとする。

だがその直後、王女が小さく言葉を零したのが聞こえた。

「……ニナ……」

（……？）

そして王女は、扉を背につけたままずるずると座り込んでしまう。レイモンドは慌てて駆け寄った。

「わわわっ、王女！　だ、大丈夫ですか⁉」

「！」

人がいるとは思っていなかったようだ。王女は僅かに肩を跳ねさせると、困ったように微笑んだ。

「大丈夫です。先生に医学書をお見せしていたら、描かれている絵にあてられてしまって」

「ああー……。もしかして内臓とか、内臓とか……」

こんなにか弱そうな女の子だ。傷口や血を見る機会すらほとんどないだろうし、気分が悪くなっても仕方がない。

「僕、先生を呼んできます！」

「いいえ。このままここで休んでいれば、すぐによくなりますから」

そう言われ、レイモンドはおずおずと頷いた。

「分かりました。でもせめて、椅子に座ったほうがいいですよ」

王女に手を差し出すと、王女は先ほどより多少は落ち着いた笑みを浮かべた。

「ありがとう」

首を横に振り、公爵邸の庭に据えられた白いベンチに彼女を座らせる。王女はまだ顔色が悪かったが、目の前に立つレイモンドをそっと見上げた。

「ご迷惑をおかけしました。あなたは、ガードナー先生の助手の方ですよね」

「は、はい。レイモンド・ガードナーと申します。王女さま」

「ガードナー？　それでは」

「あ、いえいえ違いますよ！　先生とは血は繋がっていなくて、養子にしていただいたんです。僕の両親は死んで、他に身寄りはいません」

よく質問される事項だったので、レイモンドはなんでもないことのように答えた。

「父は先生の患者だったんです。父が死んだあと、医者になりたかった僕を先生が引き取って下さって、こうして学ばせていただいています」

王女はさびしげな表情を浮かべ、レイモンドを見つめた。

「そうだったのですね。ご家族を亡くされるのは、さぞかしお辛かったでしょう」

「そうですね。あのころはたくさん泣きました。物心ついてすぐ母が死んだ僕には、たったひとりの家族でしたし」

レイモンドの父は、本当に愛情深い人だった。

仕事がどんなに忙しくとも、必ず夕食時に抜け出してきてくれる。慣れない料理を一生懸命に作ってくれる。『お前の笑顔を見るだけで、父さんは何でもできるんだ』と笑い、レイモンドの髪がぐしゃぐしゃになるほど頭を撫でてくれた。

温かい寝台にレイモンドを寝かしつけ、本を読んでくれていた父が、寝台から起き上がれなくなったのはいつごろだろうか。

「……でも、遺された家族があまり悲しんでいては、先生も辛いでしょうから！」

王女の言う通り、父の最期を思うといまでも悲しい。

けれどそれを振り払うように、レイモンドは力強く答える。

「ひとりでも多くの患者を救うことが、ガードナー先生の志なんです。僕の父を救えなかったことで、先生はご自身をたくさん責めました。『もっとこうしていれば、ああしていれば』という後悔のお言葉もたくさん聞いています。そんな先生に報いるべく、もうめそめそしないと決めているんです」

「……そう。尊敬なさっているのですね。ガードナー先生を」

「父と、僕の恩人ですから！……ってあれ？　王女殿下を介抱しようと思っていたように、どうしていつのまにか僕の話に……？」

首をひねっていると、王女は深く息を吐き出したあと、ゆっくりと立ち上がった。

「ありがとう、お蔭で随分楽になりました。……レイモンドさまも中へどうぞ。夕食にご招待したいと、祖父が申しておりますので」

「わあ、いいんですか！」

頷いた王女と共に、レイモンドはウェンズリー家の屋敷に戻る。

（……そうだ、薬のことを聞いてみればよかったな。でも、医学書を見て気分が悪くなったばかりの女の子に、妙なことは言えないか……）

どんなに自分の知りたいことがあっても、まずは患者の体調が第一だ。

そんな当たり前の思いにうんうんと頷き、レイモンドはひとまず口をつぐむのだった。

＊＊＊

数時間後。レイモンドは、ウェンズリー家での夕食を終え、ガードナーと共に帰路についていた。

「ああ、今日は良い日だ……。実に、実にいい日だ……」

酒を飲んで上機嫌のガードナーは、馬車に揺られながらそんな風に繰り返している。

一方のレイモンドは、馬車の座席で靴を脱ぎ膝を抱えると、小さな声でぶつぶつと呟いていた。

「ウェンズリー夫人……夕食では、食欲もないって言ってたな……。これも心の傷によるものか？」

夫人はガードナーの患者であり、口出しできないことは分かっている。

しかし見習いのレイモンドにとって、ガードナーが診察している患者を『もしも自分の患者であればどうするか』と考えるのは、非常に有意義な勉強でもあるのだ。

「先生がた。着きましたよ」

御者に声を掛けられてはっとした。いつのまにか、馬車は診察所を兼ねた家に到着したようだ。

「ありがとうございました。先生、ほら降りましょう。足元気を付けてくださいね」

家に入るとメイドたちが出迎えてくれた。ガードナーは上着を脱ぎつつ、レイモンドに言い付ける。

「風呂に入ってくる。レイモンド、鞄を書斎に運んでおいてくれるか」

「はい！」

レイモンドは大きく頷くと、言われた通り書斎に鞄を持って向かった。

ガードナーの書斎には、たくさんの医学書が並んでいる。それだけでなく、ガードナーがこれまでに診察した患者のことや、薬の調合記録なども保管されているのだ。

「失礼します」

無人の書斎にも一応声をかけ、レイモンドは入室した。

（あれ。先生の調合記録、出しっぱなしだ……）

これさえあれば、ガードナーの調合した薬が誰にでも作れてしまう。だからこそいつもは厳重に保管されているのだが、今日はその書が書斎机の上に広げられたままだった。

（これも片付けておいたほうがいいかな。……ああ、でも……！）

レイモンドの中で、好奇心がたちまち膨れ上がった。

見てみたい。尊敬するガードナーの調合記録を見て、自分も学びたい。その意欲がどうしても抑えられない。レイモンドはごくりと喉を鳴らし、その書に手を伸ばした。

（先生、本当にごめんなさい……いつか立派な医者になって、先生に恩返ししますから……！）

懺悔のように心の中で呟きながら、レイモンドは急いで読み漁る。

（さすが先生だ！　こんな調合誰にも思いつかない。先週仰っていた新薬はこれのことか……！）

わくわくと目を輝かせながら、ページをめくったそのときだ。

（……孤児院の……例の女の子の病気に、こんな成分の薬を？）

調合記録の中に、おかしな記載があるのを見付けた。

（なんで？　これじゃあ悪化してしまうじゃないか。治るどころか逆効果だ。下手をすれば……）

言葉が、思わず口をついて出た。

「下手をしたら、合併症を引き起こしてもおかしくない……」

ページをめくると、またおかしな記載が出てくる。

そこに書かれていた薬はどれも、患者を治すための代物ではない。少なくとも、純粋に患者が楽になるような薬とは違う。レイモンドは混乱し、調合記録の前で立ち尽くした。

「なんで？　なんで先生はこんなものを？……おかしい。これじゃあまるで、先生は……」

「私か？」

淡々とした声が聞こえ、息を呑む。

「私が、どうしたのかね？」

「……先生……!!」

振り返り、名前を呼んだその直後。

「っ!!」

頭に鈍い衝撃が走り、レイモンドは目の前が真っ暗になった。

視界が塗り潰され、上下が分からなくなる。眩む世界の中で、頭に響くのは父の声だ。

『レイモンド……。お前を遺して行くことが、本当に、心残りだ……』

痩せ細った父の手が、レイモンドの方に伸ばされた。

枯れ木のようになってしまった、弱々しい手だ。やさしくて、いつも家族のために働いてくれていた父の火は、いまにも消えそうになっている。

『さびしい思いを、させてしまうな……』

溢れそうになる涙をこらえて、レイモンドは父の手をぎゅっと握った。

レイモンドはまだ、父を諦めてはいない。だから、どうか父も戦ってほしい。そんな思いを込めて、懸命に言い募る。

『しっかりして、父さん。ガードナー先生がいま、薬を調合してくれている。それを飲めば、すぐに良くなるんだから！　僕もついてる、父さんが元気になるならなんでもするよ。いつか医者になって楽もさせてあげる。だから、だから』

泣いては駄目だ。

父を不安にさせたくない。目元を隠すようにぐっと俯き、レイモンドは声を振り絞った。

『死なないで。僕に、育ててくれた恩返しをさせてくれよ……！』

『レイモンド……』

衰弱していた父の手に、僅かな力がこもった。

レイモンドの手を、ちゃんと握り返してくれる。ゆっくりと、けれど確かに見つめ返したのだ。

『父さん……ガードナー先生が来てくれた。安心してくれよ、先生ならきっと……』

父はきっと、大丈夫だ。

きっと元気になる。レイモンドはそんな風に信じ、何度も何度も父に呼びかけた。

『大丈夫だよ。先生が治してくれる。父さんはきっと、大丈夫だから』

けれどその数日後、レイモンドの父は、容体が急変してこの世を去ったのだ。

『──私の助手になりなさい、レイモンド。今日から私が、君の父親代わりだ』

悲しみに暮れるレイモンドを、ガードナーは励ましてくれた。そして、レイモンドが医者になりたかったことを知ると、やさしく笑って手を差し伸べてくれたのだ。

『私は君の父親を救うことが出来なかった。ならばせめて、君だけでも……』

『先生……』

レイモンドはそのとき誓ったのだ。必ず立派な医者になり、父のような患者を救うと。

そして、ガードナーに恩返しを出来るような人間になるのだと。

＊＊＊

「う……」

レイモンドが目を覚ますと、辺りは闇だった。

頭痛はするし、体が重い。どうにか身じろごうとしたものの、思ったようには動けなかった。

どうやら、両手を広げた格好で壁に拘束されているようだ。手枷が手首に食い込んで、動かそうとするとそれだけで痛かった。

「……僕、は……」

口の中に妙な苦みがあり、非常に喉が渇く。

(なんだ?　この、苦い味は……)

そのとき、扉が開くような音がその場所に響いた。

「目が覚めたか。レイモンド」

そこに立っていたのは、師であり現在の養父でもある医師、ガードナーだった。

右手にランプを、左手に葡萄酒の瓶を持ち、そのふたつをテーブルの上に置く。妙に余裕のあるガードナーの動作は、いまの状況下では浮いていた。

「先生、一体何が起きているんですか⁉　僕は、どうしてこんな場所に――……」

ほとんど悲鳴のような声で、レイモンドは師に尋ねる。その直後、先ほどの状況を思い出した。

ガードナーの書斎にあった記録。書かれていた薬の成分。

それを投与したあとの経過と、『私の持論は実証された』という走り書き。

垣間見えたものが走馬灯のように駆け巡り、レイモンドはガードナーを呆然と見つめる。

「ふむ。どうやら、覚えているようだな」

――考えたくもないことが、起きていた。

見てはいけないものを見てしまったから、レイモンドはこうして捕らわれたのだ。そして、ガードナーのこの振る舞いこそが、レイモンドが見てしまったものの意味を示していた。

「迂闊だったよ。今朝は一刻も早く孤児院に向かいたくて、焦っていたらしい。私としたことが」

「先、生……」

「そんな危険にも思い至らず、君をひとりで書斎に立ち入らせてしまった。ああ、まったく！」

忌々しそうに言い捨てると、ガードナーは葡萄酒のコルクを抜き、グラスへ乱暴に注いだ。

その酒を水のように呷り、一気に飲み干して大きく息を吐く。レイモンドの苦手な酒の匂いが、狭くて暗い部屋に漂いはじめた。

「……何かの、間違いなんですよね？　先生」

震える声で、レイモンドは尋ねる。

「先生が、分かっていてあんな薬を投与するはずがない。患者を苦しめるようなことをするはずがない。きっと事故で、間違ってしまわれただけなんですよね……？」

「……」

ガードナーの顔に、にこりと笑みが張り付いた。

人の良さそうな笑顔のまま、ガードナーがこちらに歩いてくる。にこにこ、にこにこと、患者を診察するときの穏やかな表情で。

「よかった、先生……」

ほっとしたレイモンドが息をついた、その瞬間だ。

「――事故、だと？」

「っ!!」

ガードナーが、レイモンドの前髪を強く掴んだ。

「貴様は、この私が事故を起こすと言うのか？　この国きっての名医であるこの私が!!　事故などという有り得ない行いで、患者に誤った薬を投与するなどと言いたいのか!!」

「う、ぐあ！」

長い前髪を握り締めたまま、もう一方の手で頬を殴られる。

生まれて初めて感じる衝撃に、レイモンドは混乱した。殴られたことも、豹変したガードナーの言動も、受け入れられなくて体が震える。

「貴様は何を見てきたのだ、私の元で何をしていた!!　誰よりも近くにいた貴様が、何よりも私を讃えるべき助手が、言うに事欠いて『事故』だと!?」

「せん、せんせい……!」

「計算だ」

酒臭い息を吐くガードナーが、レイモンドを覗き込んでにやりと笑った。

「計算に決まっているだろう。私が計算し、調合し、その上で患者に投薬するのだ!!　それに狂いはない、事故など許されない!!　医学において私は神も同然、選ばれた存在なのだからな!!」

レイモンドの髪から手を離し、ガードナーは大きく両手を広げた。

「私の選んだ患者が生き延び、また選んだ患者が新薬の効能を証明する！　私は彼らの命運を握り、生かし、殺すのだ……!!　医学の神たる存在にだけ許された、それが特権だ！」

「そん、な」

そんなはずない。ガードナーの発言は、酔った上での冗談ではないだろうか。

「孤児院の、あの女の子。……彼女の病が悪化したのも、合併症を起こしたのも、先生が？」

どうか否定してほしい。レイモンドの切実な思いは、いともたやすく裏切られてしまった。

「当然だろう？」

葡萄酒を再びグラスに注ぎ、ガードナーは笑う。

「私の計算は完璧だ。彼女はそれを証明してくれる、素晴らしい検体だよ。……兄の方も、上手くいくといいのだが……」

「……そんな、まさか……」

頭の中に、最近の光景が蘇ってくる。レイモンドが孤児院で少女の合併症について尋ねたとき、娼婦街の道で幼い少年に与えた薬について問いかけたとき、ガードナーはいつも回答をはぐらかし、耳触りのいい言葉を並べて、具体的な言及を避けてきた。

(先生が、やったんだ)

少年の急変も、少女の合併症も。幼い子供たちの運命を、目の前にいる医者が踏みにじった。

「……どうして、ですか」

レイモンドの両目から、ぼたりと涙の雫が落ちる。

「あんなにやさしかった先生が、どうして、そんなことを」

「なに？」

「先生は立派なお方でした。事故に遭った僕の母を看取って、病に罹った父を診て下さいました！僕を引き取り、弟子として育ててくれた先生が、一体なぜ……」

「何を言う？　私は昔から変わっていない。いつだって、医学のために生きているさ!!　お前は知らなかっただろうがな、レイモンド」

二杯目の葡萄酒を煽って、ガードナーは満足そうな息を吐いた。

「お前の父親は、良い検体だった」

「――……」

受け入れられない言葉が、紡がれる。

「厄介な上に、珍しい病だ。私の患者にはこれまで存在せず、体の中がどのように変化してしまうかの記録を取ることが出来なかった」

「……記録……？」

「中期症状で死なせてしまわないよう、なおかつ完治させてもしまわないように苦労した。おかげで合併症を起こすこともなく、いい頃合で死んでくれたよ！　あの意義ある解剖に、息子の君を立ち会わせてやれなかったことは悪いと思っているさ……！」

手枷を嵌められたレイモンドの手に、最期に握った父の手の温度が蘇った。

父の亡骸は、ガードナーが手配をし埋葬されたはずだ。『亡骸から病が感染しないよう、特別な処置が必要だ』と聞かされて、レイモンドはずっとそれを信じていた。

思えば、これまで亡くなった何人もの患者の遺体が、同じようにして引き取られていったのだ。

「僕を、養子にして、下さったのは……？」

「あの病は多くの場合、患者の男子にも遺伝する。お前が発症する日を待ち詫びていたのだが……」

心底残念そうなまなざしが、レイモンドへと向けられた。

「知られてしまっては、生かしておけないな」

「っ、どうして……！」

溢れる涙もそのままに、レイモンドはガードナーに問いを重ねる。

「おかしいじゃ、ないですか。患者を治すのが医者の役目だ。なのに先生は、治せる患者を救いもせず、ずっとそうやって実験していたと……？」

「もちろん、救うための実験だよ。こうして得た記録が、次の患者を救うことになる」

「目の前の、死ぬはずがなかった患者をわざわざ殺して!!」

混乱の中、レイモンドは叫んだ。

「みんな願っていたじゃないですか！　先生に、『助けてほしい』と手を伸ばした。『死にたくない』と言っていた！　なのに先生は、救えたはずの患者を殺して、そんなことを繰り返したなんて!!」

レイモンドの言葉を、悲鳴を、ガードナーは心底呆れたように聞き流した。

「はあ……。これだから、目先の患者しか見えていない人間は困るのだ」

「先生はもはや、患者のためになんか行動していない。治すための実験ではなく、自分の正しさを証明するための実験を繰り返している……!!」

「黙れ!!」

葡萄酒の入ったグラスが、床に叩きつけられて粉々に割れた。

「そうだ、私は正しい。私の考えは正しい。私の治療は、実験は、思う通りの結果を導き出す!!」

「う、ぐ……」

「貴様がどれだけ喚こうと、正しいのは私だ。実験台となった患者の名など消えてゆくが、私の名は歴史に残るのだ。……私が、医学の神であると」

悔しさに泣きじゃくるレイモンドの視界が、ゆっくりと滲んでいく。

「効いてきたかね？　私が調合した異国の痺れ薬だ。体から一切の痛覚を奪い、自由を奪う。ほら」

机の上にあった小さな箱から、ガードナーが銀色の刃物を取り出した。

レイモンドの頬に刃を押し当てるが、何をされたのかが分からない。ややあってぽたりと赤い雫が落ちたのを見て、レイモンドは自分の頬から流血したのだと気が付いた。

「切られたことも分からないだろう？」

「……っ」

「君を手放すのは惜しい。だが、せめて生きたまま解剖することで、この薬の実験台にしてやろう。隣の部屋で、あの方もお待ちかねだ」

(解剖……？　まさか、僕を、生きたまま……)

体がいよいよ動かせなくなり、レイモンドは絶望した。

逃げられない。指の一本も動かせず、抵抗など出来るはずもない。

(嫌だ、やめてくれ!!　嫌だ、そんなのは、嫌だ……!!)

これから生きたまま体を裂かれ、検分されるのだろうか。痛覚を感じないとはいえ、自分の思考ははっきりしたままで、すべてが見えているというのに。

「正しいのは私だ。レイモンド」

ガードナーが嬉しそうに笑う。しかし、次の瞬間。

「……？」

ガードナーの体が、ぐしゃりと崩れ落ちた。

「なん……だ？」

ガードナー自身も驚いたように、床に手をついて起き上がろうとする。けれど、それは上手くいかずに倒れ込んでしまった。

体に力が入らないのか、何度も足掻くように繰り返しては、失敗して床にくずおれる。

「なんだ!?　一体何が起きている！　くそ！　こんな、こんな……」

「――そろそろ、効いてきたかしら？」

葡萄酒の匂いが満ちた部屋に、透き通った少女の声が響いた。

こつりと小さな靴音がする。開けられたままだった扉から、フードを被った人影が歩み出る。黒い外套に身を包んだ、華奢な影だ。

「おうじょ、でん、か」

（……だれだ……？）

レイモンドは、少女の声を知っている。

「ようやく静かになってよかったわ。あなたの演説ときたら、聞くに堪えないもの」

彼女が誰なのか分かるのに、分からない。レイモンドは知らない。薬を飲まされた頭には、どんどんと靄が掛かっていった。

頭が回らず、過去のことは思い出せなくなって、ただただ目の前の光景を眺めるだけだ。

少女は再びこつりと靴音を鳴らし、ガードナーの前に立つと、淡々と口にした。

「効き目は十分のようね。お酒と一緒に飲むと早く効くという、私の推測は正しかったみたい」

「……まさ、か……」

「実験の準備をありがとう。ガードナー」

「……っ!!　わた、しは!!」

力を振り絞ったガードナーが、少女の足首を掴もうとした。けれども少女はそれをかわし、ドレスの裾を優雅に摘まむ。そうして、艶やかに磨かれた靴でガードナーの手を踏みにじった。

「ぐあ!!」

「まだ感覚があるの？　痛みが消えるには、もう少し掛かるようね」

少女は囁いた。美しく、やさしい声で、まるで子供をあやすように柔らかく。

「――最高の実験台が手に入って、何よりだわ」

＊＊＊

「う……」

ガードナーが目を覚ましたとき、視界は真っ暗な闇に覆われていた。

目隠しをされているのだろうか。

体は鉛のようになり、感覚が消えて、指の一本すら動かすこともかなわない状況だ。いいや、例え動いていたとしても、それを自分で実感することは出来ないだろう。

何も見えず、感じることの出来ないガードナーには、いま何が起きているのかさえ分からない。

（……っ、落ち着け……）

湧き上がる焦燥感の中、ガードナーは自分に言い聞かせた。

（マリア殿下が、私に無体《むたい》を働くはずもない。殿下は私の価値を分かっていらっしゃるはずだ！）

自分の心臓の音がうるさい。思わず息が荒くなるのを堪え、リリスの言葉を思い出す。

『ガードナー、あなたはこの国の宝よ。……私がこの国を離れているあいだ、研究が進んでいることを、期待しているわ』

マリアはリリスの娘だ。そして、リリスから何か聞いているのに違いない。そうであれば、この国の王女として、ガードナーに危害を加えるはずもないのだ。

そもそもが、母親であるリリスの望みを、娘のマリアが壊してしまうわけがないのだから。

(マリア殿下は聡明な王女。私に何かあれば、どれほどの国益が失われるかはお分かりのはず!!)

きっと、この状況にも何か意味があるのだ。

(実験台と、仰っていたな)

何かしら安全な薬の検証だろう。ガードナーはそう考え、ほっと息を吐く。

そこで、近くに誰かの気配があることに気が付いた。

ふわりと漂う甘い香りが、マリアのものだとすぐに分かる。

「でん、か……」

マリアの気配が、ガードナーの方に近付いた。

目元に巻かれた布に手が伸ばされるが、感覚がなく、マリアが触れたのかどうかは分からない。

「でんか……わた、しは……」

目隠しが外され、視界が明るくなると、立っていたのはやはりマリアだった。

ここは小さな石壁づくりの部屋で、レイモンドを捕らえておいたガードナーの実験室だ。けれど、現在ここに拘束されているのは、どうやらガードナーの方だった。

辺りの様子を探りたいのに、首が動かせない。両手を広げ、手首の枷に捕らわれた状態のまま、膝立ちのような格好だ。それに、錆びた鉄のような臭いがする。

「痛くはないですか？　ガードナー先生」

「え……？　は、はあ……」

不可思議な問いだ。

ガードナーが視線をさまよわせたのを見てか、黒い外套を着たマリアが小さく笑う。

「薬はちゃんと、効いているようですね」

ガードナーの体を見下ろして、華奢で美しい少女が言った。

それにつられて、ガードナーも下を見る。首が動かせないので、眼球の動きだけで。すると、一体どうしたことなのか、自分の体が真っ赤な色に染まっていると気が付いた。

「なん、だ……？」

その意味がすぐには分からない。なのに、王女はやさしく紡ぐ。

「おめでとうございますガードナー先生。今回の薬の調合も、無事に成功したようですよ」

「何を……」

「触覚も痛覚もない。刃の冷たさも分からない」

「何を、仰って、いるので……」

「もっとも」

こちらに伸ばされたマリアの指先が、深紅の色に汚れている。

「ご自身で、きちんと実感なさっていると思いますが」

「あ……」

はく、と口を動かした。

目の前に飛び込んできた光景が何か。この赤は、この淀んだ色は、この臭いは一体何なのか。

「ひ……っ」

ようやく理解したとき、身の毛がよだつほどの悪寒と共に叫ぶ。

「う、うわあああああああああああっ!!」

ガードナーの腹は、大きく真横に裂かれ、内臓が飛び出していた。

「わた、私の、体があああああっ!!　はっ、ひ、何故こんな、こんな……!!」

夥《おびただ》しい量の血が溢れ、半身を汚している。床に流れた血が、少女の靴を染めていた。

けれども、あと一歩で致死量には至らない出血だ。

「なんだこれは⁉　何が、何が起きて……」

暴れたいのに、体が動かない。ガードナーは半狂乱になり、味方であるマリアに救いを求める。

「で、殿下あ……っ!!　お助け下さい殿下、これは一体なにが、何が起きて、私はああっ!!」

「言ったはず。実験台と」

「は……⁉」

言葉の意味が分からずに、ガードナーは叫んだ。

「馬鹿なことを!!　ご冗談はおやめください、早く、早く助けて!!　このままでは死んでしまう、あ、あ、っ、マリア殿下……!!」

「実験はまだ終わっていません。あなただって、意識のある状態で確かめたいでしょう?」

「ひ……⁉」

おぞましい言葉に息を呑む。

（意識のある状態で⁉　馬鹿な、何を、私を解剖しようというのか⁉　生きたまま、自分でそれを見ながら!!）

冗談ではない。一体なぜ、そんな目に遭わなければならないのだ。ガードナーは必死に懇願した。

「おやめください!!　どうしてこんなひどいことをなさるのですか!?　マリア殿下、どうか！」

「……『おやめください』」

ガードナーの顔を覗き込んで、マリアが口を開く。

「あなたが殺した人たちも、自分の未来を知っていたら、きっと同じことを言ったでしょうね」

「……!?」

この王女は、何を言っているのだろう。

まさか同列に語るつもりか。これまで実験台にしてきた貧民たちと、この国きっての名医とを。

「っ、殺した!?　殺したと仰ったのですか、あなたは!!」

ガードナーは、荒い呼吸でマリアを睨み付ける。

「殺したのではない！　あれは、意義のある実験だ!!　医学の礎のために、未来のために『使用』したのだ!!　それを同義にすることは、いくらあなたでも許しませんぞ!!」

「おかしいわね。ならば何故、助かったはずの患者自身に『未来』を与えなかったのかしら」

「助かったはずだと!?　失敗作にそんな未来はない、あるはずもない!!」

「存在したわ。あなたが結果を見て実験をやめ、適切な治療に切り替えていれば」

マリアの言葉に、ガードナーはぐっと口を閉ざす。

「挑戦しなければ、発展もないことは認めましょう。けれど、患者やその家族に話もしなかったのはなぜ？　せっかく治療方法を見つけても、それを使った治療を開始するのではなく、別の薬の実験台にして殺した理由は？」

「……っ」

「薬を作る解剖のために、死体を作るために、患者に毒を飲ませたのはなぜ」

レイモンドの父の死に顔がよぎり、ガードナーは歯を食いしばる。だが、それがなんだというのだ。

リリスは言っていた。こうして死んでいく者も、未来のために必要な犠牲なのだと。

「ひとつの病に対し、様々な情報を集めることが大切なのだ!! これをすれば治るというものだけではない、『これでは治らない』『こちらは死んでしまう』という結果が未来に繋がる!! そのためならひとりやふたりの犠牲、目をつぶるべきだろう!!」

「……あなた」

冷たいマリアのまなざしが、ガードナーを見下ろした。

「自分が何百人殺したかも、覚えていないのね」

「は……っ!」

知ったことか、そんなものは。

何人死んでいようと、助かるはずの命があろうと関係ない。どうでもいい。ガードナーの使命は医学の発展であり、それによって人を救うことではない。

「……なんだ、その、悪人でも見るかのような目は……!」

間違っているのは、マリアのほうだ。

「私を粛清しようというのか? だがな、私は正しい! 医学を進歩させるために、正しいことをした!! そのために死ぬ人間がなんだ!? 些細なことだろう!! それを罰そうとしているあなたは間違っている!! そんな愚行が、国の未来を潰すような真似が、王女として許されるのか!?」

金色をした長い睫毛が、ランタンの光を透かして透き通る。マリアはゆっくりと口を開いた。

「そうかもしれないわね」

落とされたのは、ガードナーへの同意の言葉だ。

「ひとりの患者がどれだけ苦しもうと、遺された家族が悲しんで絶望に暮れようと、百年後の未来にはどうでもいいこと。あなたの残したものこそが、人々の未来には必要だと叫ばれるのでしょう」

「っ、そうだろう⁉」

やはり、マリアは分かっているではないか。

「私が正しい‼　正しいのだ‼　王女としてそれを理解しているはずだ！」

「でも」

その美しい声で、マリアが言う。


「――どうでもいいわ、そんなこと」

「……は？」


どうでもいい。飛び込んできた言葉の意味に、ガードナーは息を呑んだ。

けれどもマリアは悪びれない。そのまなざしでガードナーを見下ろして、微笑むように目を細める。

「聞こえなかった？　あなたが正しかろうと、そうでなかろうと、どうでもいいの」

「……⁉」

「何か勘違いをなさっているようだけれど。……私は、『王女として、国内の悪人を正す』ためにこんなことをしているわけではないわ」

そう言ったマリアの手には、銀色のメスが握られている。

「正しさなんて必要ない。間違っていてもいい。他人に許される必要も、ない」

「ひ……っ」

血で濡れた指が、こちらに伸ばされる。

赤く汚れたマリアの手が、ガードナーの喉笛に触れた。

「私自身の、復讐のためよ」

「……!?」

ぞくり、と悪寒が背筋を走った。

何もしていない。ガードナーは、マリアに何かした覚えはない!!　慌てて口を開き、弁明する。

「何かの間違いです、殿下!　私はあなたとリリス殿下に、心からの忠誠を誓っています!!」

ガードナーの言葉を聞き流し、マリアがくすっと笑みを零した。

「先生で実験をしたいのは、麻酔薬の効き目だけではありません。どうかお付き合いくださいね」

銀色の刃が、目の前に突き付けられる。

「先生はご存知ですか？——同物同治《どうぶつどうち》という、異国の言葉を」

同物同治。

それは、ガードナーにとって初めて耳にする言葉だった。

例え医学に関する言葉であろうと、知るはずもない。他人から学ぶことを重視せず、自分の考えを証明することに憑りつかれているガードナーにとって、異国の学説など触れる機会もないものだ。

ガードナーが戸惑うのを見て、マリアがそっと口にした。

「先生にお見せした医学書。あれを書いた医者のいる東の国に、古くから伝わるそうですよ」

眼球の傍に突き付けられていたメスの切っ先が、ゆっくりと下に降りてゆく。

「自分が患っている部分と同じ部位を、健康な動物からもらって口にする。……目を患っている場合は目を、胃の場合は同じく胃を食べることで、病状が良くなると考えられているのだとか」

「は……」

あまりに馬鹿げた迷信に、ガードナーは乾いた笑いを零した。

「患部と同じ部位を食べて治す？　有り得ない！　何かを食べることで治る病など存在しないのだ!!　まして、食品の栄養素に期待するのすらなく、『同じ部位』だと？」

そんなものただのまじないだ。しかし、マリアは微笑むばかりだった。

「でしたら、証明してくださいな」

「え……？」

証明という、身に覚えのある言葉に、ガードナーは息を呑んだ。

「東の国のお医者さまは、自国のまじないじみた医学を終わらせ、論理的な医術の発展を望んでいる」

「何を……」

「そのために、健康な人間の『中身』が必要なのだとか。あなたもその説を支持なさるというのなら、自らの身を差し出して、その医者に証明させてあげてください」

「――……!?」

銀色の刃が、みぞおちにゆっくりと突き付けられる。

「医学の礎となれるなら、本望でしょう？」

「ぎ……っ!!」

横に裂かれていた腹部が、今度は縦に大きく裂かれた。

どろり、と中身が出てくる。痛みはない。感覚も感じない。けれども赤色はどんどん溢れてくる。

「あ、あ、ああああああっ!!」

目を覆いたくなるようなそのさまを見下ろして、ガードナーは絶叫した。

「やめろ!! やめろ、やめろ、やめてくれ!! 嫌だ、私を、私で!?」

考えられない、受け入れられない。ガードナーは全身でもがきながら、必死に叫ぶ。

「リリス殿下の望みはどうなる!! 殿下のご命令で、研究していた薬があるのだ!! 吸うだけで人間を殺せる煙も、たやすく感染させられる致死病の種も!! これらが失われると知ったら、リリス殿下がどれほど悲しまれるか!! 母親の望みだぞ、何とも思わないのか!?」

しかしマリアはあろうことか、なおさら美しい微笑みを浮かべてみせるのだ。

「是非、見てみたいわ。お母さまが困り果て、悲しまれるお顔を」

「ひ……」

「——あなたの薬は、確かに人を救うこともあった。だから今後は参考にして、医学の在り方を模索するわ。勝手な人体実験をせずとも済むような、そんな方法を」

「やめろ、馬鹿な、馬鹿なことを!! 私を失うことは医学の、この国の、多大な損失だぞ!!」

「残した患者なら、大丈夫」

叫んでも叫んでも、マリアの振る舞いは変わらない。マリアがぐっと手を動かすと、作り物めいて見えるほど美しい顔に赤い飛沫が掛かった。

「今後は東の国から医師を呼ぶよう、国王陛下にかけあうつもりです。あなたも認めた医師たちが、レイモンドのような若い医師に教えてくれるの。これなら安心できるでしょう？」

「いやだ……いやだ、いやだ！　やめてくれ、切らないでくれ、いやだ！」

「ひとりの犠牲で医学が発展する。それは素晴らしいことだって、あなたも言っていたものね」

「!!」

覚えのある言葉に、ガードナーは戦慄した。

「い……嫌だ！　いやだ、嫌だ嫌だ死にたくない、知るか!!　医学の発展なんかどうでもいい、何故私が犠牲に!!　死にたくない、死にたくないい!!　私は悪くない、すべて殿下が、リリス殿下が私をそそのかしたんだ!!」

「……」

「助けてくれ、助けてくれ……!!　どうして私が、他人を助けるために死ななければならない!?　なあ、お願いだ、やめてくれ!!」

「……それも、あなたがこれまで実験台にした患者から、そのまま返ってきた願いではないかしら」

「ぎい……っ!!」

突然人の気配が生まれた気がして、ガードナーは息を呑む。それと共に、マリアが、膝立ちで壁に拘束されたガードナーの足元を指さした。

「ほら。これまでに、あなたが死なせた患者が見えるでしょう」

「……⁉」

ひたりと、何かが這いずりあがってくるような音が聞こえた。

「小さな子供が見に来ているわ。あなたが苦しんで、もがくところを」

「なにを……」

馬鹿げている。そう言い切ろうとしたのに言葉に詰まった。ガードナーの脚へ、血にまみれた体へ、小さな子供のような影がまとわりついたのだ。

『せんせい』

「あ……」

かちっ、と、震えのあまりに歯が鳴った。

「なんで……」

あの少年だ。先日殺した娼婦の子供が、ガードナーにしがみつき笑っている。

「見える？　ガードナー先生」

「なんで……離せ、離せ……あああああああっ‼　うわあああっ、離せ、離せえええ‼」

「あなたの臓腑を食らいに来たの。お腹の中に手が入ってくる、何本も」

死に際に見せた蒼白の顔で、子供が手を伸ばしてくる。ガードナーの腹に向け、切り裂かれた傷口に向けて、その指を突き立てた。

『先生』

「触るな‼　離せ、来るな化け物‼」

薬のおかげで痛覚はない。けれど、目の前で己の中身が引きずり出されてゆく。四方八方から白い手が伸びてきて、ガードナーを引き裂こうと掴むのだ。

『先生、せんせい、先生……！』

「あああああっ!!　あ、あああああああああ！」

死者たちの爪が腹を裂く。胸を抉る。おびただしい血が流れる光景に、頭が壊れそうだ。暴かれる、くりぬかれる、奪われる!!　有り得ない恐怖に支配されながら、ガードナーは体を懸命に動かそうとした。

(腕を動かせ!!　動かすんだ!!　幸い縛られているのは腕だけだ、脚は自由になる!!　こいつらを蹴り払える、動かせ、動かすんだ……!!)

必死に動かすと、つまさきがぴくりと僅かに動いた。

(動いた……!!)

はっ、は、と荒く息をする。

(いいぞ!!　動くようになる、動く!!　こいつらみんな、もう一度殺してやる……!!)

なんとか足が持ち上がりそうになった。歓喜が湧いた、その瞬間。

「せんせい」

ガードナーの顔を覗き込み、マリアが小さなくちびるを開いた。

「やっと、薬が切れるみたいですね」

「え……」

開かれたガードナーの腹の中に、無数の白い手が伸びる。指が動くようになる、そう思った途端。

「い、ぎああああああああああああっ！！！！！」

耐え難いほどの激痛が、突如に走った。

「ぎゃあああああああっ!!　あ、あ、あああああああっ!!　痛い、痛い、痛いいいいい!!」

薬によって殺されていた痛覚が戻り始めた。自分から流れる大量の血が、焼けるように熱いことを知る。痛みに視界が朦朧とし、ひいひいと喘ぐばかりで、呼吸すらままならなくなる。

『先生の中、食べてみてもいい？』

子供たちが、ガードナーの中に顔を近づけた。

『元気な人を食べたら治るって本当？　僕たちもまた元気になれる？』

『先生の薬でも治らなかった私のお腹、これで治るのかなあ？』

「ああああああっ、あ、黙れ!!　黙れ黙れ黙れ黙れッ!!　食うな!!　食うな、やめろ、やめろ!!　実験台が、私の力を証明するだけの材料が、私に触れるな!!」

『先生』

「ぐあ……！」

ぶつん、と嫌な音が聞こえた気がした。激痛と共に、ガードナーの意識は遠のいてゆく。

（どうしてだ……）

こうなった理由が分からない。

（私は、悪くない……。リリス殿下の、せいで……！　あのニナという子供を治療したときに、殿下の命令がなければ、私はいまこうして……）

朦朧とする意識の中で、ガードナーは目を閉じる。子供たちの笑う声が、遠くで聞こえた。

『先生、死んじゃったかな』

『まだ死んでないよ。早く死ぬといいのにね、おんなじ苦しい思い、先生にもしてほしいのに』

救うべきだった患者の声が耳に残る。頭の中を反響して、離れなくなるのだ。

「やっぱり、この薬の副作用は強いようね。お酒と共に飲んだのなら、なおさら」

赤い血だまりの中で、少女が独り言を呟いた。

「……薬が切れる間際の、ひどい幻覚と幻聴。実用にはまだ、少し遠いかしら」

体はあちこち赤色で、少女の白い肌を染めていた。とはいえ、少女はそれを厭わない。

気を失った医者を前に、小さな声がこう紡ぐ。

「聞こえた声の中に、ニナのものはあったのかしら。……ねえ、ガードナー先生」

＊＊＊

街外れにある診療所の、裏手に隠された小さな地下室。石壁の部屋に、硬い靴音が響いてきた。

マリアはその足音を待っていたが、顔を上げる気にはなれない。扉の下にある三段だけの階段に腰かけて、ぼんやりとしている。やがて背後の扉が開くと、ランタンが室内を照らしだした。

「また、派手にやったな」

後ろから聞こえてきたのは、男の伸びやかな声だ。

男は、奥の診察台に横たわる肉塊を見て「ふうん」と言葉を漏らした。

「ヤブ医者先生、死んだのか」

「死んでないわよ。いまはまだ、ね」

「へえ。あんな状態で生きてられるなんて、人間って案外丈夫だな」

軽々と答え、男はマリアの横を通る。彼の革靴が、赤い水たまりを踏んでぐちゃりと音を立てた。

「今回はさすがに、意識も飛ばしてるみたいだな」

「止血の処置をしているあいだに、気を失ってしまったの」

「珍しいこともあるもんだ。お前が力加減を間違うなんて」

「そうね、さすがにお医者さまのようにはいかなかったわ。もっと練習すればよかった」

すべて正気のまま行いたかった。気絶させて、痛みから逃れさせたくはなかったのに。

そう言うと、男はどうしてか笑ったようだった。

一体何がおかしいのだろうか。尋ねるまもなく、彼は地下室の中央へ踏み出す。再び視線を巡らせて、赤黒い色に染まった狭い室内を見渡した。

「そっちの隅で寝てる助手はどうするんだ？　想定外のタイミングで捕まえたせいで、お前の顔を見られたんだろう。処分するか」

「必要ないわ。あの麻酔薬の副作用で、飲んでから醒めるまでの記憶はすべて消えるはずよ」

「へーえ。じゃあこの医者も、目覚めたら訳も分からず自分の臓器がなくなってるのか」

傑作、と、冗談めかして男が言った。

「ジン」

男の探し物に気が付いて、マリアは口を開く。

「『中身』ならそっちの桶よ。残りの部分はガードナーが死んだあと、もう一度開いてあげる」

「ん。助かる」

「これで、毒花の解毒剤分は相殺。借りは返したわ」

そう言うと、ジンは呆れたように溜め息をついた。

「なあにが相殺だ。かっさばいた中身を売るのだって、お前の復讐の一環なのに」

「お医者さまによろしくお伝えして。解毒剤を作ったのもその方でしょう?」

マリアはにこりと微笑んだ。

ジンに仲介してもらったその医者は、マリアの持つ医学書の著者でもあり、先日とある理由から仕入れた解毒剤を作った人物でもある。

「ガードナーが死ぬまでの保管場所は任せるわ。なるべく長く生かすようにしてね」

「分かってるよ。あとでノーマンに運ばせる」

「助手の方は念のため拘束しておいて。解放するのは何も覚えていないことを確認したらよ」

「ああ」

「次のための仕入れも頼みたいの。移動しながら話すわ、馬車をつけてくれているのよね?」

やるべきことは山積みだ。マリアはてきぱき支度をしようとしたが、それはジンに阻まれた。

「……マリア」

名前を呼ばれ、振り返る。

皮の手袋をつけたジンの手が、マリアに伸ばされた。一体なんのつもりかと思えば、頬に触れる。

「!」

マリアの頬は、どうやら血に汚れていたらしい。

ジンの手は、それを拭ってくれたのだ。彼の迂闊な振る舞いに、マリアは小さく目を伏せる。

「……あなたが汚れるわよ」

「んー、まあ待ってろ。少しはマシにしてやるから」

「お生憎さま、自分で出来るわ。あなたに頼むと高いんだもの」

「ははっ、バレたか」

冗談めかして笑うジンが、マリアの頬を両手でくるむ。離れろと言っているのに、わざわざ真逆の行動を取ってくれるものだ。

「なあマリア」

そして、静かに口にした。

「お前、大丈夫か」

「…………」

血まみれの部屋で、ジンの声だけがぽつりと響く、マリアはそれを受け、平然と言葉を返した。

「――どういう意味？」

質問の意図が分からない。

ジンは僅かに目を細め、何も言わなかった。次の瞬間には手を離し、ひょいとおどけて肩を竦める。

「別にー。多分、俺の気のせいなんだろうな」

「そう。……行きましょう、後始末を早くしておきたいわ」

「あー待て待て。俺が上がって、辺りに人気がないのを確認してやるから」

「……？」

「ゆっくり来いよ。マリア」

そう言って、ジンはマリアより先に地下室を出て行った。

この男の言動は分かりにくい。溜め息をついてから、心の中で噛み締めた。

（……やっと終わったわね）

ガードナーに、復讐を遂げることが出来たのだ。

（レイモンドの記憶を確かめなくては。私をちゃんと忘れているようなら、ガードナーの患者をレイモンドに引き継がせる。これまでの診察記録を調べる必要もあるし、それから次の標的が……）

思考を巡らせて、湧き上がる別の感情を塗り潰す。けれど、ふとした瞬間だ。

「――？」

透明な雫が、ぱたりと落ちてきた。

マリアは自分の頬に触れる。それが瞳から伝ったものだと気が付いて、まばたきをした。

（私の、涙……？）

拭おうとして、その手が真っ赤に汚れているのだと気が付いた。

『お姉ちゃん！』

マリアの中に、愛しい声が蘇る。

『お姉ちゃん、私がんばるよ。先生の苦いお薬も平気！　頑張って頑張って、早く元気になるの』

それはいつかの日、病床のニナから紡がれた声だ。

『ガードナー先生が、私は絶対元気になるよって。そうしたら、お母さんといたおうちにふたりで帰ろうよ。誰にも意地悪されないところで、お姉ちゃんと私のふたりで暮らすの』

『……ニナ……』

『私ね、お手伝いもたくさんするよ。お姉ちゃんを護るよ。元気になったら、今度は私が……』

妹の声だ。妹の言葉だ。忘れるようにしている懐かしい記憶が、マリアの中で溢れてしまう。

『――ごめんね、お姉ちゃん』

あのとき、シーツを握り締めた妹は、傍らのマリアを見上げて泣いた。

『ニナが病気なせいで。……そのせいで、いっぱい我慢させて、ごめんなさい……』

『……!』

何をしているのだろう。

前世のマリアはそう感じた。幼い妹に『病気でごめんなさい』なんて言葉を言わせて、なんと不甲斐ない姉だろうかと。

『違うの、ニナ』

ニナの小さな手を取って、抱きしめるように自身の頬へと当てた。

『何もいらないわ。ふたりで暮らせなくてもいいの。この家にいたって、何があったって、私は辛くなんかない。あなたがいてくれればいい』

そうだ。

あのころの自分は、そんな風に言ったのだ。

『ニナがいてさえくれれば、私は他に、なんにもいらない』

「………」

生まれ変わったマリアは、きゅっとくちびるを結ぶ。

（護れなかったくせに）

自分に泣く資格などない。

悲嘆に暮れることなど許されない。だって、結局のところ無意味だったのだから。

（あの子に謝らなくてはいけないのは、連れて逃げることを決断できなかった、私の方……）

けれど、それすらもう叶わないのだ。

（……何をしているの）

後悔したところで、妹は還らない。誰に復讐したとしても、あの日々が消えることはない。

そんなことは分かっているはずだ。こうした感傷に浸ることにすら、ひとつも意味はないのだと。

（いまはただ、進むだけ）

マリアは一歩を踏み出した。

余計な気を回したらしいジンの後を追って、歩き始める。血にまみれていても、どうあっても、進み続けるほかに道はない。

（歩みを止めるつもりはないわ）

――たとえ、その先に、なにがあろうとも。

五人目　勝ち負けの檻に囚われた女

ウェンズリー公爵家の夫人ミランダは、もうずっと信じられなかった。

(どうして、こんなことになったの)

ミランダの敵がそこにいる。ミランダを恨む者がいる。物陰からこう囁いて、ミランダを責める。

『私は貴女を許さない。――許さない、許さない、許さない』

(やめて。……こないで、近寄らないで……!!)

殺される。そんな恐怖心に突き動かされ、ミランダは飛び起きるように目を覚ました。

「は……っ」

心臓がどくどくと脈を打つ。嫌な汗が寝間着の中を伝い、息が苦しかった。

「……おばあさま?」

やさしい声に、ミランダは目を見開く。

寝台の傍らに、ひとりの少女が座っている。心配そうな顔をしているのは、愛しい孫娘だった。

「ああ、マリア……!」

寝台から起き上がり、ミランダはマリアに泣き縋る。

「マリア、マリア……!　助けてちょうだい!　私は殺されてしまう、あの女に、あの娘に!!」

「おばあさま。落ち着いてください」

「私を恨んでいる。疎んでいるの‼　また、食べ物の中に虫が！　本当なのに、どうして、どうしてみんなには見えないの⁉」

「……大丈夫ですよ」

あやすように囁かれた。マリアはとんとんとミランダの背中を撫で、こう言ってくれるのだ。

「私がついています。お薬を飲んで、眠りましょうね」

マリアにそう言い聞かされると、ミランダはとても安堵した。

「……私の可愛い、孫娘……」

その大切な存在を確かめるように、腕へぎゅうっと力を込める。

「私が信じられるのは、あなたとあなたのお母さまだけよ」

きっと大丈夫だと、ミランダは自分に言い聞かせた。

どんなことがあっても、屈辱的な思いをしても、ミランダは最後には幸せになれる。周りの誰もに勝つことが出来る。あのころだって、そうだったではないか。

＊＊＊

ミランダがウェンズリー公爵と結婚したのは、四十七年前のことだ。

夫となるジェームズは、次期公爵の地位だけではなく、端正な容姿を持つ男だった。社交界では注目の的であり、年頃の娘はみんなジェームズの噂をしていた。

『おめでとう、ミランダ』

『あんな素敵な方と結婚なんて……あなたは私たちみんなの憧れだわ！』

周囲は誰もがミランダを祝福した。羨み、負けを認めて踏み台になった。ミランダにとって、何より大事なのはその点だ。

夫のことなどどうでもいい。ただ、公爵家の夫人という栄誉ある座に君臨できことが大切だ。それゆえに、夫のことを愛する気はなく、完全なる政略結婚として割り切っていた。

『女遊びはどうぞ、ご自由になさいませ』

『……なんだって？』

結婚当初、夫にそう告げたときの怪訝そうな顔を、ミランダはいまでも思い出せる。

『お互い忙しい身でしょう？　ただし、よそに子供を作ることだけはなさらないで下さいましね。後々、相続の問題で面倒になるでしょうから。――それだけ厳守していただけるのであれば、メイドであろうと娼婦であろうと、どうぞご自由に味見なさって』

『……ミランダ、君は……』

『物分かりの良い、出来た妻でしょう？』

作り笑顔でそう言うと、夫は少し眉根を寄せた。だが、やがて冷めたようなまなざしで頷く。

『そうだな。所詮はお互いに、家のためだけの政略結婚だ』

『そうですわ。……一応妻としての務めは果たしますし、あなたにもそれを要求します。それでは』

こうして始まった新婚生活は、ミランダにとって満足のいくものだった。

付き合いのある家の夫人たちは、ミランダをみんな賞賛し、どんな場面でも立ててくれる。結婚から一年が経ち、二年が経っても、女たちからの羨望は変わらなかった。

それどころか、四年目の年に夫が公爵家を継いでからは、公爵夫人としてますます一目置かれるようになったのだ。

生家ではさほど優遇されてこなかったミランダにとって、それはひどく気分のいいことだった。

『ウェンズリー夫人のお庭は、相変わらず素敵ですわ。公爵家の広い土地をのびのびとお使いになって、なんと見事な花々でしょう』

『お屋敷もいつも手入れが行き届いて。メイドたちが優秀で、羨ましい限りだわ』

『こちらの食器、もしやあの職人が作った……まあ、やはりそうですの！　滅多に手に入らない逸品だというのに、さすがは公爵家のお力ですわ』

結婚する前には考えられなかったような、贅沢と賛美と優越の日々が続く。そして、ミランダをいい気分にさせてきたのは、自分より立場が下の女ばかりではない。

（このお茶会を終えたあとは、ジャンの元に行こうかしら）

友人たちとの茶会を楽しみつつも、ミランダは考えた。

（マイケルでもいいけれど……そうね、ふたりまとめて呼び出すのも楽しいかもしれないわ）

このところ一番の遊びといえば、見目の良い男たちを鑑賞することだ。

ミランダも馬鹿ではないので、男たちと一線を越えることはない。

ただただ会話を楽しみ、その美しい見た目をことさらに飾り付け、軽く触れあう程度の交流を持つだけだ。けれど、地位と財力を持つ女にだけ許されたその遊びは、ミランダの心をひどく満足させた。

ひどく満たされていて、幸せだ。どんな女よりも、ミランダは上の存在である。

……ただ、一点を除いては。

『そういえば、シモンズ夫人がご懐妊なさったそうですわよ』

ひとりの招待客の言葉に、ミランダは眉根を寄せた。

『用心をして伏せていらっしゃったけれど、そろそろ安定しそうだからって。近くウェンズリー夫人にもご挨拶にお伺いすると仰っていましたわ。楽しみですわね』

『……そう、ね』

ミランダは、胸の中にどろりとした感情を感じ取った。

『皆さま、今日はお帰りになってくださる？』

『……ウェンズリー夫人？』

『突然体調が悪くなってしまったの。今日はこれにてお引き取りください』

それだけ言い切って、ミランダは席を立った。困惑する招待客たちに背を向けて、茶会を中座する。

（……懐妊ですって⁉）

心の中が、砂のようにざらざらと乱れ始めた。

（シモンズ夫人といえば、つい先だって結婚したばかりじゃない。おかしいわ、おかしいわ！　そんなに早く懐妊だなんて、本当に夫の子供なのかしら⁉）

慌てて後を追ってくるメイドたちを振り切るように、ミランダは自室に戻った。部屋にこもっても、気持ちは少しも晴れることがない。

（私には、いまだに授からないというのに……！）

ミランダの中に、強い屈辱の炎が燃え上がった。

懐妊できないことに悲しみがあるのではない。ただ、他の女性に授かりがあったのだと聞くと、負けたような気持ちになるのだ。

『私より「下」の、女たちが……!!』

ぎり、と、両手を握り締める。

負けていない。ミランダの方が、勝っているに決まっている。そう自分に言い聞かせながらも、ミランダは大きな焦りを抱えていた。

『……カリーナ！　カリーナ！　客人を全員見送ったら、すぐに馬車の用意をしてちょうだい。気分転換に街へ出るわ』

『はい、奥さま』

――他の女に負けたくない。そんな炎は、ミランダの中で強く燃え上がった。

見目と都合のいい夫。嫁ぎ先の家柄。溢れる財力に周囲からの羨望。

例えすべてを手に入れても、子供が出来ない限り、いつかは離縁されてしまうかもしれないのだ。

(大丈夫よ)

街に出て馬車に揺られながら、ミランダは深呼吸をした。

(最後に勝つのは私。それに、あの人は私に頭が上がらないもの。あの人が他に子供でも作らない限り、その座を追われることはないわ……)

いらいらとしながら窓の外を見遣る。すると視線の先、劇場の前で、一組の男女が目に入った。

そこにいたのは、夫のジェームズだ。

『停めてちょうだい！　そこの店の陰に、馬車を停めるの！』

御者に向けて叫び、ミランダは身を乗り出した。夫は、傍らにひとりの女を連れている。

美しい女だった。

琥珀色の長い髪を華やかに結い、清廉に着飾った女。肌の色は白く、透き通るようだ。

(あれが、あの人の愛人……)

夫に情婦が存在していることには、ミランダも当然気が付いていた。

妾を囲う許可を出している以上、それをとやかく言うつもりはなかった。

そもそも興味がない。夫がどこで誰を愛そうと、必要な場所では夫婦として振る舞い、外に子供を作らなければどうでもよかったはずだ。

(なのに……)

その女は、妙にミランダの目を惹いた。

劇場の前に立つ彼女は、どうやら女優のようだ。しかし、ミランダが想像するようなすまし顔の女とは違い、彼女はやたらとよく笑う。

夫に何か熱心な様子で話しかけ、返事が返ってくると無邪気に喜んだ。そうかと思えば不意に真面目な顔をしたり、困ったようなしかめっ面をしたりと、表情がころころよく変わる。

遠目からでもよく分かるほど透き通った、そのエメラルド色の双眸を、きらきらと輝かせながら。

ミランダは彼女を凝視した。見ていて飽きない彼女の振る舞いに、知らずのうちに引き込まれていた。あれが女優としての能力のうちならば、彼女はなるほど、着せられている衣装にふさわしいほどの才能を持っているらしい。

やがて彼女は、少し離れた馬車から見つめていたミランダの存在に気が付いたようだ。

不躾な視線を不快に思っただろうか。こちらが妻であることに気が付き、傍にいる夫に告げるかもしれない。そうだとしても受けて立とうと、ミランダは彼女を睨み付ける。

けれど、彼女は違った。

ミランダに、にこっと笑いかけたのだ。

柔らかな笑みに驚いて、ミランダはぱっと窓から離れる。どくどくと、心臓が嫌な音を立て始める。

(――負けた……)

どうしてか、はっきりとそんな風に感じてしまったのである。

(何故？　何故、そんな風に感じるの)

負けているはずはない。

彼女たちの本質は高級娼婦だ。芸に出資する男を探し、抱かれて、そうしてやっと舞台に立たせてもらえる浅ましい存在。そんな女が、ミランダに勝てるはずもないのに。

なのにどうしてあの女は、あれほど幸せそうに笑っていたのだろうか。

(そんなはずない)

自分より下の女が、自分より幸せそうにしていることも、一瞬でも負けたなどと感じてしまったことも許せなかった。受け入れられなかったのだ。だから忘れてしまうことにした。あの印象的なエメラルド色の瞳も、鮮やかな表情も、そのすべてを。

(どうせただの愛人よ。愛人が、公爵家夫人である私より幸せになれるはずがないじゃない……！)

それからしばらく経って、ミランダは懐妊した。

念願の子供に夫は喜び、あの愛人の元へ通うのもやめたように見えた。生まれた娘は可愛く、天使のように愛おしくて、ミランダははっきりと確信したのだ。

ああ、これでようやく、私は完全な幸せを手に入れたのだと。

取り巻きの女たちに負けているところはなくなった。何よりも、あの愛人の女に勝った。そんな思いを噛み締めながら、娘が生まれて十年の月日が流れたころ。

こんな噂が、ミランダの耳に飛び込んできた。

『……ほら、あの家の旦那よ』

『裕福な公爵家のくせに、女優だった愛人が死んだ途端、愛人宅には寄りつかなくなったんだって』

寝耳に水の噂話に、馬車に乗っていたミランダは呆然とした。

『可哀想にねえ。その愛人とのあいだに、娘をふたりも作らせておいて』

(何を、言って、いるの?)

『十一歳と四歳のお嬢さんだったか? 可哀想に、身を寄せあって暮らしているそうだよ』

足元が崩れていくような感覚に、ミランダは立ち尽くす。

(十一歳の娘? あの人と、あの女のあいだに?……嘘よ、そんな、どうして……)

このとき、娘のリリスは十歳だった。

夫は自分より一年も先に、あの愛人に娘を産ませていたのだ。外では子供を作らないという約束をやぶり、ミランダの目を欺いて。愛人通いをやめたふりをしていたくせ、影では裏切っていた。

『きっと奥方が拒んでいるんだろうさ。女の嫉妬だよ。幼い子に罪はないっていうのにねえ!』

(……あの女の方が、私より先に、あの人の子供を産んでいた……?)

そして数週間ののち、汚らわしい愛人の娘は、ウェンズリー家で引き取ることになった。

何しろ世間が騒ぎ立てるのだ。『非道の正妻』と呼ばれることが我慢ならなかったミランダは、彼女たちを引き取ると夫に告げた。

とはいえ、関わるつもりはなかった。

不快なものに自ら近づく必要がどこにある。勝手に過ごし、勝手に育てばいい。

最初は、そんな風に思っていたのだ。

可愛い娘のリリスが、泣きながらミランダの部屋へ駆け込んでくるまでは。

『お母さまあ……っ！』

『まあ、リリス！　なぜ泣いているの？』

ミランダは、座っていた鏡台から立ち上がり、泣きじゃくるリリスに駆け寄った。

『また転んだのかしら。ああ、可愛いリリス。お母さまが抱っこをしてあげましょうね』

『ふえ……ち、違うのお母さま。マリアお姉さまが、リリスと、遊んで下さらないの……！』

『……あの、娘が……？』

泣いている娘によって紡がれたその名は、ミランダの中に、煮え立つような怒りを生み出した。

『ひっく……リリスは、お姉さまのことが大好きなのに。……お持ちのブローチを見せてって、そうお願いしただけなのに。リリス、お部屋から、追い出されちゃった……お姉さまたちのお目々と、おんなじ色の、綺麗なブローチ……！　素敵ねって、言いたかっただけなのに、「触らないで」って。「近づかないで」って……！』

『……なんて、こと……』

ミランダの脳裏に、かつて劇場の前で見た、エメラルド色の瞳を持つ女が過《よ》ぎる。

(愛人の娘ごときが、リリスに向かって、『近づかないで』ですって……？)

許せない、と、そう思った。

泥棒猫の娘のくせに。自分の立場をわきまえもせず、他人に世話をされるだけの存在でありながら。

『あなた！――あなた、ジェームズ！』

ミランダは急いで立ち上がると、階下にある夫の書斎へと駆け込んだ。

『なんだ、騒々しい』

机に向かっていた夫がこちらを見る。自分の娘が虐げられている中で、夫の呑気さに腹が立った。

『あの女の娘たちが、リリスを泣かせたのよ!!』

『……なんだって？』

『やっぱり育ちが知れるわね、躾がぜんぜんなっていない!!　そもそもあの子たちは何故、私の元に挨拶すらこないの!?　この家の女主人が誰か、理解していないとしか思えないわ！』

『落ち着け。そもそもが、あの子たちの顔を見たくないと言ったのはお前だろう！』

『常識の話をしているのよ!!　まともな家に育っていれば、自分から引き取ってもらった礼ぐらい言いたがるものでしょう！　これだから、泥棒猫の娘は……！』

肩で荒く息をしながら、ミランダは夫にまくしたてた。

夫は黙ってそれを聞いていたが、やがて辟易したように溜め息をつく。

『……どうでもいいさ』

ミランダに背を向け、書斎の机に向き直った夫は、話はもう終わりだと言わんばかりに言った。

『なんでも、お前の好きにするといい。家の中のことに、私は口を出す気もない』

＊＊＊

夕食の前、公爵家の屋敷にある談話室で、ミランダは姉妹と向き合っていた。

姉妹の髪は蜂蜜色で、どちらも整った顔立ちをしている。こうして見れば、夫によく似ていた。

(忌々しい……)

そんな中で、ことさら目を引くのが、姉妹の持つエメラルド色の瞳だった。

透き通った丸い双眸は、やはりあの女を思い出させる。彼女を見たときの屈辱と、苛立ちと——それから、あの不愉快な敗北感さえも。

『ご挨拶が遅れてしまい、申し訳ございません。奥さま』

姉のマリアは、そう言って深く頭を下げた。

『この家に引き取って下さったこと、心より感謝しております。奥さまの温情がなければ、いまごろ妹とふたり、あの街の片隅で飢えて死んでいたことでしょう』

妹のニナが、姉の真似をして同じように頭を下げる。

十一歳の少女とは思えない、丁寧な挨拶だ。あの女の娘たちにこうして頭を垂れさせていることは、ミランダの優越感を少しだけ満足させた。

しかし、まだ足りない。

『リリスのことを、泣かせたのですって?』

すると、マリアがわずかに身をこわばらせた。

『一体なにがあったのかしら。聞かせて下さる? マリアさん』

顔を上げることはしないまま、マリアがおずおずと告げる。

『……はい、奥さま。リリスは……』

『「リリス」？』

『……リリスお嬢さまは。母の形見であるブローチがほしいと、そう仰ったのです』

その言葉に、ミランダはむっと眉根を寄せた。

『お嬢さまは、それが欲しいと仰いました。お嬢さまにとっては取るに足らないブローチでしょうが、私たちには大切な母の遺品なのです。お断りしたら、急に泣き出されて……』

『お待ちなさい』

聞き捨てならない言い分に、マリアの声を遮って口を挟む。

『リリスが欲しがったですって？――娼婦の持ち物だった、そんな汚らわしいブローチを？』

マリアが怯えて顔を上げた。ミランダは、彼女を追い詰めるように言い募る。

『そんなはずはないわ。お前は嘘をついている！　リリスはきっと、「見せて欲しい」と言ったはずよ。……いいえ、あの子はそうだと言っていた。なのにお前は、リリスが欲しがったなどと嘘をついて、私の娘を浅ましい物乞いのように語るというの？』

『そ、そんなつもりはありません。私はただ、今日あったことをそのままに……』

『お黙りなさい！』

姉妹とのあいだにあった机を、ミランダは強く平手で叩いた。

妹のニナが、ぎゅっとマリアの腕に抱きつく。不安そうな、怯えるような顔をして。

『お、お姉ちゃん……』

『……大丈夫よ、ニナ』

マリアはやさしく妹に微笑み、落ち着かせるかのように言い聞かせた。しかし、そう告げるマリアの顔色も真っ青で、その肩は小刻みに震えている。

（ああ……）

その光景を目にしたミランダの中に、強烈な征服感が湧き上がった。

恐怖心を押し殺しているマリアの目。いまにも泣きそうになっているニナの表情。それらが急激に、ミランダの心を満たしてゆく。

（あの女の娘たちが、私に怯えているわ……！）

それは、ひとつの勝利だった。

（どう？　この状況は！　あの女が遺した娘たちが、私の一存でどうにでもなるのよ!!）

母親にとって、自分の子供の命運を他人に握られるほどの絶望があるだろうか。ミランダは勝ち誇りながらも、姉妹をもっと追いつめるべく口を開いた。

『リリスのことを、よくも盗人のように言ってくれたわね』

『……そんなつもりは……』

『お前たちの母親こそ、そのブローチを盗んできたのではなくて？　なにしろ泥棒猫ですからね』

『……っ、いいえ。このブローチは紛れもなく、母の持ち物です』

『どうだか。いいこと？　泥棒には天罰が下るのよ』

ミランダは優雅に目を細め、姉妹を見下ろす。

『お前たちの母親も、ちゃんと病で死んだでしょう？……さぞかし、苦しんで死んだのでしょうね』

『……！』

ぐっ、と、マリアが両手を握り締めた。

母親が侮辱されたのを感じたのか、妹のニナが小さな声で泣き始める。マリアの方も、そろそろ泣き出す頃合いだろう。

ミランダがそれを待っていると、マリアは小さく息を吐いたあと、こんな風に言った。

『――いいえ』

その娘は、決して泣かなかった。

泣かずに、ミランダを見据え、言葉を紡いだのだ。

『母は、最期に笑って亡くなりました。私たちを宝物だと、そう言って、笑って』

『……笑っていた……？』

思わぬ事実に、ミランダはぎりっと歯を食いしばる。

(娼婦の女が？……子供を遺して、みじめに病気で死にゆく母親が、笑って死んだですって？)

ミランダの中に、再び敗北感が湧き上がる。

ミランダが明日死ぬとして、病の床についたとして、果たして笑っていられるだろうか。想像した瞬間に、体中を掻き毟りたいほどの屈辱に押しつぶされそうになった。

『嘘よ……嘘。嘘、嘘嘘嘘！　あの女が幸せだったはずがない!!　幸せなはずがない、私より……』

そこまで言い掛けて、ミランダはますます許せなくなった。

(私より!?　私よりですって!!　有り得ないわ、絶対に、そんなことは!!)

『お、奥さま！　大丈夫で……』

『触らないで!!』

マリアを床に突き飛ばし、椅子から立ち上がる。そしてミランダは、ふたりの継子を見下ろした。

『――床に這い蹲って、みっともないわ。娼婦の母親に育てられると、娘たちの品位まで低いままね』

『……っ』

『この家で引き取ったからには、恥ずかしくない振る舞いを身につけていただきます』

――本当は、関わるつもりもなかったのに。

一度顔を見れば、話してしまえば、憎しみが募ると分かっていた。だからこそ、ミランダは姉妹には一切関わるつもりはなかったのだ。

けれど、こうなればもう我慢できない。

『食事はこれからも別で取ること。マナーを身につけるまで、使用人の残り物でも食べていなさい』

元はといえば、この娘たちがリリスを泣かせたのが悪いのだ。

リリスが泣いて部屋に来なければ、彼女たちにひどい仕打ちを受けたと言われなければ、ミランダはこの先も関わらずにいられたかもしれないものを。

『今後、私に許可なく姿を見せないこと。躾のなっていない娘が視界に入るだけで不愉快だわ』

『お、奥さま。ですが、おなじお屋敷の中に暮らしていては……』

『口答えは許さないわ!!』

びくんと姉妹が身を竦める。その怯えへ畳みかけるように、ミランダはまくしたてた。

『これは私が決めたことよ！　この家の女主人は私!!　分かったらあの女と同じ目で私を見るのはやめなさい、不愉快なの!!　汚い子供がこの家にいること自体、本当なら耐えられないのよ!!』

『やめて！　お姉ちゃんをいじめないで！』

『ニナ!!』

ミランダに振り上げられた幼いニナの手が、姉の声によってびくりと止まる。

マリアはゆっくりと立ち上がり、ミランダに深く頭を下げた。

『……申し訳、ありません。言いつけの通りにいたします、奥さま』

それでいい。マリアの言葉に満足し、ミランダは手を降ろす。

『分かったら、さっさと下がりなさい』

『……はい。それでは、失礼しま……』

『最後に』

降ろした手を、マリアの前に出した。

『形見のブローチとやらを出しなさい。盗品に決まっている、薄汚いものをね』

『……っ！』

＊＊＊

その日から、少女たちと一切関わらないか、『教育』を施すかの両極端な日々が幕を開けた。

『ああもう!!　一体何度言ったら分かるの!!』

ミランダが叫ぶ声を聞き、マリアとニナが身を竦める。

『ニナ!!　紅茶のカップは両手で持っては駄目だと話したでしょう!?　それともお前は遠回しに、私が淹れたお茶がぬるいとでも言いたいの!?』

『ご……ごめんなさい……！』

鎖の音がじゃらりと鳴る。

姉妹の細い手首には、手枷と鎖がついている。それは、ふたりをテーブルに縛り付け、きちんとした作法を身に着けさせるためのものだった。

畑が悪いものには、こうして体で覚えさせなくてはならない。貧民街で娼婦に育てられた娘たちは、不作法で無知だ。だからこそ時間を割き、鎖まで用意して教えてやっているというのに、どうしてこの子たちは、こちらの神経を逆撫でするようなことばかりするのだろう。

『申し訳、ございません、奥さま……！』

姉のマリアは慌てて立ち上がると、ニナを庇って頭を下げる。

『ニナは言い付けを破っているのではありません。このカップが、ニナには少々大きいのです』

『ニナの力ではまだ、陶器のカップを片手で持つことが出来ません。それに、この手枷が重くて……』

『……なんですって？』

『お黙りなさい!!』

テーブルを叩くと、ニナが泣きそうに顔を歪める。

『どうして出来ない言い訳ばかりするの⁉ なんと浅ましい、怠惰な性根かしら……!! あなたたち妾の子はね、生まれたときから穢れているのよ!!』

世間から白い目で見られ、恥と呼ばれる子供のくせに、口答えなどとんでもないことだ。

『さあ早く、片手でカップを持ちなさい。教えた通りの作法を身に着けなければ、許しませんよ』

『は、はい……』

カップを右手に、ソーサーを左手に持って、ニナが紅茶に口を付けようとする。

けれどもニナはカップを支えきれず、その小さなくちびるが触れる前に傾けてしまった。

『熱……っ！』

『ニナ‼』

ニナの膝元と絨毯に紅茶が零れる。あまりの事態に、ミランダはニナを突き飛ばした。

『きゃあっ‼』

『なんてことをしてくれたの⁉』

真っ白な絨毯を、紅茶が汚してしまう。ミランダはニナの鎖を掴み、絨毯へと引き倒した。

『これは、私の生家から贈られた大事な絨毯なのよ‼　お前、知っていてわざと零したわね⁉　なんと憎たらしい！』

『ぎゃ……っ』

紅茶を被ったニナの膝を、ミランダは平手で強く打つ。恐らくここに火傷をしているだろうが、そんなの知ったことではない。

『お許しください、奥さま！　私が洗濯しますから、どうかニナを許して下さい……！』

『姉であるお前の責任もあるのよ‼　メイドの手を煩わせないで、早く洗いなさい‼』

『すぐに致します！　ですがその前に、ニナの手当てを……！』

『そんなことよりも絨毯を洗うの‼　しみが残ったら、姉妹ともども罰がありますからね‼』

『……っ』

エメラルド色の瞳に見上げられ、ミランダはふんっと鼻を鳴らす。そして銀色の鍵を取り出すと、姉妹の手枷を外してやった。

『何をぐずぐずしているの‼　さっさと手を動かしなさい！』

『はい、奥さま……』

(……ああ、忌々しい……)

これだけ叱ってやったのに、まだ怒りが収まらない。苛立ちまぎれにもう一度、ニナの頬を叩いた。

『う、うう……』

(私が嫌うことを、嫌がることを、わざわざ狙ってやっているんだわ! 泥棒猫の娘が……!)

けれど、結局はミランダが勝つのだ。ミランダは、自分自身にそう言い聞かせた。

(……そうよ。あの女の娘がどんな目に遭おうと、何をされようと、死んだ人間にはなにもできない)

もしも彼女が見ていたら、さぞかし悔しい思いをしただろう。

その様子を想像すると、ミランダの胸は少しだけ晴れた。マリアと虐げることで、ニナを打つことで、ミランダは彼女に勝っているのだ。

(病で死んだ女とその子供よりも、私とリリスの方が、ずうっと幸せ。……そうよ、そのはずなのに)

ミランダはこれまで、どんな女にも勝ってきた。いまさら負けるはずがない。そんなことは誰から見ても一目瞭然なのに、何故なのだろう。

(どうして、ざわめきが、消えないの)

マリアとニナのあの瞳が、その目に宿った光が、ミランダの心を波立たせる。

(まだ勝っていないというの? いいえ、そんなはずはない。そんなはずはない……!!)

その二年後、嫌な予感は的中することになるのだ。

『……マリアが、王太子殿下の、婚約者に……?』

夫から告げられたミランダは、呆然と書斎へ立ち尽くした。

『王太子殿下、直々のご指名だそうだ。国王陛下のお許しもあり、数日中に正式な婚約発表の場を設けることになるだろう。マリアがまだ十三歳ということもあり、実際の婚姻は当面先になるが……』

『……っ、そんな……!!』

あまりにも急な話に、ミランダは夫に縋り付く。

『リリスの婚約者も決まっていないのよ!? なのに、どうしてマリアが王太子と……!!』

『順番でいえば、姉であるマリアの方が先だ』

その言葉に、かっと頭へ血が上るのが分かった。

『姉ですって!? ふざけないで！ マリアはこの家の正当な娘じゃない、長女なんかじゃない!! 私とあなたの間に生まれた子供はリリスひとり、あの子なのよ!!』

『ミランダ……』

『そもそもが、あれは娼婦の血の混じった娘!! あんな汚らわしい女を、王家に献上すること自体が恥だわ!! 王族を汚した一族として、ウェンズリー家がどんな目で見られるか……！』

『落ち着け。それを言うならば、王太子殿下の母君も元は娼婦だぞ。そんなことを表で口にしてみろ、却って不敬に……』

『国王が娼婦に子供を産ませたのだから、私にもそれを許せと仰りたいの!?』

夫は僅かに目を見開いたが、すぐに首を横に振り、ミランダの肩に手を置いた。

『私はそんなことを言っているのではない。それこそ不敬を承知で言うが、アンディー殿下は国王たる器を持つお方ではない。気が小さく、歪んでいて、それでいて惑いやすいのだ』

その噂は、ミランダも耳にしたことがある。

玉座を継ぐことになる王太子よりも、その異母弟である第二王子のほうがよほど優秀な器だと。それを聞いたとき、ミランダは、『やはり娼婦の血など、ろくな子供が生まれない』と確信したのだ。

『いずれ王になるお方といえど、そんな男に可愛いリリスはやれん。その点マリアであれば、どのような目に遭おうと構わんだろう』

『それは……』

『第一、娘のひとりを王家に嫁がせれば、この家を継ぐのは残った娘の夫になるのだぞ。マリアやニナの夫を跡取りにしたところで、お前は納得するのか？』

確かにそれは、耐え難いことだった。

ミランダが女主人として守ってきた家を、マリアかニナが受け継ぐなど許せない。それでも、受け入れられなかった。

王太子との婚約は最上級の名誉といえる。そんな地位を、マリアが手に入れようとしているのだ。

『今日からマリアに改めて教育を施すのだ。王太子妃として恥ずかしくない、一流の教育をな』

『……っ』

ミランダは、ふらふらとおぼつかない足取りで夫の書斎を後にした。

（どうして？　どうしてマリアが、あの女の娘が、リリスに『勝つ』の……⁉）

有り得ない。許せない、こんなのはおかしい。夫の言い分は色々あるのだろうが、ミランダにとっては「王太子が選んだ」のがあの女の娘であること、それだけが大きな問題だ。

彼女たちの姿が見えたのは、ちょうど、そんな思いを噛み締めた瞬間だった。

『……奥さま……！』

廊下を曲がった先で、ニナを連れたマリアと鉢合わせる。

『……お前たちは……』

また、言い付けを破ったのか。

『許可なく私の視界に入らないように、あれほど厳しく言ったでしょう!!』

『お姉ちゃん！』

ぱあん！　と高い音が響く。マリアが後ろによろめいて、その白い頬を押さえた。

『目障りなのよ、本当に!!』

逃がさない。ミランダはマリアの襟ぐりを掴むと、何度もその頬を強く叩いた。

『王太子殿下に、見初められたからと、いって……！　いい気になって屋敷を歩き回って……!!』

『っ、く』

『男の目を引くのだけは上手いんだから!!　王太子殿下にどんな手を使ったの!?　おぞましい、おぞましい……!!　育ちが悪いから、躾が足りないから、こんなことになるんだわ……!!』

そう繰り返しながらも、自分の手が痛くなるまでマリアをぶった。頭の中は煮えるように熱くなり、もはや冷静でいられない。

『おね……おねえちゃんを、離してください、奥さま!!』

ニナが叫び、小さな腕でミランダにしがみついてきた。

『お姉ちゃんを叩かないで!!　お姉ちゃんが死んじゃいます。お願いですから……』

『っ、なんですって……!?』

ミランダは、うっとうしい少女を睨み付ける。

『まるで、私が、意地の悪いことをしているかのような物言いね……？』

『ニナ！　こっちに……』

『なりません!!　ニナ、お前はマリアに甘えすぎているわ!!　そんなことだからマリアの負担になって、姉妹そろって自覚が足りないままなのよ!!』

『あ……』

ミランダはニナの腕を掴むと、屋敷中に響き渡るほどの大声を上げた。

『カリーナ!!　カリーナ、手枷と鎖を持ってきてちょうだい!!……いいえ、足枷もいるわ！　それに地下への鍵もよ!!』

その言葉が意味するものに、姉妹双方の顔色が変わった。

『奥さま!?　地下室はおやめください！　この子、夜になると咳をしているんです……！』

『お、お姉ちゃ……』

『お願いです。私が代わりに罰を受けますから！　手枷も足枷も喜んでつけます、だから……』

『だめ!!　奥さま、私が悪いんです。お姉ちゃんではなくて、私に……』

姉妹が庇い合うさまは、見る人によってはいじらしいのかもしれない。

けれどミランダにとっては、目障りな娘たちが喚き立てる不快感しかなかった。

『ああ……！　嫌、嫌、喋らないで!!　あなたたちの声を聞いているだけで頭が痛くなるの!!』

ミランダはニナの腕を離さないまま、マリアを睨み付ける。

『これはニナのためでもあるのですよ。六歳にもなって、いつまでも姉にべたべたとくっついて!!　暗い地下で一晩過ごせば、少しは自立心も養われるでしょう！』

『……っ、奥さま……！』

『お姉ちゃん！　来ないで、大丈夫、だから……！』

叩かれた頬を真っ赤に腫らしたマリアが、いまにも泣きそうに廊下に座り込む。その姿を見て、ミランダの心はようやく少し落ち着くのだ。

歪んだ顔で笑いながら、ミランダは姉妹に現実を告げる。

『お前たちなど、生まれてこなければよかったのにね』


――手足を拘束されたまま地下で一晩を過ごしたニナは、翌朝高熱を出したようだ。

けれど、ミランダの知ったことではない。だって、これも躾の一環なのだから。

(妾の子には、当然のことだわ)

マリアとニナが、幸せになるはずがない。

(なってはいけない。私が、私とリリスが、あの女とその娘に負けるはずがないのだもの……！)


――それから三年後。

マリアが王太子に婚約破棄をされ、国外追放の罰を受けることになったとき、ミランダはようやく『勝った』と思った。

あの女の娘は罪人として追われ、二度とこの国には戻れない。リリスは見事に王太子の心を射止め、王太子妃となり、この国にいるすべての女の頂点に立ったのだ。

娼婦の娘など、もう二度と手の届かない存在に。

＊＊＊

「……私は、女が人生で望むものの、そのすべてを手に入れたわ」

老齢となったミランダは、暖炉の前で、メイドのカリーナが淹れたお茶を楽しみながら言った。

「リリスは自慢の娘。そしてあなたは自慢の孫娘よ、愛しいマリア」

テーブルの向かい側で、もうすぐ十五歳になる孫娘は可憐に微笑んだ。

「いつもそう言って下さるのは嬉しいです。けれど、大袈裟ですわ」

「あなたは美しく、可愛らしくて、心根がやさしいだけではない。アーレンフロウ国への留学をたったの二年で終わらせた才女であり、自慢の王女さまよ。生まれて来てくれて、本当によかった」

その孫娘が、留学先から帰ってすぐ、この家への滞在を申し出てくれた。なんと孝行者だろう。

ミランダが微笑みかけると、マリアは穏やかに目を伏せた。

「ありがとうございます、おばあさま。私も、おばあさまの孫に生まれてこれて本当によかった」

なんと可愛い孫なのだろう。

ミランダは勝った。あの女に勝ち続けていた。遠い昔に感じた劣等感は、敗北感はもうどこにもない。あのエメラルド色の瞳をした女には、もう二度とこんな幸福は訪れないのだから。

(そう。私は勝ったの、あの女に……！)

ミランダはそう思っていた。

このときはまだ、それから始まる悪夢のような日々のことなど、少しも想像できていなかったのだ。

＊＊＊

ミランダが最初におかしいと思ったのは、絨毯にできた紅茶のシミだった。

談話室に敷いた、毛足の長い白の絨毯。ミランダの大事にしていたそれが、茶色く汚れてしまっている。午後のひと時を楽しむつもりでいたミランダは、そのことがとても頭にきた。

「カリーナ!! カリーナ、どこにいるの!! 早く来なさい!!」

早く洗濯をさせなければ、汚れが落ちなくなってしまう。扉を開け、半ば癇癪のように叫んだ。

まったくもって、腹立たしい。

一体誰がこんな粗相をしたのだろう。この家のメイドには、こういった下手を働く人間はいないはずだ。そもそもそんな人間がウェンズリー家に出入りしていること自体、受け入れがたい。

「リリスが幼いころだって、紅茶を零すようなことはしなかったのに……」

そこまで考えて、ふとよぎった光景がある。

真っ白な絨毯に零れた紅茶。火傷をした幼い少女。鎖をつけて厳しく教育した、娼婦の娘……。

『――なんてことをしてくれたの……!? これは、私の生家から贈られた大事な絨毯なのよ!!』

ぞくりと嫌な悪寒が走った。やがて扉が開き、メイド長のカリーナが姿を見せる。

「奥さま。いかがなさいました？」

ミランダは、動揺を押し殺すようにしてカリーナへと怒鳴りつけた。

「……っ、贈り物の大事な絨毯に、紅茶が零れているのよ!! 一体誰がこんな粗相をしたの!?」

カリーナは慌てたように、おどおどと身を縮こまらせる。

「お、恐らくは、メイドのうちの誰かかと……」

「メイド⁉　メイドが零した挙げ句、すぐに報告もせず放っておいたというの⁉」

それは到底考えがたいことだ。何しろ、誤魔化したとしてもすぐにこうして発覚してしまう。ミランダがこの絨毯を大事にしていることは、メイドたちの誰もが知っているだろう。

ミランダであれば、全員集めて仕置きをするということくらい、想像がつくはずなのに。

（なら、メイドの他に誰がいるというの……？）

嫌な想像が湧き上がる。

そんなはずはない。そんなことは起こり得ないと分かっているのに。

『お母さま。このことは、口外なさらないでね』

かつて聞いたリリスの言葉が、はっきりと蘇った。

『実は、お姉さまとニナが……。国外追放先で、亡くなったそうなの』

ミランダは頭を掻き毟りたいのを堪え、カリーナに怒鳴り付ける。

「ああもう、犯人探しは後でいいわ！　すぐに洗濯と染み抜きをしてちょうだい‼」

「か……かしこまりました。奥さま……」

有り得ない。

（死んだ子供たちが、戻ってくるなんて……）

有り得ない、有り得ない、有り得ない‼　理解しているのに、頭では冷静でいるつもりなのに、それからも妙なことは度々続いた。

「おばあさま。もしかして、この家の地下には、お部屋があるのですか？」

マリアの無邪気な声に、ミランダは、ケーキを楽しんでいた手を止めて体をこわばらせた。

「……地下、ですって？」

それは、かつてミランダが、継子のマリアとニナへの『躾』に使っていた部屋だ。

普段は鍵をかけ、入口も隠れたような場所にあり、マリアが見付けるとは考えにくい。なのに、どうしてそんなことを言うのだろう。

「時々なのですが、床の下から女の子の声がするんです。地下に誰かいるのでしょうか？　例えば、メイドさんたちがお仕事をされているお部屋が……おばあさま？」

思わず背後を振り返ったミランダを見て、マリアが不思議そうに首をかしげた。なんでもないわと誤魔化して、気にしないよう自分に言い聞かせる。

（物陰に怯えてどうするの。——有り得ないと、そう言っているでしょう）

ミランダは自分に言い聞かせる。しかし、それからはいろんな場所が気になった。

カーテンの影が。真夜中、燭台の光も届かない廊下の奥が。

部屋の中が、自分の後ろが。目の届かない場所に、『あの子たち』がいるのではないだろうか。

（馬鹿馬鹿しい……！）

そう思っているはずなのに、ミランダはどんどん落ち着かない気持ちになっていった。

そうなると、すべてのことに苛立ってくる。家のことを顧みない夫にも、口答えをしてきたメイド長のカリーナにも。

唯一の救いは、遠く離れた地からも手紙をくれる娘のリリスと、マリアの存在だ。

「おばあさまはこのところ、お疲れのご様子ですね」

いつも気持ちが張り詰め、警戒してしまうようになったミランダを、マリアが心配してくれる。

「あまりお休みになられていないのですか？　何か心配事があれば……」

「ありがとう。大丈夫よ、マリア」

よもやマリアに言えるはずない。けれど孫娘のその気遣いは、ミランダにとって嬉しいものだった。

なにしろ夫は、ミランダの不調に気が付きもしないのだから。

「……でしたらおばあさま。せめて楽しいことをしましょうよ」

「楽しいこと？」

「おばあさまは毎年、お誕生日の前日に、お友達とお茶会を開かれるのでしょう？」

マリアはそう言って、リリスによく似た可憐な笑みを浮かべた。

「そのお茶会の準備を、今年は私に任せて下さいませんか？　素敵な時間を過ごせば、きっとおばあさまもお元気になられるはずです」

やさしい心遣いに、ミランダは胸が温かくなった。

「ありがとう、マリア……！　なんて素敵なのかしら。是非ともお願いしたいわ！」

「では、メイドさんたちをお借りいたしますね。……当日を、楽しみになさっていてください」

マリアをぎゅっと抱きしめて、ミランダは噛み締める。

（大丈夫よ）

ミランダには、リリスとマリアがいる。

（私は幸せ。私は大丈夫。亡霊などいるわけもないし、あの女に勝っているの）

……本当であれば、その幸せを、お茶会で改めて実感するはずだったのだ。

自慢のメイドが作った料理。

孫娘によって取り仕切られたお茶会と、それを称賛する友人たちの声。

彼女たちの羨望は、ミランダを変わらずに讃えてくれるはずだった。

——なのに。

なのに、なのに、なのに!!

「ひ……っ」

食べていたケーキから出てきた、おぞましい死骸。

濡れた毛並。崩れた体。開かれた死骸の口から覗いていたのは……。

＊＊＊

「いや!! いや、いやあああああああああっ!!」

食事をしていたミランダは、スープの入っていた皿をひっくり返して立ち上がった。

ウェンズリー家の食堂に、自分の悲鳴が響き渡る。驚いたような夫の顔、メイドたちの怯え、それらが一斉にミランダへと注がれた。

「嫌よ!! 嫌、ああああっ、どうして!! また虫が、虫が……!!」

「おばあさま!! おばあさま、落ち着いてください!」

席を立ったマリアが駆け寄ってきた。それを見て、給仕のメイドたちもミランダの傍に来る。

「スープにまた虫がいたの!! 大きな虫、長い脚が突き出ていて、スプーンの上に……!!」

ミランダは床に座り込み、マリアに抱き着いて震える。テーブルから零れてきたスープが、ぼたぼたと降り注いでドレスを汚した。

「信じられない、どうして、どうして!! どうしてこんなにひどいことが出来るの!? あ、あああっ、汚らしい……!! 私はあの虫を、スプーンで潰してしまって、それを口に……!!」

「おばあさま……」

「誰かカリーナを探してきて!! カリーナがまた、私にこんなことを!! カリーナが!!」

「落ち着け、ミランダ!!」

ミランダをそう怒鳴りつけたのは、座ったまま動かない夫だった。

「落ち着くんだ。……スープに虫など、入っていない」

あの男は、一体何を言うのだろう。

「そんなはずないわ!! 確かにいたの、脚が見えたのよ!! 黒い羽も、内臓もぐしゃぐしゃに溶けたようになっていて、スープの中に!!」

「そのスープはお前が卓上にぶちまけた。だが、そんなものはないんだ」

「……嘘よ……」

ミランダは震えながら、マリアを見上げる。

傍にしゃがみ、ミランダの背を支えてくれているマリアも、言いにくそうな顔で眉根を寄せた。

「だって、確かに見たのに……」

間違うはずはない。あの虫はまだ生きていて、逃げ出したのではないだろうか。内臓が飛び出したまま、テーブルの上を這って、他の料理に紛れ込んだのかもしれない。……あるいは……。

「カリーナだわ。虫を入れたカリーナが、みんなの目を盗んで片付けたんだわ!! いるんでしょうカリーナ!! 早く出てきなさい、分かっているのよ!!」

「落ち着けと言っているんだ。そもそもカリーナは、お前が今朝から地下に幽閉しているだろう」

思わぬ言葉に動揺し、必死にかぶりを振る。

「私がカリーナを!? まさか、そんなことはしていないわよ!! カリーナの姿が見えないから、また仕事を怠けていると思っていたのに!!」

「お前……」

夫は何か言いかけたようだが、やがて諦めたように口を閉ざし、やれやれと首を横に振った。

(どうして……)

信用されていないことに気がついて、ミランダは夫に縋り付く。

「私は本当に、カリーナを地下にやったりしていない! 虫も確かに入っていたわ!! カリーナじゃないというのなら、他の人間が私に嫌がらせしている!! そうよ、誰!? 一体誰なの!!」

ミランダの怒鳴る声が食堂に響き、しばらくして、しん……と静まり返ってしまう。

「お前、このところおかしいぞ。夜も眠れていないようだが……」

「……っ」

あのお茶会から一ヶ月。ミランダの言動は、夫から不審そうに眺められるようになっている。

「来週には養子のダニエルが、顔を見せに戻ってくるんだぞ。みっともない姿を見られてみろ、ウェンズリー家が親戚筋からどんな目で見られるか……」

夫から出てきたその名前に、ミランダはいっそうカッとなった。

「ダニエルが、なんだというの」

ダニエルは、リリスの婚姻により跡継ぎのいなくなったウェンズリー家に迎えた、十八歳の養子だ。しかしミランダは、彼の素性を疑っている。また夫が外に女を作ったのではないか、そしてその子供ではないかという思いが拭えないのだ。

実際は確かな親戚筋の子供であり、その出生に疑点などないのだが、分かっていても受け入れられないのである。だからこそ引き取って早々に、王立学院の寮にダニエルを入れた。卒業してから王城勤めになっているダニエルは、公爵家の仕事を学ぶとき以外、家には寄り付かない。

そんな養子が帰って来るという報せは、ミランダの感情をますます逆撫でしたのである。

「私は何もおかしくないわ!!　確かに見たものを見たと言って何が悪いの!?」

夫は深い溜め息のあと、ミランダから離れ、メイドたちにこう言いつけた。

「……悪いが、夕食の続きは書斎でとることにする。食事を運んでくれ」

「あなた!!」

ミランダの呼ぶ声に構いもせず、夫は食堂から出て行ってしまった。

夫の態度が悔しくて、ミランダは両手で顔を覆う。するとミランダのその肩を、マリアがそっと抱いてくれるではないか。

「……大丈夫ですよ、おばあさま」

「マリア……！」

ミランダは、マリアの言葉に救われたような気持ちになった。

この孫娘だけは、ミランダの気持ちを分かってくれるのだ。

「誰かが私を妬んでいるの。嫌っているの！　ああ、なのになぜあの人は私を心配しないの⁉」

メイドのアンに向け、マリアがそっと目配せをする。アンは他のメイドを連れて退室した。

広い食堂には、ミランダとマリアのふたりきりだ。

そんな場所で、まるで幼い子供をあやすかのように、やさしい声でマリアが言う。

「聞いてください、おばあさま。おばあさまは、きっとおさびしいのですわ」

それは、思いも寄らぬ言葉だった。

「私が？……まさか」

「いいえ、きっとそうです。おじいさまがもっとおばあさまのことを気遣って下されば、おばあさまのお心も満たされるのに」

そう、なのだろうか。

そうなのかもしれない。そう感じて、ミランダは俯いた。

「おばあさまは、おかしくなんてありません。おじいさまに一言、『大丈夫か』って、『お前が心配だ』って、そう言われたいだけなのでしょう？」

「……子供を孕んだ妾なんて、殺してしまえばよかったのに」

どこかぼんやりした頭で、独り言のようにそう呟く。

「子供なんか産ませるから、こんなに苛々するのに。腹の子供ごと殺してくれれば、そうよ、あの人が全部悪いの!!　あの子たちも私を恨むのではなく、子供なんて作ったただらしのない娼婦の母親を恨むべきなのに……！　汚らわしい子供を作ったのはそのふたりでしょう、なのに！」

亡霊の気配が、いまもこの部屋にあるような気がする。

スープの中だけでなく、ミランダの髪や皮膚にまで、おぞましい虫が這っているような心地になる。

「あの人が……ジェームズが、私を見てくれれば何かが変わるというの？　嫌な心が晴れるの？」

「……おばあさま」

マリアがそっと、囁いた。

「大丈夫です。どうぞ、私の言う通りになさって下さい」

「あなたの……？」

「少しだけ。おじいさまを、あと少しだけ心配させてあげましょう。――そうすればきっと、おばあさまのことを見てくださいます」

＊＊＊

その晩、寝台に座ったミランダは、マリアから差し出された薬を飲んだ。

この国きっての名医だったガードナーは、現在国内にいない。難病に侵された患者のため、十日ほど前から外国に経っており、いつ戻れるのかは未定なのだという。

だから、いまのミランダにとって、マリアの薬だけが心を落ち着かせるものだった。

「……眠たくなってきましたか？　おばあさま」

寝台に横たわり、目を閉じて、ミランダは頷く。

「……ええ……眠れそうよ。頭が、とても、ぼうっとしてきて……」

「よかった。ねえ、おばあさま」

マリアの手が、まるで赤子をあやすようにミランダの体を撫でる。

「おじいさまに心配していただくには、嘘をついていないと証明する必要があります」

「……証明……？」

けれど、それはとても難しいように思えるのだった。

「何度も……言ったわ。私は……嘘を、ついていないと。……だけど、あの人は」

「言葉だけで信用を掴むのはとても難しいこと。行動が必要です。本気でなければ出来ないような、そんな行動が」

「……行動……」

「おばあさま」

柔らかい声が、こんな風に紡ぐ。

「私のことを、刺してください」

その言葉に、ミランダの意識は少しだけはっきりとした。

「何を、言うの……!? 可愛いお前に、どうしてそんなことを……」

「おばあさまが私を害そうとなされば、おじいさまだって、『理由もなくこんなことをしているわけはない』とお考えになるはず。そうではありませんか？」

「それは……」

信じられない言葉を口にしながらも、マリアは穏やかに微笑むのだ。

「おばあさまは私を……マリアを刺し、ただ一言、こう仰ればいいのです。『マリアが食事に虫を入れた』と。ただことではないとお分かりになれば、おじいさまも書斎にお逃げになることはなく、真摯に向き合われるでしょう」

「けれど……それこそ、嘘だわ……！」

ぼやける視界の中で、ミランダは必死に返した。

「お前が、食事に虫を入れた犯人のはずも、ないのに。なのに、そんなこと、とても……」

「本当のことだと信じていただくために、たったひとつ嘘をつくだけです」

マリアの声が、頭の中に染み込んでくるかのようだ。

「もちろん、本当は刺す『ふり』ですわ。真実を明かすのは、おじいさまが信じて下さってから。それなら、平気でしょう？」

「……っ」

その瞬間、ミランダの脳裏に、ほんの一瞬よぎった光景があった。

孫娘を傷つけたと知って、血相を変えて駆けつけてくる夫。

――その夫は、ミランダの言葉を真摯に聞いてくれる。

言葉を遮るように溜め息をついたり、ミランダに背を向けたりしない。そして、マリアは怪我などしておらず、夫の向こうからそっとミランダを心配してくれている……。

「……それでも……」

抗えないほどの眠気が、ミランダの思考を侵食していた。

「……できない、わ……」

「そう、ですか」

残念そうなマリアが、そっとミランダに何かを握らせた。

「それではせめて、これを持ったままお眠りください。もしも、おばあさまにひどいことをする賊が出たときに、きっとお役に立てるでしょうから」

「…………」

これ以上目を開けていられない。

けれど、マリアから渡された『それ』だけは、しっかり握って眠らなければ。

そんなことを考えながらも、ミランダはゆっくりと目を閉じた。

＊＊＊

「ですから、おじいさま」

祖母が眠りについたあと、マリアは、祖父の書斎で懇々と彼に説いていた。

「おばあさまは、恐らく――……です。もっとおばあさまのことを、大事になさって下さい」

革張りの椅子に腰かけた祖父は、たまにしか吸わないパイプを口にして考え込んでいる。

「私が贈り物をご用意いたしました。これを、おじいさまからおばあさまに」

マリアが差し出したのは、ビロード張りをした小さな箱だ。

祖父はそれを見ることもなく、小さく息をつき、上着のポケットに突っ込んだ。

「とにかく、これを渡せばいいんだな」

「ええ」

マリアは微笑んで頷く。祖父は予想通り、贈り物の中身を確認する気もないようだ。

この男はいまも昔も、女の起こす面倒ごとには極力関わりたくないのだ。

いまだ祖母のことを案じているわけではなく、この家の厄介な問題が片付くのであれば、あとはどうでもいいと考えている。

「可愛いお前の言うことだ」

祖父はパイプをふかしながら、苦々しそうに言葉を紡いだ。

「応えてやりたいとは思うが……私の行動があれに響くなどとは到底思えん」

「やってみなくては分かりませんわ」

祖父がゆっくりと目を伏せる。昔と変わらない、面倒なことに背を向けるときの表情で。

「それであれが大人しくなるならそうしよう。だが上手くいかない場合、次第によっては……」

マリアは少しだけ、かなしい顔を作った。

「そのときは、仕方がありません。その『手段』こそが、おばあさまのためにもなるでしょう」

立ち上がり、祖父に向けて静かに一礼する。

「夜遅くにごめんなさい、おじいさま。紅茶のカップはメイドに片付けさせますわ」

「ああ。ゆっくりとおやすみ」

「ありがとうございます。おじいさまも、お仕事はほどほどになさってね」

そう言って、書斎から退室する間際、マリアは扉の前で立ち止まり、心の中で呪いを唱えた。

（あなたももうすぐよ。おじいさま……）

もうすぐだ。

けれど、今夜ではない。だってこのあとは祖母を、かつての継母を、暗い場所に突き落とすための夜になるのだから。

もうじきに薬が切れるころである。マリアは微笑んで、ドアノブに手を掛けた。

そして、そのとき。

「────誰か!!　誰かああああっ!!」

祖母の叫ぶ声が、屋敷中に響き渡ったのだ。

＊＊＊

ミランダの夢は、暗闇だった。

真っ暗な視界の中で、ここがどこだかは分からない。いまがいつなのかも、どうしてこんな夢を見ているかも、なにひとつ分からないままそこに立っている。

（なにかしら……）

なんだか、嫌な夢だった。

このところ、いつもこんな悪夢を見ている気がする。ミランダは不安になり、辺りを見渡した。

すると、これまで黒一色で塗り潰されていた視界の先に、茫洋とした女の姿が見える。

その瞬間、ミランダは、あれが『あの女』の姿であることを確信した。

あれは、夫の愛人だ。

マリアとニナの母親だ。ミランダよりも早く子を産んで、慈しまれ、ミランダよりも長く愛された女である。そう思った瞬間、ミランダの中に、かつてのような敗北感が湧き上がった。

「泥棒猫が、よくもおめおめと……!!」

ミランダは女に歩み寄ると、長い髪を掴んで捻り上げる。女は悲鳴を上げたが、構うつもりはない。

「私の前に姿を見せて、どういうつもり!?　愛人の分際で、娼婦の分際で!!　私より先に子供に恵まれたことを、見せびらかして、自慢するつもりで……!!」

「――!……、……!!」

「残念だったわね!! あなたの娘たちは、みんな不幸になったわ!! 王太子殿下をたぶらかし、私のリリスにひどい真似をして、その報いを受けたのよ!!」

女が何か喚いている。ミランダはそれすら聞こえないほどの大声で、女の耳元で怒鳴り続けた。

「せっかく私が育ててあげて、あんなに『躾』もしてあげたのに!! 娼婦の娘は娼婦だわ、あんな子たち、生まれてきた価値もない……!」

「――っ!」

掴んでいた髪の色が、いつしか金色に変わっている。

気が付けば、ミランダの前に蹲るのあの女ではなく、幼い少女に変わっていた。

「ごめんなさい、奥さま……」

そこにいるのは、継子のニナだ。

病で痩せ細ったニナが、泣きじゃくりながら、懸命にミランダへ謝ろうとしているではないか。

「申し訳ありません。……ごめんなさい、ごめんなさい、もうしません! もうしません、から……!」

「お前は……」

銀色の枷が、細い手足を拘束している。ニナが動くそのたびに、鎖の音がじゃらじゃらと鳴った。

「……」

ごくりとミランダの喉が鳴る。

いまだに憎かった対象が、こうして目の前に現れている。その事実が、ミランダから歯止めを失わせていた。

「許す、ものですか！」

ミランダはニナの顔を上げさせる。そして、柔らかな頬を強く平手で打った。

「うあ……っ！」

「あさましい女たち!! 私が負けるなんて有り得ない!! 有り得ない、お前たちなど……」

再び振り上げた手が、何者かに掴まれる。

幼いニナの姿が、また別の少女に変わっている。ミランダを見上げ、睨み付ける少女の姿に。

「許さないわ」

それは、静かな声だった。

「私こそ、あなたのことを許さない。……許さない。許さない、許さない、許さない……」

白い手が、ミランダの首にかけられる。

「──お継母さま」

「……っ、マリア……!!」

孫娘ではない。もうひとりの継子である少女が、ミランダの首に手を伸ばしたのだ。

「──返して」

「ぐ、が」

継子のマリアの手に、首を強く締められる。

「お母さまの、ブローチを、返して」

「……っ!!」

＊＊＊

寝台から跳ね起きたミランダは、その瞬間、ここが夢なのか現実なのかさえ分からなかった。

室内に人の気配はない。窓から差し込んだ月の光が、部屋の中をぼんやりと照らしている。

（夢……）

ひどく頭が痛い。こめかみを抑えて眉根を寄せたミランダは、やがて、月明かりに照らされた自室の様子に気が付いた。

「ひ……っ？」

カーテンが切り裂かれている。

マリアに選んでもらった卵色のカーテンが、ずたずたになっている。何度も何度も執拗に切りつけられたのが、寝台の中からも一目瞭然だ。

「い、や……」

カーテンだけではない。よく見れば室内は、いたるところに切りつけた傷がついている。まるで何かへの恨みを示すように、怒りを刻み付けるように！

誰かが、寝ているミランダの横で、こんなことをしたのだ。

そんな人物が近くにいる。部屋に入り、刃物を振りかざしたのだ。その人物はいまもこの部屋にいて、例えばあの部屋の隅から、ミランダを狙っているのかもしれない……。

「ひ……」

震えのあまり、奥歯が鳴った。

「ひいいいっ、嫌あっ!!　誰か!!　誰かあああああっ!!」

叫び声は、屋敷中に響き渡ったようだ。

「奥さま!?　どうなさいました!?」

寝台で頭を抱えたミランダの元に、メイドたちが飛び込んでくる。彼女たちの手にしたランタンは、無残に切りつけられた部屋を如実に照らし出した。

「きゃああっ!?　なに、この部屋……」

「早く来て!!　助けて!!　誰かがこの部屋に入ったの、私を、殺そうとしているんだわ!!」

「奥さま、落ち着いてください！」

「追い出して!!　早く見つけて、早く!!　殺される、殺される、殺される……！」

「ミランダ！」

夫の声に、ミランダは肩を跳ねさせた。

「なんだ、これは……!?」

「あなた……！」

不安だった気持ちが、夫が来てくれたことによって和らいだような気がした。ミランダは泣き出しそうになりながら、寝台から降りようとする。

「あなた、助けて……!!　寝ているあいだに誰かが部屋に入ったの、部屋中に切りつけていったのよ!!　きっとまだ屋敷にいるわ、誰かが私を殺そうとして……!!」

シーツが体にまとわりつき、脚がもつれる。ミランダがなんとか立ち上がったとき、ごとんっ！と音を立て、何かが床に落ちた。

「え……？」

「……ミランダ、お前……」

落ちてきたのは短剣だ。

鞘におさまった短剣が、ミランダのシーツの中から出てきたのだ。思わぬところから出てきた剣に、ミランダは頭が真っ白になった。

「な、なに……？」

どうして、こんなものが。

難しい顔をした夫が歩み出て、ミランダの手を取る。自分でも気がつかなかったが、ミランダの手のひらには、何かを強く握り締めていたような跡があった。

その跡は、いま落ちてきた短剣の柄に掘られている溝と、まったく同じものがついている。

「ちが……」

ミランダは、ますます血の気が引いてゆくのを感じた。

頭が痛む。視界がぐにゃぐにゃと歪む。定かでなくなる思考の中で、必死に自分の無実を叫んだ。

「違うわ!!　私がやったわけじゃない!!　こんな短剣知らない、知らない!!」

「ミランダ……」

「誰かが入ってきたのよ!!　寝ているあいだにやってきて、この短剣を使ったの!!　私の寝台に隠してから逃げた、そうに決まっている!!」

叫べば叫ぶほど、夫の顔が強張るのが分かる。

辺りを囲むメイドたちも、ミランダのことを憐れむような目をしていた。周囲から羨望され、勝ち続けてきたはずの自分が、憐憫《れんびん》のまなざしを浴びせられているのだ。

「どうして、信じてくれないの……!!」

ミランダが床に泣き崩れた、そのときだった。

「……すまなかった、ミランダ」

床に膝をついた夫が、ミランダを強く抱きしめる。

「あなた……？」

「お前がこんなことになっていたとは。マリアの言う通りだ。私はお前に向き合わず、ここまで逃げて来た。そのことが、お前を苦しめてしまったのかもしれん」

それは、胸の中に染み入るような温かい言葉だった。

「すまなかった……」

繰り返した夫の腕が、ミランダを抱き寄せている。

知らなかった腕の力に、ミランダは瞬きを繰り返した。心の奥に凝り固まっていた恐怖が、不安が、ゆっくりと溶けてゆくのが分かる。

「あな、た……」

——……嬉しい。

ミランダは、その感情をしっかりと噛み締めた。

（これで、勝てたんだわ）

ミランダは夫を抱きしめ返し、そう確信する。

（夫が私を見てくれた!!　愛してくれた、あの女に勝てた！　ついに、ついに勝てたのよ……!!）

そのことが、どれほどの悲願だったか。

(娘をいたぶったところで意味はなかった。私が、私自身があの女に勝てなくては駄目だったの！ ようやくこれで、あの女からすべてを奪い、羨まれる立場に立つことが出来たんだわ……!!)

あの女の傷つく顔が目に浮かぶようだ。溢れ出るほどの喜びに、ミランダは涙を流した。

マリアの言った通りだ。ミランダが望んでいたのは、夫からのやさしい言葉だった。その言葉が、ここまで心を満たし、癒してくれるなんて。

「……ミランダ」

夫が体を離し、上着を探って何かを手にする。

取り出したのは、ビロード張りの小さな箱だ。夫はその箱を、そっとミランダに差し出した。

「これをお前に。実はマリアから、お前をもっと心配してやれと言われてな」

夫からの贈り物など、初めてのことだった。驚いて、ミランダはまばたきを繰り返す。

「用意してくださったのですか？　あなたが自ら？」

「………ああ。私がお前に贈るために、商人から買い付けたのだ」

その言葉に胸がいっぱいになり、口元を押さえる。

「開けてみなさい」

「ええ……！」

なんて幸せなのだろう。ミランダは微笑み、感動に震える指でその箱を開けてみる。

「――……え？」

中に入っていたのは、小さなブローチだった。

「これ、は……」

ミランダの顔に、笑顔が張り付く。

頭が理解を拒否している。だって、だって、このエメラルドで出来たブローチは――。

『……返して』

「い……っ」

ミランダは、思わず一歩後ずさった。

『お母さまの、ブローチを、返して』

「いやあああああああああああああああっ!!」

「ミランダ!?」

ブローチを木箱ごと投げつけて、ミランダは頭を掻き毟る。あの娘から取り上げたもの、鏡台の引き出しに仕舞っていたはずのものが、どうして夫から!!

「ひ……」

その瞬間、視界の端に、見知った姿が映った気がした。

――見間違いなどではない。十人ほどいるメイドの後ろ、扉の傍に、ひとりの少女が立っている。

蜂蜜色の髪。どこかで見たことのある面影。

俯いていて顔が見えないのに、ミランダの中へ、どうしてかはっきりと顔が浮かんだ。

(『マリア』……!!)

夢の中で見た、死んだ継子の姿だ。

その継子が小さく笑う。そして、ひとりだけそっと部屋の外に出た。

(やっぱり、あの子が……!!)

「ミランダ!?」

床に転がった短剣を掴み、ミランダは駆け出す。止めようとする夫やメイドたちを振り払い、廊下に飛び出すと、ドレスの裾が曲がり角に消えたのがはっきりと見えた。

(逃がさない!!)

歯を食いしばり、ミランダは継子の姿を追う。廊下を曲がると、その向こう、階段の前に立ち尽くす『マリア』が見えた。

(私を殺そうとした！　虐げようとした!!　母親の代わりに戻ってきて、私を、私を……!!)

妾の子のくせに。

生まれて来てはいけない子供のくせに、死んでまでミランダを恨むなど。許されないことだと思い知らせるため、ミランダは走りながらも短剣の鞘を抜いて捨てる。

『――のことを、刺してください』

誰かの声が、痛む頭の中にこだました。

『「マリア」を刺し、ただ一言、こう仰ればいいのです。「マリア」が食事に虫を入れた、と』

そうだ。この娘を、継子のマリアを刺せば、すべての問題が解決する。嫌なものは消え、恐怖はなくなって、夫はミランダを信じてくれる。このマリアさえ刺してしまえば!!

「妾の、子が……！」

階段の前に立った『マリア』は微笑みを浮かべていた。けれどもミランダに向け、言葉を紡ぐのだ。

「――許さない」

その言葉に、ミランダは反射的に短剣を構えた。

「許さない。許さない、許さない、許さない……」

「お前、など……!!」

逃がすものか。ここで、この場で思い知らせてやる。マリアに駆け寄ろうとした、そのときだ。

「ミランダ!!」

夫の声がしたのと同時、足が何かに引っかかり、もつれてしまった。

「あ……」

かろうじて見えたのは、階段の手前に張られた細い糸。

体の重心が崩れる。視界が反転し、上下のどちらかが分からなくなる。声を上げるようないともまも無く、転んだミランダの体は階段の上へと投げ出された。

「ひ……っ？」

――落下する。

何かを掴みたくて、咄嗟に前へと手を伸ばす。その瞬間、少女の顔がはっきりと映った。

「っ」

可愛い可愛い孫娘が、冷めたまなざしで、落ちてゆくミランダを見下ろしている。

ミランダが伸ばしたその右手は、マリアを掠めて空を掴む。衝撃が、一番に顔へと襲いかかった。

「ぎゃあっ!!」

顔面をぶつけ、ぐしゃりと鼻が潰れた音がする。痺れにも似た痛みが走るが、転落は止まらない。

階段のおうとつに胸をぶつけ、滑り落ちながら、ミランダはじたばたともがいた。何かを掴まなければ、なんでもいい、早く!! 分かってはいるのに、ものすごい速度で落ちてゆく。

(早く、早く早く早く……!! 早く止まって、止まって……!!)

ひいひいと呼吸を繰り返しながらも、ミランダは必死で階段を掴もうとした。爪が割れ、血が滲むが構っている余裕はない。もうじきに、長い階段が終わってしまう。

(痛い、落ちる、落ちる!! 助けて、嫌、落ち——……っ)

——ごきんっ! と。

何かの折れる鈍い音が、玄関ホールに響き渡った。

＊＊＊

『おやめください、奥さま!!』

——扉の向こうから、『マリア』の縋り付く声がする。

『夕べのお仕置きで、ニナは熱を出しているのです。どうかニナを、ニナを許して下さい……!!』

薄暗い地下室の中で、幼いニナが震えている。

手足には鉄枷。その先には鎖。腫れあがったニナの背中を見下ろしながら、ミランダは目を細めた。

『これは躾よ。こんなみっともない子は外聞が悪いから、世間の目から隠してあげているの』

鎖で手足を繋いだ継子を地下に転がして、ミランダは背を向ける。

『これも、お前たちのためなのですからね……!』

なんと気分がいいのだろうと、内心で嘲笑いながら。

＊＊＊

「う、ぐ……！」

薄暗い場所で目を覚ましたミランダは、肩口と鼻に激しい痛みを感じ、いきなり混乱に陥った。

先ほどまでの恐怖が蘇り、体が強張ってしまう。転落の危機感に、ミランダは叫び声を上げた。

「いやあっ!! 落ちる、落ちる、落ちる……!!」

手足をじたばた動かそうとして、たちまち襲い掛かってくる激痛にもんどりうつ。仰向けに寝かされているようだが、動揺が理解を邪魔していた。

「助けて！ 痛い、寒い……!! 誰か、マリア、リリス!! 助けて……!!」

「――静かにするんだ」

差し込んできた光に目を細め、ミランダは彼の姿を見付けた。

「あなた……！」

夫のジェームズが、燭台を手に立っている。

ここはどこか、薄暗くて狭い部屋のようだ。夫の姿にいくらか安心したミランダは、次の瞬間、彼の向こう側にある姿に息を呑む。妾の子であるマリアが、俯くような格好で立っているのだ。

「いやあああああああっ!! 来ないで、来ないで!!」

「ミランダ……」

「あなた！ 『マリア』が!! 『マリア』がいるわ、そこで見ている!! 追い出して、早く!!」

「……」

「『マリア』が、あの子が私を殺そうとしている！　私を恨んで、私を――……!!」

「黙りなさい」

夫の静かな声が、その部屋に響いた。

「お前は何を言っているんだ？」

「……え？」

横たわるミランダに向けられたのは、憐れみのまなざしだ。

「『マリア』はお前の孫娘だ。……可愛いリリスの産んだ、大切な、私たちの孫ではないか」

「あ……っ！」

ミランダは、自分の言葉が誤解を招いていることに気がついた。

忌々しい継子ではなく、大切な孫娘を糾弾しようとしているのだと受け取られたのだ。そんなことは、ミランダだって本位ではない。

「違うわ、あなた……！　う、ぐ……！」

慌てて首を横に振ろうとするが、肩に激痛が響く。そのあいだに、夫が一歩近付いてきた。

「『食事に虫が入っている』と思い込んで、嫌がらせをされたと喚く。……夜中に飛び起きて、殺されると騒ぎ立てる。自分で壁や家具に切りつけて『襲われた』と被害妄想を叫ぶ」

「違……本、当に、私じゃ……」

もう一歩、夫がミランダの傍に来た。

「挙句の果て、孫娘のマリアを、短剣で刺し殺そうとしたのだぞ」

「違う……!!」

そんなつもりはない。あそこにいたのは継子の『マリア』であり、ミランダを恨む少女だった。

「あれは、あそこにいたのは『マリア』なのよ!! 私たちの孫娘ではない、あの女の娘が!! あなたが外で作った妾の子、その『マリア』があそこにいて、私を殺そうとしていたの!!」

「ついに、死んだ人間が目の前にいたとまでのたまうのか……」

夫の溜め息に、ミランダは蒼白になる。

「本当なのよ!! 私に向かって『許さない』と言ったわ!! 落ちる私を見下ろして、冷たい目で繰り返したの……!!」

「あそこにいたのは、正真正銘お前の孫だ」

「そんなわけはない!! 絶対に違うわ!!」

「マリアはお前に刺されそうになったにもかかわらず、転落したお前を案じて泣いたのだぞ」

「間違っているのはあなたよ!! どうして、どうして私を信じないの!?」

「……おばあさま……」

「ひい……っ!!」

夫の後ろから、ひとりの少女が歩み出た。

蜂蜜色の髪。人形のように整った顔立ち。青い瞳は確かに可愛い孫娘のそれなのに、どうしてか、一瞬あの継子に錯覚してしまう。

「マリア……! マリア、助けて、追い出して……! あの娘を、忌々しい『マリア』を排除して!! きっとニナもいるのだわ、姉妹で、私を殺そうとしている……!!」

「可哀想なおばあさま……やはり、もう……」

「マリア……！」

マリアが悲しげに俯くが、何を嘆いているのか分からない。

「おばあさま。私にはもう、何も出来ません。どうか、無力な私を『許してください』」

「……!!」

ミランダの中に、あの娘の声がこだました。

『どうか、ニナを、許して下さい……!!』

「……っ、いやああああああああああああああっ!!」

「ミランダ!!」

「どうしてあなたが知っているの!? どうして、どうして、マリア!! あのことを、あのころを、あなたが知るはずもないのに……!! あの娘がこの屋敷にいるんだわ!!」

「落ち着いてください、おばあさま……！」

「絨毯に零した紅茶のしみも、壁の傷も!! 毎晩見る悪夢も、食事の虫も、あの声も……!! ブローチを、ブローチを私に突き付けたのも、全部あの娘の仕業!!」

「くそ……仕方がない、マリア、やはり……」

「ええ。残念ですが……」

夫と孫娘が話す中、ミランダは肩の痛みも構わずに暴れた。

「あの娘たちが悪いのよ!! それもこれも!! 私に負けたのを、あの女が恨んで……！」

「ミランダ！」

「！」

がちゃんと大きな音を立てて、ミランダの手に何かが嵌まる。それは、どこかで見た鉄枷だ。じたばたと暴れるたび、右手に嵌められた枷の鎖がじゃらじゃらと鳴る。

「大人しくしろ。これ以上暴れるようなら……」

「あ、あああ……っ」

まるで囚人のような扱いに、ミランダの頭へと血がのぼった。

「なにを、何をするのよおおおおおおおおっ!! 私にこんな、こんな、こんなあああああっ!!」

「っ、やめろ!!」

「やめて、来ないで!! 私に何をするの!! うんざりよ、外して!! 外しなさい、早く!!」

「大人しくするんだ!! お前は壊れてしまったんだよ、ミランダ!!」

「訳の分からないことを!! 私は壊れてなんかいない、私が一番正しい!! 私が、私が!!」

「壊れているんだ!!」

「!!」

夫の大きな怒鳴り声に、ミランダは喉がひきつった。

「幻覚。深夜の騒ぎ。人を犯罪者だと呼び、孫娘の顔すら分からなくなる。刺し殺そうとする！ そんなお前のどこが、正常だというのだ!!」

「……!!」

「生憎いまは、この国きっての名医であるガードナー氏が不在にしている。しかし、医師に見せるまでもなく、お前は異常だ」

「あ……ああ、あ……」

必死に首を横に振り、否定する。

「違う……違う違う違う違う、違う!!　違ううううっ!!」

「おじいさま、人を連れてきました！」

「っ、すまない。ミランダを押さえておく、足にも枷を頼む!!」

「はい、旦那さま」

ミランダの足に、駆けつけたメイドが嬉々として枷を嵌める。すかさず振り払おうとして、そのメイドの顔が目に入った。

「カリーナ……!!」

「ひひっ、奥さま！　大変ですねぇ……!!」

ミランダが数日前に殴った頬を腫らし、カリーナが笑う。

「腫れたお顔が痛ましいですわ。これからずっと地下室生活だなんて、お可哀想に……!!」

「なんですって……!?」

「気位の高いお前のことだ、おかしくなっていく姿を他人に見られるのは屈辱だろう。——この地下で、これからずっと世間から隠れて生きるのが、お前のためなのだ」

「いやよ!!　そんな、そんな……!!」

ミランダがもがく中、カリーナが足枷を手にした。暴れるせいで肩が痛む、視界が涙に滲む。

押さえつけてくる夫の向こうに、マリアが立っていた。

「あ……ああ……」

その瞬間、ミランダはようやく思い至ったのだ。

かつて、幼いニナやマリアの手足に枷を嵌めたこと。それでも腹が立つときは、何かしらの理由をつけて、この地下室に閉じ込めたことに。

『これは躾よ。こんなみっともない子は外聞が悪いから、世間の目から隠してあげているの。これも、お前たちのためなのですからね……！』

「……っ」

孫娘が、ミランダを見ている。

なんの感情もないまなざしで。淡々と、起こって当然の事態を眺めるような表情で。

「やめて……」

骨の砕けた左手にも枷が嵌まった。きつく枷を絞められて、ミランダは苦痛に顔を歪める。

「やめて、私は正気よ!!　……いやっ、いやあああああああああああああああああっ!!」

その叫びは、かつて継子を閉じ込めた檻である地下室に、永遠にこだまするかのようだった。

＊＊＊

ジンが貸し切った庭園には、穏やかな日差しが降り注いでいる。

暖かな陽気だ。白いテーブルに掛けたマリアは、細い指先に、一羽の蝶をとまらせていた。

それは、美しい蝶である。

青紫の羽根を持ち、陽光を受けてきらきらと輝く蝶は、とても精巧な作りの代物だ。

マリアは目を細めると、指に乗せた蝶を、ティーカップの中へと静かに落とした。

紅茶に落とされた蝶はゆっくりと沈んでゆく。すぐに溶け出して、跡形もなく消えてしまった。

「その、『飴細工』」

肘掛けに頬杖をつきながら、向かいに座っているジンが笑う。

「ずいぶんと気に入ったみたいだな」

「……そうね」

マリアは、蝶の溶けてしまったカップに目をやった。

本物に似せて作られた、飴細工の蝶が溶けたカップを。

「どの作品も精巧で、素晴らしい出来だったわ。分かっていても、本物にしか見えなかったもの」

「西にある小国の職人たちが、大切な輸出品として作り出した逸品だ。壊れやすいし熱にも弱いから、この国に運ぶのは金が掛かったが……」

椅子の背もたれに体を預け、ジンは片手でカップだけを持った。

「溶けやすいお陰で、お前のお眼鏡にはかなったようだ」

マリアはカップとソーサーを手に取って、甘い紅茶を飲む。そのあいだも、ジンは楽しそうだ。

「それにしても、ウェンズリーのばあさんは地下で幽閉生活か。公爵は夫人のために幽閉を決断したと言ったらしいが、実際は自分のためだろう？」

「……そうでしょうね。おじいさまは、面倒ごとを遠ざけて見えない場所に置きたがるお人だわ。おばあさまを地下へ『隠す』私の提案にも、簡単に頷いたもの」

「あっさりと騙されたな。まあ、それだけお前が時間をかけて周到にやってきたわけだが」

肘掛けに頬杖をついたジンが、喉を鳴らすように笑った。

「実際は、あのばあさんは何処もおかしくないのにな」

「……」

飴細工の蝶が溶けた紅茶は、マリアには少し甘すぎた。

「数分で跡形もなく溶ける『虫』は、とても都合がよかったわ。隙を見てお皿に忍ばせれば、スープをひっくり返したころには消えている。おばあさまにははっきりと見えている虫なのに、周りの人間には『幻覚を見て騒いだ』と思わせられるもの」

実際、その効果はてきめんだった。

食事中にいきなり悲鳴を上げ、テーブルを荒らして叫ぶ祖母の姿は、さぞかし異常に映っただろう。本人は、本当に見たままを訴えていただけなのに。

「夜に悪夢を見て騒ぐのは、お前の調合した眠り薬の副作用か？」

「よく効いたようね。部屋に短剣で傷をつけているあいだも、目を覚ます気配すらなかったし」

「はは。お前が留学中、図書館に籠って寝ずのお勉強をした甲斐もあったってことだ」

果たして祖母はあの晩、悪夢を見てくれただろうか。——いまとなっては、どうでもいいが。

「おばあさまはこれから、ニナを閉じ込めた地下室の中で、ニナと私につけた枷を嵌めたまま生きていくのだわ。……狂ってなどいない、正気の中で……」

「ばあさんの世話をするメイドはつけるんだろ？　そのメイドには少し同情するが」

「平気よ。だって、世話係にはカリーナを宛がったもの」

「…………うわ」

「『おばあさまはカリーナのことを誰よりも信頼していた』と言えば、おじいさまはすぐに了承なさったわ。おばあさまが地下でどうなろうと、あの人にとってはどうでもよかったのね」

──あの地下室はこれから、カリーナと祖母のうち、どちらの地獄になるだろうか。

ジンは、真っ直ぐにマリアを見据えて言った。

「お前の『お母さま』は、何も勘付いていないのか？」

マリアはふっと息を吐く。すぐには答えないかわり、傍らに持っていた小さなポーチから、一通の手紙を取り出した。

香水がふりかけられているのか、甘い香りの漂う手紙だ。それは、三年前から辺境の視察に出ている母が、祖母に向けて書いたものだった。

ジンはそれを受け取ると、さしたる興味もなさそうな顔で中をあらためる。

「──王太子ご夫妻は、王都に戻るための支度を始めた、と」

「ええ」

手紙には、母が帰ってくる予定の日取りが綴られているのだ。

「おばあさまの手紙から、何かしら王都に異変を感じたのでしょうね。興味をいだいたと言うべきか、悩むところだけれど……」

「お前なあ」

ジンが浮かべたのは、少し呆れたような表情だった。

「母親が戻ってきたくなるような内容を、わざとばあさんに書かせたんだろ？」

「だって、待ち遠しかったんだもの」

マリアは目を伏せて、率直に答える。

「早くあの人に会いたいの。……私の異母妹に、お母さまに……」

けれど、そのためにはまだ、果たさなくてはならない復讐がある。

「……私はこれから、公爵家を引き上げて王城に戻るわ。あなたにももう少し協力してもらうわよ」

「分かってる。お前と利害が一致する限りはな」

「しないとは言わせない。私の復讐はあなたにとって無関係でも、無益ではないはずよ」

「ははっ」

ジンが、悪戯を企むように笑った。

「俺を好き好んで国に招き入れる王族なんて、お前くらいのものだからな」

「……」

マリアは目を伏せると、紅茶に再び口を付ける。そして、心の中で未来を思案した。

(――次は、あの男の番――)

もうじきに城から迎えが来る。

王城は魔物の巣喰う城だ。リリスが王太子妃になっておよそ十六年、彼女の築き上げたものがはびこっている。悪意も、打算も、さまざまな野心も。

(それでも、あなたのすべてを打ち壊すわ。リリス)

マリアは自分の体をぎゅっと抱きしめる。

(……私の、この体の、『お母さま』)

あと少しで、彼女に会える。

破滅を呼び招く陰口夫人

hahakui·oujou
kareinaru hibi

『リリスさま。私……見てしまいました』

プリシラがそんな風に言葉を落とすと、ウェンズリー家の令嬢リリスは静かに微笑んだ。

この学院で最も愛される、天使のような少女。上流貴族たちの中心にいて、教師たちからの信頼も厚い完璧な令嬢。

そんな彼女はいま、自分の言葉を待っている。

『お姉さまのマリアさまが……教室から、皆さまの宝石を……！』

プリシラはただ、告げただけだ。

お喋りの一環でしかなく、他愛ないはずの、その言葉を。

＊＊＊

「──それにしても、まだ信じられませんわ！」

その日に開かれたサロンでのお茶会は、とある話題で持ちきりだった。

「少女たちの顔を溶かす奇病の原因が、まさかシモンズ夫人だったなんて……！」

「マリア王女殿下を襲おうとしたのでしょう？　その結果、誤って自分の娘に！　恐ろしい、やはり神さまは見ていらっしゃるのだわ」

ティーカップの紅茶が冷めるのも構わず、女性たちは夢中で話し続ける。彼女らの顔に浮かぶのは、恐るべき犯行を行った存在への嫌悪感と驚愕。

それから、たっぷりの好奇心だ。

「とても人間のすることとは思えないわ。自分の娘より美しい少女たちが妬ましいからといって、いくらなんでもあんな……」

「私の知人のお嬢さんも、夫人のせいで一生が台無しになりましたのよ」

（ふふ。やっぱりみんな、ロクサーヌさまのことが気になるわよね）

サロンに入室した男爵夫人プリシラは、各々のそんな様子を確かめながら、心の中でくすりと笑った。

数日前に起きた『その事件』は、社交界を激震させた。

侯爵夫人ロクサーヌ・シモンズが、王女マリアに襲い掛かり、その拍子に娘のイヴリンの顔をめちゃくちゃにしてしまった。そして、その娘に殺されかけたのだ。

その騒動の中で、これまでに貴族の美しい少女が何人も罹患した『顔の溶ける病』の正体が、シモンズ夫人の毒によるものということも分かってしまったのである。

（こんな大変なお話、皆さまが気になさらないはずもないわ）

ちょうどそのとき、ひとりの夫人から声を掛けられた。

「まあ、プリシラさんがいらしたわ」

このサロンの女主人、ハートリー侯爵夫人である。

「プリシラさん、お待ちしていましたのよ。どうぞわたくしの隣に座って」

夫人の声でプリシラに気が付いた面々は、待っていましたと言わんばかりにプリシラを歓迎した。

「プリシラさん、シモンズ夫人のお話をお聞きになった？　あなた、彼女とはご学友同士じゃなかったかしら！」

「何かこの件でご存知ないの？　情報通のあなたなら、きっと詳しいのでしょう？」

「まあ、情報通だなんてとんでもない」

謙遜するプリシラに、ハートリー夫人はくすくすと笑った。

「もったいぶらないでプリシラさん。わたくしたち、あなたをずっと待っていましたのよ」

その言葉を聞いて、プリシラは内心で高揚する。

（……ああ……。侯爵家の奥さまが、私を重宝している……！）

ここにいる女性たちは、プリシラに一目置いている。期待のまなざしをひしひしと感じつつ、プリシラはそっと声を小さくした。

「実は、ここだけの話なのですけれど……どうやら今回のことは、イヴリンさまの縁談が上手くいかなかったことが原因のようですわ」

「まあ！　縁談ですって？」

やはり食いついた。確かな感触を感じ、内心でほくそ笑む。前のめりになったハートリー夫人は、特に興味津々のようだ。

「どうやらシモンズ家の母娘は、アルフレッド殿下との結婚をお望みだったようですわね」

「かの国の王弟殿下と？　なんと恐れ多いのかしら！」

「現にここのところ、イヴリンさまが学院でしきりに自慢されていたそうですの。『私はきっとアルフレッドさまと結婚する』と……そのために、アルフレッド殿下との婚約が噂されていたマリアさまの御顔を……」

「ああっ、怖いわ！　そんな恐ろしいこと、よくも王女殿下に……なんてお可哀想なのかしら！」

怖い怖いと言いながらも、聞いている女性たちの顔はどこか嬉しそうだ。プリシラから聞いただけの話を疑うことなく、あっさりと呑みこんでくれる。

（ああ、気持ちがいい……！）

プリシラは得意になり、惜しみなく話題を披露した。

「そもそも今回の件以前に、シモンズ家は没落寸前だったそうです。おかしいと思っていましたわ！娘のイヴリンさまが夜会でいつもお召しのドレス、古臭いデザインだったでしょう？　実はあれ、ロクサーヌさまが学生時代に着ていらしたものとまったく同じですの」

「あらあら、まあまあ！」

この場に集まった貴族家の夫人たちは、興奮して話し始める。

「では、シモンズ家はイヴリンさまの結婚による立て直しを期待されていたのだわ！」

「それに失敗しただけでなく、娘の顔まで台無しになって……挙句の果てにお家取り潰しでしょう？」

「天罰だわ。自分の娘のためとはいえ、他家のお嬢さんを傷つける神経がそもそも異常よ。許せない。国外追放も当然の報いですわね」

婦人たちはプリシラを囲んだまま、今回の件について熱心な議論を始める。その中央で、プリシラは内心恍惚とした想いを抱えていた。

（ああ……私の提供した話題で、みなさまが楽しんで下さっている。私を必要とし、一目置いている……！）

ロクサーヌの所業に怯え、被害者の少女たちを労わるような顔をしながらも、実際には誰ひとりそんなことを気にしてはいない。

ただただ、身近な人間の起こした大きな事件を面白がっているだけ。それを揃って糾弾し、非難を口にすることで、この場にいる全員の心を一つにする。そんな交流を、楽しんでいるだけなのだ。

（女の集まりには、やっぱりこれが一番だわ）

プリシラはそのことを知っている。

（誰かの悪口を言うことで、みんなが団結する。成金の娘でしかなかった私が、上流階級の女性たちの仲間に入れてもらえたのだって、そのお陰なのだから……！）

こういうときに決まって思い出すのは、かつての光景だ。

立派な学院。立派な血筋を持つ同級生たち。これまでなら話しかけることすら畏れ多かったような少女たちが、その輪の中にプリシラを招き入れてくれる微笑み。

『ねえ、もっと聞かせてプリシラさん』

『あなたって色んなことをご存知なのね。それで、退学になった先輩はそのあとどうなったの？』

少女だったあの時代から、女の会話というものはそれほど変わらない。現にハートリー夫人からは、こんな問い掛けが飛んでくる。

「プリシラさん、他には何かご存知ないの？　箝口令が敷かれていますけど、本当のことがもっとたくさん知りたいわ」

プリシラは、軽く首を横に振った。

「残念ながら、いまのところはこのくらいですわ。けれど、また噂を小耳に挟んだら皆さまにも……」

「待っていますわね。プリシラさんならきっと、私たちでは知り得ないことも分かるのでしょうから」

「ええ！　楽しみにしていてくださいハートリー夫人」

これまでに集めてきた噂話によって、プリシラの情報網は信頼されている。どんな情報を集めてくればもっとも注目されるかと、プリシラは少し思案した。

（とにもかくにも、ハートリー夫人に気に入っていただけるような話題がいいわ。とびっきり醜聞的で、面白くて……）

この場に集う貴族家夫人の中でも、ハートリー家は一番の格上だ。彼女の興が乗る話題で盛り上がることを最優先に情報を仕入れたい。そう考えていると、こんな話し声が聞こえてくる。

「マリア王女殿下はお許しになったのでしょう？　王女殿下を襲った罪で処刑でもおかしくないところを、寛大にも国外追放だなんて」

「なんとおやさしいのかしら。それに比べてイヴリンさまは……」

（……そうだわ）

この件の被害者である王女マリアは、プリシラの学友であるリリスの娘だった。

リリスの生家――ウェンズリー家には、学生時代に何度か出入りしたことがある。

相手は王女とはいえ、そのころの縁を使ってなんとか話を聞くことが出来ないだろうか。

ちょうどいま、王女マリアはウェンズリー家に滞在しているのだと噂を聞いていた。

（ウェンズリー夫人はいま、体調を崩して臥せっているのだったわね……お見舞いと称して、理由をつければ……）

王女を直接訪ねることは難しくとも、リリスの母、ウェンズリー夫人を訪問するのであれば不自然ではないはずだ。

（会いに行きましょう。あの方の……リリスさまの、娘に）

＊＊＊

学生時代のプリシラは、最初のころ、令嬢たちにはまるで相手にされない少女だった。

それもそのはずだ。商人だった父が成功するまでは、プリシラも家の手伝いをし、庶民の娘として生きてきた平凡な娘に過ぎない。

そんなプリシラが七歳のころ、その父が莫大な財を成したために、上流階級との付き合いが始まったのだ。

一人娘のプリシラも、多額の寄付を条件に王立学院へ入学を果たした。

父からは今後のため、貴族の子女と交流を持つよう言われていた。しかし、貴族家の令嬢たちは、この学院に入る前から家同士の交流がある仲だ。

すでに出来上がった友人関係の中に、生まれ育った環境の違う人間が加わることは難しく、プリシラはどんどん孤立していった。

『今度のお茶会、クラスの女子全員をお呼びしようと思うのですけれど……プリシラさんはどうしましょう？』

『遠慮してあげた方がよろしいのではなくて？　あのお方は、これまで過ごされてきた環境が私たちと違うのですから。お喋りに混ざれなくて、却って可哀想ですわ』

事実、プリシラは他の令嬢たちと話も合わなかったのだ。

それは当然のことで、彼女たちとはこれまでに培ってきた教養が違う。音楽の話も出来なければ、絵画の審美眼も持っておらず、刺繍の腕もないプリシラには、同じ話で楽しんだり笑ったりすることが出来ない。

貴族家の人脈を得ることが出来ないでいると、父は失望してプリシラを叱った。

『また今回も、お前は侯爵家の茶会に呼ばれなかったのか！　何のために高い金を払い、お前を学院に行かせたと思っている！』

『ご、ごめんなさいお父さん……！』

家庭では居心地が悪く、学院には居場所がない。ひどいことをされるわけではなかったが、プリシラはいつも教室の隅で座っているだけ。

そんな日々に転機が訪れたのは、学年が変わり、あるひとりの少女――マリア・ウェンズリーが学院にやってきてからだった。

漏れ聞こえてくる噂によれば、マリアは妾の子らしい。令嬢たちは教室の隅に集まると、彼女を見てしょっちゅう眉をひそめるようになった。

『マリアさまって、いつも暗いお顔をされているのよね。見ていて気が滅入るわ』

『妾の子ですもの、性根が暗いのはどうしようもないのではなくて？』

マリアが教室からいなくなったのを見計らって、令嬢たちはひそひそとささめきあう。

そして、その女子たちの中心にいるのは――マリアの異母妹であるはずの、リリス・ウェンズリーだ。

天使のように微笑むリリスは、柔らかな声でこう言った。

『みなさん、そんなことを仰らないで。お姉さまはお母さまを亡くされて、傷ついていらっしゃるのですわ』

『でも、リリスさま……』

『いつかきっと、お姉さまは明るい心を取り戻して下さるって信じていますの。だから私、お姉さまにどんな仕打ちを受けても平気なのです……』

『もしやリリスさま、また彼女になにかひどいことをされたのですか……⁉』

周りの面々が心配し、リリスを囲む。けれどもリリスはやんわりと首を横に振り、儚い微笑を浮かべるのだ。

『私のことはいいのです。お姉さまの心の痛みが、私で発散して少しでも和らぐのであれば……』

『なんてこと、許せませんわ‼』

（……またマリアさまのことで話しているわ。私には、そんなに酷い人に見えないけど……）

そんなことを考えていたせいで、プリシラは無意識に彼女たちの方を見てしまった。

（あ……）

「！」

その瞬間、令嬢たちと視線がぶつかる。

彼女たちとは距離を置かれているプリシラだが、同じ教室で過ごしている以上、時々はこのように目が合うこともあった。けれど、会話に繋がったことはない。

（でも、どうせまた目を逸らされるんだわ……）

そう覚悟し、ぎゅっと手を握り締める。

しかし次の瞬間、プリシラにとっては思ってもみないことに、ひとりの令嬢に話しかけられたのだ。

『ねえ、プリシラさん。あなたもそうは思いませんこと？』

『……‼』

――上流貴族の令嬢に、向こうから話しかけてもらえた。

その事実を理解したとき、プリシラの心臓がどくんと跳ねたのだ。

『あ……えっと……』

心臓が緊張して脈を打つ。言葉に詰まり、視線を彷徨わせた。

（ここで、間違えるわけにはいかない！）

正直なところプリシラは、マリアのことなどどうでもいい。

リリスが怪我をしているといって、マリアの所為だとは限らないだろうし、実のところリリスはそれを肯定もしていない。リリスのことを心配するような気持ちもない。

けれど、これは絶好の機会だ。

プリシラは、恐る恐る口を開いた。

『わ……私も、許せないと、思います。そんなことをするなんて、ひどい……』

『……』

答えると、辺りが一瞬しんと静まり返ったような気がした。

（あ……ま、間違えた……!?）

青褪めそうになったその直後。

『やっぱり、あなたもそう思うのね！』

『っ！』

令嬢たちは、プリシラの言葉へ満足したように笑った。

『は……はい、思います。リリスさまのやさしさに甘えて、お怪我をさせるなんて……』

『ええ、あなたの言う通りよプリシラさん！』

『め、妾の子なのですよね？　なのに、身の程を知らないというか』

『良いことを仰るわ！　やっぱりあなたの目にもそう映るの？』

自分の言葉に同調されて、プリシラはごくりと喉を鳴らした。

（私が……貴族令嬢たちの会話に、混ぜてもらっている？）

いままでにどんな話を振られても上手く返せず、彼女たちを退屈させていたプリシラの言葉が、令嬢たちの表情をきらきらと輝かせる。

（私の声を聞いてもらっている。私の話に、喜んでくれている……）

この会話をもっと続けたい。

ただ通りすがり、同調しただけの人間ではなく、彼女たちの輪に混ざりたい。そうすればきっと、プリシラも貴族の娘のように、教室の真ん中で堂々と過ごすことが出来るのだ。

（どうしたらもっとお喋りできるの？　この機会に音楽のお話をしてみる？　裏庭の薔薇についてとか……いいえ、だめよ、こんな話では！）

プリシラは必死に考えて、視線を彷徨わせた。

（マリアさまの話をしないと。じゃないと相手にしてもらえない。それも、マリアさまを褒めるようなものではなく、もっと貶められるような……）

考えているうちに、ひとつのことを思い出す。

『そういえば私、マリアさまが以前、校舎裏で子犬に餌をやっているのを見ましたわ！』

だが、それを聞いた令嬢たちの顔は、リリスを除いて明らかにつまらなさそうだった。

『子犬に餌を、ですか？』

『それは、なんというか……おやさしい面もおありなのね』

（ああ、違う、違うのだわ！　これだけではきっといけない。もっと面白い……マリアさまの汚点となるような話でなくては……）

それに気が付いて、プリシラはひとつ嘘を混ぜた。

マリアの子犬は、見た目にもふかふかで可愛らしい子犬だった。けれど、その事実は噂話に不要なものだ。

もっと、マリアが責められるような話にしなくては。

『それが、すごく汚い子犬でしたの。どう見ても病気の犬ですわ。私びっくりしてしまって』

『え……』

そう告げたときに見せた、令嬢たちの驚いた顔ときたら！

『まさかあの方、学院に野良犬を入れているの!?　なんて信じられないんでしょう！』

『汚らしいわ。病気でも持っていたらどうなさるおつもりなのかしら？　ねえ、その話もっと聞かせて下さる!?』

『え……えっと、ですが……』

そこにいるリリスは、仮にもマリアの妹にあたる。思わず様子を窺うと、リリスは美しく可憐な笑みを浮かべて頷くのだ。

『マリアお姉さまは、本当はやさしいお方ですけれど……万が一のことがあっては大変ですから。私も、お姉さまのお話を知りたいです』

『も……もちろんです、リリスさま！』

プリシラは確信した。

公爵令嬢が、この学院で最も愛されているリリスさえもが、プリシラをこうして受け入れてくれたのだ。

（音楽の話ができなくとも、絵の話が出来なくとも……他人を見て、こうやって一緒に笑うことは出来るのだわ！）

それからもうひとつ、こんなことにも気が付いた。

（少しくらいの嘘であれば、誰にもきっと分からない。だったら話をもっと盛り上げるために、多少の脚色も仕方がないわよね）

それ以来プリシラは、令嬢たちに混じり、毎日マリアの噂話をした。

マリアと直接話したことはなかったが、プリシラは色々と自分なりに調べ、興味深いことが分かればみんなにすぐさま報告する。何かひとつの情報が分かれば、それを基にあれこれと想像をして物言いを続けるのだ。

どんな些細なことだって、汚点を探してやろうという目線で見続ければ、すべてが悪い話に繫がることを知った。

たとえばマリアが溜め息をついたときはこうだ。

『マリアさまは教室にいても溜め息をついて、これみよがしですわ。周りを不愉快にさせて楽しんでいるのかもしれません』

マリアの成績が良いときは、こんなことも言ってみる。

『まさか先生とふしだらなことをして、試験の答えを聞いているのではないでしょうか』

そこにひとつの嘘を混ぜて、プリシラはもっともらしく噂をするのだ。

『そういえば、廊下で先生とお話しているところを何度もお見かけしましたの。妾の娘であれば、殿方をたぶらかすのはきっとお得意でしょうし……』

プリシラが情報を仕入れて話すたびに、令嬢たちは夢中になってそれを聞いた。『やっぱりそうだと思ったの』と騒ぎ立てることもあれば、『信じられないわ』とはしゃぐこともあった。

令嬢たちと放課後ずっとお喋りをしていれば、父の機嫌もどんどん良くなる。ようやくお前を学院に入れた甲斐があったと満足し、プリシラは学院にも家にも居場所を手に入れたのだ。

マリアがもっとみんなに嫌われればいい。

そうなれば、プリシラの情報にはどんどん価値がつく。ひいてはそれが、プリシラ自身の価値に繋がるはずだった。

（女はみんな、噂話が大好きなのよ。それが誰かの汚点や弱みであればあるほどに、お喋りは賑わって楽しくなるの……！）

＊＊＊

少女だったあの頃から月日は流れ、マリアは国外追放となり、リリスは王太子妃の座についた。

プリシラにも良い縁談がきて、いまは男爵家の夫人である。そんな立場になってもプリシラは、情報収集とサロンでのお喋りを欠かさない。

結局のところ、みんな他人の醜聞に飢えているのだ。

社交界で円滑な人間関係を築き、自分の立場を守るために、多少の嘘をついてでも楽しいお喋りを続けなくては。

「マリア王女殿下にお会いすることが出来て、本当に光栄ですわ！」

ウェンズリー家の応接間で、王女マリアと向かい合い、プリシラはにこにこと胡麻を擦った。

「本当であれば、リリスさまにも久しぶりにお会いしたかったのですけれど……学生時代はリリスさまに本当に良くしていただいていましたのよ」

するとリリスの娘であるマリアは、十四歳とは思えない大人びた表情で優雅に笑う。

「そうだったのですね。お友達がわざわざ祖母のお見舞いに来て下さったなんて、母が知ったら喜びます」

「うふふ。嬉しいですわあ」

そんな風に返しながらも、王女相手に談笑している自分が信じられないと思う。もしもマリアに出会ったのが王城ならば、プリシラはきっと恐れ多くて会話もできなかっただろう。

けれど、ここが学生時代に通った家であることと、マリアの柔らかい微笑みが、プリシラの口をいつも通り饒舌にさせていた。

マリアと表面的な会話をしながらも、内心でほくそ笑む。

（本当にリリスさまそっくりね。マリア王女がリリスさまのご実家に滞在されているのは、本当に好都合だったわ……それに、ウェンズリー夫人が病に臥せっていることも）

夫人の体調が優れないお陰で、見舞いに行きたいという名目が得られるだけではなく、夫人の代わりにこうしてマリアが応対してくれる。本当は亡くなってくれたら、葬儀を口実に入り込めるのだろうが、そう上手くはいかないだろう。

さて、いよいよ本題だ。

「ですが、聞きましたわマリアさま。私どもの学友……ロクサーヌさまが先日、マリアさまに恐ろしいことをなさったのでしょう？」

一応は箝口令の敷かれている事件だ。

「……ご存知、だったのですか」

プリシラは眉を下げ、マリアを労わるように語りかけた。

「本当にひどいですわ。何故そのようなことをなさったのかしら！　お可哀想なマリアさま、さぞかし驚かれたでしょう？」

ハンカチで口元を押さえながら、プリシラはそっと誘導を試みる。

「旧友とはいえ、絶対に許せませんわ。ねえ？」

「……」

必要なのは共感だ。

誰かに怒っている人間は、同じ怒りを抱えた人を前にすれば黙っていられない。自分の中にある想いを吐露し、共感しあいたい欲を抑えきることが出来ないはずだ。

ましてやマリアは十四歳、王女とはいえ幼い少女である。プリシラがこうして『自分も一緒に怒っている』という態度を見せてやれば、きっとロクサーヌに抱いた怒りや恐怖を話してくれるに違いない。

そうすれば、プリシラはその話を元にして、誰も知ることのないとっておきの情報を披露することが出来るのだ。

――そのはずだったのに。

「きっと、やむにやまれぬ事情がおありだったのですわ」

「え……？」

マリアは穏やかな笑みのまま、けれどもさびしさの滲む声音で言った。

「シモンズ夫人があのような凶行に走られたのも、何か抱えきれない想いがあってのこと。それに、すべては娘さんの……イヴリンのためだったのではないかと、そう思うのです」

「え……そ、それは……」

思いもよらない言葉が返ってきて、プリシラはたじろいだ。

「で、ですが、とても人間のすることではありませんわ！　美しい少女の顔を潰し、台無しにするなんてこと……社交界でも、マリア王女を心配する声が多いのですよ」

自分の話す声が、上滑りしているのを感じる。マリアの心に届いていないと分かる。プリシラは内心冷や汗をかきながら、ぎゅっと手を握りしめた。

「ロクサーヌさまのしたことはなんて非道だと、みなさま口々に仰っています！　そうですわ、一度サロンにいらしてみては？　周りは大人ばかりですけれど」

「……」

「マリア王女の傷ついたお心も、お喋りをしているうちにきっと晴れて……」

そう言い募ってみても、マリアの表情は変わらない。

それどころか、マリアはやんわりと首を横に振るのだ。

「申し訳ございません。そういった場は、あまり得意ではなくて」

「……っ」

拒絶された。

柔和な態度と、丁寧な物言いを崩しはしないものの、マリアははっきりと『悪口への誘い』を断った。その事実はプリシラを動揺させ、ぐらぐらと足元が崩れるような感覚を覚える。

（そんなはずないわ）

プリシラは、自分にそう言い聞かせる。

（他人の悪口や噂話が嫌いな女なんていない。それが本当のことだろうと、嘘だろうと、お喋りが楽しければどうでもいいほどに！　なのにどうしてこの王女は……）

「それよりも、ぜひお母さまの学生時代のお話が聞きたいです。実は私、お母さまを真似てこのところ奉仕活動も始めましたの！」

「ほ、奉仕活動……」

「よろしければ、お母さまがどんなご様子で活動なさっていたのかを教えていただきたいです」

「あ……ええ……もちろんですわ、マリア王女……」

――なんということだろうか。

マリアは結局ただの一度も、プリシラの陰口に乗じてこなかった。

プリシラが帰路につくのを見送る瞬間まで、マリアのくちびるから零れるのは、誰かへの賛辞や慈しみ、労わりばかり。

男爵夫人でしかないプリシラに対しても、常に敬意を示してくれたのだった。

＊＊＊

その翌日。

サロンへ向かう馬車の中で、プリシラはドレスを握り締めた。

昨日、王女マリアは大変気さくに接してくれた。だけど、それでは駄目なのだ。

（あんな表面上の会話じゃ意味がない。あんな話を持ち返っても、サロンのみなさまは喜んで下さらない……！）

わざわざウェンズリー家まで行って、マリアと会ったにも関わらず、交わした会話が学生時代の話ばかりだったなんて。

サロンにいる夫人たちは、プリシラの新しい情報を待ちわびているはずなのだ。だというのにこんな有り様では、失望され、関心を失ってしまうかもしれない。

（駄目よ。それは駄目、絶対に!!）

――ずっと昔も、そんなことがあった。

リリスの異母姉だった『マリア』について噂をし、みんなで楽しんでいたころ。

毎日何時間も悪口を言い合っていると、さすがに話題も尽きてしまう。

いかにマリアの一挙一動を悪しざまに言おうとも、やがては同じ話の繰り返しになるものだ。あるとき、あまりにも代わり映えしない会話に対し、令嬢たちが退屈そうな顔で言った。

『プリシラさん。マリアのことで、何かもっと重大な情報はないの？』

『え……あ、ご、ごめんなさい。いまのところは……』

『ふうん……』

令嬢たちはそれっきり、プリシラからは視線を逸らし、楽しそうにこんな会話を始めるのだ。

『――そういえばみなさま、例の画家が新作を発表したのをご存知？』

『もちろんですわ！　私、子供のころから大好きで……』

（あ……）

それは、プリシラのもっとも恐れていた事態だった。

『マリア』に関する話題がなくなれば、プリシラは見向きもされなくなる。そんなのは御免だ。またあんな風に教室で無視をされ、誰からの注目も浴びられなくなるなんて。

必死になり、再び音楽や絵画の話題についていこうとした。けれども上手くいかず、やがて教室の隅に取り残されるようなことも起こり始めた。

(どうしよう……これじゃあまた、私は……)

放課後、誰もいない教室に残り、不安でしきりに爪を噛む。

仲間外れにされたくない。上流階級の仲間でいたい。貴族の令嬢たちに囲まれて、自分もその一員であり続けたい。だってプリシラはもう、裕福な商家の娘なのだから。

——他の誰を犠牲にしてでも、あの輪の中に残らなければならない。

そんな風に考えていたとき、不意に教室の扉が開いて、美しい少女が姿を見せた。

『……り、リリスさま……!』

『プリシラさん。こんなところにおひとりで、どうなさったの?』

リリスは優雅に微笑み、プリシラの方に歩いてくる。

いつも取り巻きに囲まれているリリスだったが、この日は珍しく誰も連れていなかった。

『あの、その。みなさま、今日は音楽鑑賞に行かれると……でも、私じゃあ話が合わないので』

本当は、そんなことを言うのもみじめで恥ずかしい。

プリシラの声が沈んでいることに、リリスはきっと気が付いただろう。その証拠に、リリスはあのとき、プリシラが見たこともない笑みを浮かべたのだ。

『……まあ、プリシラさんったら』

いつもの天使のようなそれとは違う、どこか妖艶な表情だ。

プリシラが思わず見つめると、リリスはゆっくりと口を開いた。

『みんなに合わせる必要はありませんわ。プリシラさんは、プリシラさんの得意なお話をして下されば いいと思うの』

『で、ですが……私が出来る話なんて、そんなに……』

『ふふ、プリシラさんはとっても情報通でいらっしゃるもの。あなたしか知らないお話をなさったら いいではありませんか』

『そんなに毎日、新しい情報なんて……』

『まあ』

目の前に立ったリリスが、椅子に座ったプリシラの顔を覗き込んでくる。

『新しい情報がないのなら、作ればいいのだわ』

『作る……?』

作るとはどういう意味だろう。

例えばもっと情報を集め、マリア本人からも色々聞き出すということだろうか。

そこまで考えたところで、プリシラははっとした。

(いいえ、違う……)

蠱惑的なリリスの瞳は、もっと違う可能性を示唆しているような気がする。

『……では、私はそろそろ行きませんと。ご機嫌よう、プリシラさん』

『あ……！』

リリスが離れようとしたそのとき、プリシラの脳裏にひとつの思いつきがよぎった。

『お待ちください、リリスさま！』

思わず手を伸ばし、リリスを引き止める。

リリスが振り返り、微笑んだまま首をかしげた。プリシラの言葉を待つように、促すように。

『なあに？　プリシラさん』

プリシラは、緊張に声を震えさせながらも、恐る恐る口にした。

『私……見てしまいました』

リリスの視線を感じる。プリシラの言葉を待ってくれている。それを感じながら、はっきりと言い放った。

『お姉さまのマリアさまが……皆さまの宝石を、盗んだのを……！』

あのとき、どうしてそんなことを言ってしまったのかは分からない。

もちろんプリシラは、そんな光景を見ていない。

そんな『情報』は嘘だった。マリアは何もしていなかった。けれどプリシラは、そんなことどうでもよかったのだ。

（お喋りに混ぜてもらうには、誰も知らないような、驚くべき話題が必要だわ）

そして、それはたとえ、真実でなくとも構わないのだ。

『……まあ……』

リリスは口元を押さえ、驚いたような顔をした。

『なんということでしょう……!?　まさか、お姉さまが、そんなことを……!!』

そのあとプリシラは、令嬢たちに気付かれないよう、彼女らが持ち込んだ宝石を盗んで隠した。

マリアが盗んだように見せかけて、騒ぎ立て、男子生徒にもそれを伝えた。

みんなは怒り、嫌悪感を露わにして、そのままマリアに粛清を行ったようだ。

『謝れよ。ほら、早く!!』

『私は宝石を盗んでなんかいません、本当なんです……!』

『白々しい嘘を!　そうでなければ、どうして貴様の鞄から出てくるのだ!』

学院で行われた盗みの犯人を見付け、それを知らせたプリシラは功労者となり、みんなに褒め称えられた。

マリアが餌付けしていたあの犬も、誰かに殺されてしまったらしい。

（ありがとう、マリアさま。――お陰で私は、みんなの輪に入れてもらうことが出来たわ）

プリシラはその後も、マリアの情報を流し続けた。数年が経ち、マリアが国外追放されてからは、別の人間を悪者にして社交界に居場所を作ったのだ。

女性たちの集団に、ひとりだけ標的を見繕って、その女性に関する情報によりみんなの関心を煽る。数ある真実の中に嘘を混ぜ、『最低な女』を作り上げることで、他の面々を楽しませてやるのだ。

何人か、そのせいで心を病んだ者もいる。

しかしそんなこと、プリシラにはまったく関係ない。

（だって、みんな噂で楽しんでいるもの）

情報をもたらすことで、プリシラは一目置かれ、夫人たちに重宝される。

（——マリア王女だって、内心では何を考えているか分からないわ!!）

邸宅へ戻る馬車の中で、プリシラはそう考えた。

（そうよ！）

どんっ！　と馬車の床を蹴る。

地団太を踏むように、どんどんと何度も床を踏み鳴らし、プリシラは歯噛みをした。

（そうよ、そうよ、そうよ!!　そうじゃなきゃ許されない。そうじゃなきゃ許されない!!）

だって、有り得ないではないか。

恵まれた生まれ。完璧な外見。王女と言う地位に明晰な頭脳。知性を感じさせる仕草も、穏やかな微笑みもすべて揃っていて、清らかな人間なんて有り得ない。

（どこかに必ず、汚点があるのよ……！）

醜い面が、恥ずかしい事情が、おぞましいほどの顔があるはずだ。

他人の悪口に興味がないなんて、そんな人間はいない。女同士の親愛など、共通の敵を作らなければ成り立たないくらいなのだから。

（清純そうに見せかけて、きっと中身はすごく腹黒なのよ。そうだわ、そうに違いない!!）

どんどんと地団太を踏み続けながら、プリシラは考える。

（汚点が見えなければ、作ればいいのだわ!!　あのときのように、あの『マリア』さまのように!!）

何か、何か、陥れなくては!!

そんなことを考えているあいだに、馬車はハートリー家の屋敷についてしまった。

使用人に案内され、プリシラは今日も夫人のサロンへ足を踏み入れる。するといつもの通り、貴族家の妻たちはプリシラを迎え入れてくれた。

「まあ……プリシラさん」

「……?」

そのときハートリー夫人の浮かべた表情に、プリシラは僅かな違和感を覚える。だが、心境としてはそれどころではない。

「皆さま、聞いてくださいませ！　わたくし昨日、大変なことを聞いてしまいましたの！」

「大変なこと……」

「あら。一体なんでしょうね」

いつもとは質の違う注目を浴びながら、プリシラは両手を大きく広げた。

「昨日あちこちで噂を集めたら、今回の件の真実に気がついてしまいましたわ。マリア王女はイヴリンさまを嫌っていて、お友達のふりをしながら陰で虐めていらしたの！」

「……」

その言葉に、夫人たちはそれぞれ顔を見合わせた。

普段であればその場が沸き、『それってどんなお話なの?』『詳しく聞かせて。私、おかしいと思っていたのよね』という言葉が寄せられているはずだ。

（どうしてかしら……ああ、きっとまだ話が足りないのね！）

なんでもいいから語るのだ。証拠がなくとも、現実感に乏しい話でも、それが醜聞的でありさえすれば面白がってもらえる。いつだって、そうだったのだから。

「ロクサーヌさまは、マリア王女から娘を護ろうとしただけなのです。その手違いで、イヴリンさまの顔を溶かしてしまったそうですの！」

そう言い切った瞬間、サロンの中は静まりかえった。

（国中に愛される王女さまの本性。きっと、皆さまに楽しんでいただけるわ）

——けれど。

「信じられないわ」

「え……？」

ハートリー夫人の言葉に、プリシラは目を瞠った。

その『信じられない』は、いつも聞く驚きや興奮の言葉とは違う響きを持っている。どこか不服げな顔をしたハートリー夫人は、責めるようにプリシラのことを見ていた。

「プリシラさん。あなた、そんなくだらない話をどこからお聞きになったの？」

質問にたじろぐ。いつもなら、噂の出所や情報源がどこかだなんて、誰も気にしなかったのに。

どんな嘘だって、それが真実である前提として話の種になってきたはずだ。内心で慌てながら、プリシラは咄嗟に嘘を重ねる。

「——そのことを……そう！　シモンズ家のメイドだった少女に、昨日たまたま会ったのですわ！」

「取り潰された家の元メイドに、たまたま……？」

頬に手を添えたハートリー夫人は、他の夫人たちを振り返って尋ねる。

「不思議ですわ。ねえ、みなさんもそう思いませんこと？」

「仰る通りです、ハートリー夫人」

他の面々も、夫人のそれに同調するような形で声を上げた。

「一国の王女ともあろうお方が、侯爵令嬢のひとりをわざわざ陰でいじめたりするかしら。ご自身の悪評に繋がりかねないのだし……」

「それに、いままで色んなご令嬢の顔が醜くなったのは、いずれにせよシモンズ夫人の仕業なのでしょう？」

（どうして？　いつもなら、皆さま喜んで下さるはずなのに……）

――『清廉潔白に見えた王女が、実は腹黒く、残酷な一面を抱えていた。』こんな噂は、格好の餌になったはずだ。

なのに、何故か誰にも信じてもらえない。それどころか、いまはこうしてプリシラが白い目で見られているのだ。

「プリシラさん。マリアさまはシモンズ母娘をお許しになり、国外追放で済ませたのよ？」

ハートリー夫人は胡乱げな顔で、はっきりと言い放った。

「他家の令嬢にお見舞いもなさって、傷跡を良くする方法が見付からないかと諸外国の医者に声もかけてらっしゃるのに……」

「そ、それはきっと保身のためですわ！　マリア王女が他人を陥れるつもりでしたら、それくらいのことはなさるのではないかしら⁉」

「あんなに良い王女さまが、そんなことをなさるはずありません。たった十四歳で、孤児への奉仕活動や母子支援に精を出されている素晴らしいお方ですのよ。まだまだご自身もあどけないというのに……」

その言葉に、プリシラは気がついた。

（リリスさまと、同じ……！）

それはつまり、集団の信頼を勝ち取った人物であるということだ。

清らかで、やさしくて、高貴な身分でありながら恵まれない者に手を差し伸べる少女。そういった人間への好意を突き崩すことは難しい。根拠のない噂が通用しないどころか、この目で見た悪事を話したところで信じてもらえないことすらあるのだ。

このままではプリシラの嘘が知られる。

（そうならないためには、マリアさまを嘘つきにするしかないわ……！）

そう思い、プリシラは言い募った。

「いいえ！　それは皆さま、マリア王女に騙されているのです！」

ハートリー夫人は、そこで大きく溜め息をついた。

「プリシラさん……あなた、ご自身が最初に仰っていたことはどうなさったの？　シモンズ家が没落寸前の危機を免れるため、ロクサーヌさまが仕組んだというお話だったじゃありませんの」

「そ、それは……！」

「本当は、黙っておいてあげてもよかったのだけれど」

空気が冷えたのを感じ、プリシラは辺りをきょろきょろする。

「私が、教会で奉仕活動を行っているのはご存知よね？」

「え？　ええ……」

「その件で昨日、とあるお方にお会いしましたの。――マリア王女殿下にね」

「!!」

告げられた言葉へ、プリシラは顔面蒼白になった。

「あなた昨日、マリア王女にお会いしたのですって？　ウェンズリー家に訪問して。そこでお昼から夕方過ぎまで、たっぷりと話し込んでいたそうね」

「あ……ああ、あ……」

足元が崩れ始めたような、そんな不安定な感覚を覚える。

そうだ。マリアは確かに、母のリリスを見習って、奉仕活動をしていると言っていた。

「こんなにお喋り好きのあなたなのに、マリア王女とお会いになったお話が出なかったのは何故？　何を隠そうと……いえ、嘘をつこうとなさっていたの？　それに、昨日は半日近くウェンズリー家にいたのに、そんなあなたが偶然に元シモンズ家のメイドに会うなんてことが有り得るのかしら」

「それは……それは、それは!!」

「何より、プリシラさん」

ハートリー夫人は、プリシラを馬鹿にしたように笑った。

「貴族の妻ともあろうものが、王女殿下のことを悪しざまに言うなんて……」

「!!」

「やはり、生まれながらの上流階級でない人間は、王家への忠誠心が劣るのね」

プリシラは呆然と立ち尽くした。

ハートリー夫人だけでなく、周りの夫人たちがみんなひそひそと話し合っている。

「……あの人、やっぱり嘘をついていたのね。おかしいと思ったの」

「呆れた。親しくもない元同級生のお母さまを見舞ってまで、いたいけな王女を悪者にしたかったのかしら」

それを聞いて、自分がここに来たときに感じた妙な空気を思い出した。

（……今日は……私の陰口を、話されていた……？）

夫人たちはくすくす笑いながら、プリシラを見て声を潜めた。

「ねえ。でも、それだけの理由でわざわざウェンズリー家を尋ねるかしら？　何かもっと、よからぬ目的のために行ったんじゃ……」

「よからぬって……もしかして泥棒とか？」

「やだわあ。シモンズ家が困窮していたなんて話しておいて、本当はご自身の家が……」

心臓がばくばくと音を立てる。プリシラは思わず後ずさるが、もう誰も以前のように声をかけてくれない。

向けられるのは、ただただ嫌悪と怒り。

それから、たっぷりの好奇心だ。

「もしかしたら、困窮なさっているのは商家のご実家かも。私、プリシラさんのご実家からは二度と買い物をしたくないわ」

「私もそうするわ。メイドにも買い付けをしないよう言い聞かせなきゃ。今日このサロンに参加していない方々にも、教えてあげましょうよ」

「……っ、あ……あああああっ、ああああああああああ!!」

女性たちのささめき声は、その日も一日止むことがなかった。

プリシラが絶叫し、ハートリー家の屋敷を飛び出しても、まるで何事もなかったかのように。

＊＊＊

「例の女、離縁されて家から追い出されたって？」

黒髪の青年から告げられて、王女マリアは目をすがめた。

この日に彼と待ち合わせたのは、とある屋敷の一室だ。ここは取引相手である青年ジンが、商談に使っている拠点のひとつだった。

「実家も受け入れ拒否してるらしいし、色々やばいみたいじゃないか。ま、そりゃそうだよなあ？」

ジンは、長椅子の肘掛けに頬杖をついて笑う。

「王女を嘘で侮辱した女なんて、男爵家にも成金商家にも邪魔でしかない。挙句にそのやらかしが、社交界にはつつぬけときた」

「……そうね。噂を聞いた女性たちは、積極的にプリシラを破滅に追い込もうとしているわ」

「正義感っていう大義名分を持てば、人はどこまでも残酷になれるからなあ」

納品された商品の一覧表を手にしているマリアは、ジンと雑談を交わしながら、そのひとつひとつの数を確かめていた。そこに並んでいるものは、野菜や肉、果物といった食料品の名前だ。

マリアが検分しているあいだも、ジンは上機嫌にぺらぺらと楽しそうにこう続ける。

「あの男爵夫人の噂、俺もマダムたちから時々聞いてたんだよな。情報通って触れ込みだったが、夫人が流した噂は最初から尾鰭がついたものばかり。そもそも嘘ばっかかってのも珍しくはなかったし」

「あなた、彼女を調べたの？」

「ああいう手合いは商談に利用できる。でも、ちょっと馬鹿すぎてナシだなー」

他人を物のように言い放ったジンは、マリアを見てにやりと笑った。

「お前のためじゃなくてがっかりしたか？」

「冗談でしょう」

くだらない物言いに対し、呆れる気にもならなかった。ジンとマリアの間にあるのは利害関係だけであり、どちらかがどちらかのために動くということは有り得ない。

「納品された品に間違いはないようだわ。ありがとう」

「普通の食料品を掻き集めるくらい、どうってことない。——お前、帰国早々に奉仕活動なんか始めたと思ったら、この復讐のためだったのか？」

「そうよ」

マリアには以前から確信していた。それは、あのプリシラがいずれ、マリアの周りで起こる『不幸な出来事』を探りに来るだろうという確信だ。

そのために、現在のプリシラが拠り所にしている人物を探ったのである。それがハートリー夫人であることと、夫人が奉仕活動を行っていることは、さして調べるまでもなく分かった。

だからマリアは、夫人に近付いたのだ。

それが上手くいけば、プリシラがマリアの悪評を流そうとするだけで、プリシラは破滅の道に陥る。

マリアはただ、清廉潔白な王女であればいい。

そして結果は目論見の通りだ。

「まったく。立派な王女として、勤めを果たしているのかと思いきや」

「分かっているでしょう？　私が立派な王女として振る舞う理由はひとつだけ」

「復讐のためだろう？」

マリアは肯定の代わりに目を伏せ、笑みを浮かべた。

（……プリシラは愚かだわ。自分が誰を陥れたいかなんて情報は、弱みにしかならないのに）

それを誰彼構わず分かち合えば、いずれは穴に落ちていただろう。それは時間の問題であり、マリアが突き落とすまでもなかったはずだ。

——憎しみは、心の内側で燃やすもの。

それを表に見せることなく、マリアは今日も、王女の仮面で微笑むのだ。

あとがき

はじめまして、夏野ちよりと申します。

この『母喰い王女の華麗なる日々』は、WEBで連載していた折にご縁をいただき、こうして本にすることができました。

応援して下さった方々のおかげです。本当にありがとうございました！


本作は、憎む相手の娘に生まれ変わったヒロインが、自分を追い詰めた人たちに復讐して回るお話となります。

一冊まるごと血なまぐさい本ですが、読んで下さった方は大丈夫だったでしょうか……。

私はこの話の内容を知った実家から連絡があり、何かあったのかと心配されました。とても元気です。


本文はそんな内容ではありますが、この本は、たくさんの方にお力添えをいただきました。

この場を借りて、お礼申し上げます。


村カルキ先生が描いてくださったキャラクターはとても繊細なデザインで、ラフを拝見するたびにどきどきしました。見惚れるほど美しい表紙や口絵とても幻想的で、素敵なイラストをありがとうございます！

担当さま、色々とご迷惑をおかけし申し訳ございません。色々とご相談に乗っていただき心強かったです！

そして改めて、ＷＥＢで見つけて下さった方々や、本をお手に取って下さった方々。読んで下さる皆さまのお陰で、このお話は本にすることができました。本当に本当に、ありがとうございました。

願わくはどうか、拙作が少しでもお楽しみいただけていますように。

コミカライズ
新章へ
突入!
第三部
「領地に本を広げよう!」
大好評連載中!!
漫画:波野涼

漫画：鈴華
第二部
「本のためなら
巫女になる！」
大好評
連載中！
COMIC
コロナ
CORONA
TOcomics
第7巻
好評発売中！
第一部
「本がないなら
作ればいい！」
TOブックスが贈る
WEBコミック
ニコニコ静画、pixivコミック
にて好評連載中！
ニコニコ静画 seiga.nicovideo.jp/manga/official/tocomics
pixivコミック comic.pixiv.net/magazines/198

次期領主《ペイス》、
王都へ
コミックス1巻
大重版!!
第②巻
好評発売中!!

召喚⁉
やってくれるわね
ふっ、面白い
待ってます…
おかしな転生
XII
ドラマCD好評発売中！
2019年発売‼

母喰い王女の華麗なる日々

2019年2月1日　第1刷発行

著　者　夏野ちより

協　力　株式会社MARCOT
発行者　本田武市

発行所　TOブックス
〒150-0045
東京都渋谷区神泉町18-8　松濤ハイツ2F
TEL 03-6452-5766（編集）
0120-933-772（営業フリーダイヤル）
FAX 050-3156-0508
ホームページ　http://www.tobooks.jp
メール　info@tobooks.jp

印刷・製本　中央精版印刷株式会社

ISBN978-4-86472-770-9